Obwohl Robert Rankin noch immer wirkt wie Anfang Zwanzig, wurde er in den ersten Jahren von Königin Victorias Regentschaft geboren. Bevor er in Rente ging, arbeitete er als Tupperware-Vertreter. Heute verbringt er seine Zeit damit, alte Strohhüte zu tragen, Wale zu sammeln und zwischen den Planeten zu wandeln (zu gleichen Teilen).

Seine Frau ist sehr groß. Wirklich sehr groß.

Für meinen
stets zu fröhlichen Streichen aufgelegten
Sohn Alex.

Prolog

Die einsame Gestalt in den safrangelben Klamotten schirmte die Augen gegen die Helligkeit ab und spähte den Gletscher hinab zu der Stelle, wo das gewaltige schwarze Schiff am Boden des Tals lag. Es war zu zwei Dritteln untergetaucht. Wenn man also bedachte, wieviel sich noch unter der eisigen Oberfläche des gefrorenen Meers verbarg, dann war es sicher mehr als dreihundert Ellen lang, mindestens fünfzig breit und noch mal dreißig hoch. Alles in allem sah es mit seinem gegiebelten Aufbau, der in der Mitte des Decks montiert war, aus wie ein Ding aus einer phantastischen Welt. Die Zieselholzplanken waren schwarz von einer dicken Schicht aus Pech, und sie waren hart wie Stein durch die Kälte des Gletschers, die das Schiff offensichtlich durch zahllose Jahrhunderte hindurch konserviert hatte. In einer Seite gähnte eine mächtige Öffnung; ein paar hundert Yards entfernt lag die Luke, die sie einst verschlossen hatte, auf zwei mächtigen Findlingen wie ein urzeitlicher Altar.

Die einsame Gestalt ließ die Kippe ihrer Wild Woodbine fallen und zertrat sie mit der nackten rechten Ferse. Dann hob sie den Feldstecher an die Augen. Die Führer waren längst geflohen. Aberglaube hatte sie daran gehindert, den Fuß auf die eisigen Gefilde des heiligen Berges zu setzen. Jetzt stand die Gestalt alleine dort, der erste Mensch, der den Gletscher bezwungen hatte und nun vor einem Anblick stand, für den viele alles gegeben hätten.

Die Gestalt pfiff schrill zwischen geschlossenen Zähnen hindurch, und ein schwaches Lächeln spielte um ihre Lippen. Dann klatschte sie in die Hände und zog ihre Hose hoch. Der bitterkalte Wind des Berggipfels zerrte an ihren safrangelben Kleidern, als sie sich den Steilhang hinunter in Bewegung setzte, um das antike Wrack genauer in Augenschein zu nehmen.

Kapitel 1

Hinter den großen Gasometern ging eben die Sonne auf. Neville der Teilzeitbarmann zog die schweren, polierten Messingriegel zurück und öffnete die Salontür des *Fliegenden Schwans.* Er stand in dem berühmten Portal und streckte und räkelte sich. Dann gähnte er ungeniert, eine hagere Gestalt in einem japanischen Kimono, mit gepunkteter Krawatte und in schmutzigen Hauspantinen. In der Ferne erkannte der Teilzeitbarmann die Silhouette vom Kleinen Dave, dem Postboten, auf seiner morgendlichen Runde. Wie üblich gab es keine Post für die *Vier Reitersmänner,* weitere Rechnungen für Bob den Buchmacher, ein kleines braunes Paket für Normans Eckladen, eine verdächtige Sendung in einem großen neutralen braunen Umschlag für Onkel Ted vom Gemüseladen, und – durfte das wahr sein? Neville verengte die Augen zu schmalen Schlitzen, während Klein Dave der Postbote immer näher kam. Er pfiff laut und falsch die Melodie von *Orange Claw Hammer* und hielt eine Postkarte in der ausgestreckten Hand.

Der Zwerg von Postbote trabte fröhlich näher und grinste übers ganze Gesicht. Als er vor dem Teilzeitbarmann stand, zwinkerte er anzüglich und sagte: »Noch eine!« Neville streckte die schlanke blasse Hand aus und wollte die Karte in Empfang nehmen, doch Dave zog sie hastig zurück. »Sie stammt von Archroy«, verkündete er im maliziösen Tonfall eines Postboten, der sich an den Sendungen anderer delektierte, »und sie trägt eine Briefmarke von Ararat. Unser Freund schreibt, daß er …« Neville trat einen hastigen Schritt vor und riß dem Kleinen Dave die

Karte aus der Hand, »... auf dem Gipfel des berühmten Berges die Überreste der Arche Noah entdeckt hat und gegenwärtig alle Vorbereitungen trifft, um seinen Fund zu demontieren und nach England zurückzuschaffen.«

Neville musterte den kleinen Postboten mit bösen Blicken. »Und das alles siehst du nur aus der Anschrift?« schnarrte er.

Der Kleine Dave tippte sich an die Nase und grinste womöglich noch breiter. »Ich habe mir die Freiheit genommen, die Karte umzudrehen«, erklärte er unter erneutem Zwinkern. »Für den Fall, daß Archroy schlechte Nachrichten schickt. Schließlich kann man nie vorsichtig genug sein.«

»Nein, das kann man tatsächlich nicht.« Der Teilzeitbarmann trat zurück und warf die berühmte messingbolzenverriegelbare Tür des *Fliegenden Schwans* mit ohrenbetäubender Endgültigkeit vor dem zwergenhaften Spitzel der Königlichen Post ins Schloß. Er atmete tief durch, um seine Nerven zu beruhigen, und wandte sich von der Tür ab. Ausgreifende Schritte trugen ihn über den abgenutzten Laufteppich der Salonbar in Richtung seines Tresens.

Der erste Schritt brachte ihn an dem durchlöcherten Dartbrett und an den im frühen Morgenlicht schwach schimmernden kreidegemalten Spielständen vorbei. Der zweite führte ihn auf gleiche Höhe mit dem alten Spieltisch, und der dritte ließ ihn den ersten der acht polierten Britannia-Gasthaustische des *Fliegenden Schwans* passieren. Zwei weitere mehr oder weniger teppichgedämpfte Schritte, und Neville blieb wie angewurzelt stehen. Vor dem Teilzeitbarmann stand ein derart verabscheuungswürdiges, widerliches und atemberaubend scheußliches Objekt, daß die wirklich ärgerlichen Angewohnheiten des kleinwüchsigen Königlichen Postboten augenblicklich zur Bedeutungslosigkeit verblaßten.

Die *Captain Laser Alien Attack* Maschine!

Ihre Lichter blinkten unaufhörlich, und sie gab ein dumpfes, unheilverkündendes Brummen von sich, das Neville nervös machte wie das Geräusch eines Zahnarztbohrers seine schlechten Zähne. Einer der verdammten Handlanger der Brauerei hatte dieses Ding aufgestellt. Es beanspruchte wertvollen Platz und war bei den Gästen des *Fliegenden Schwans* ungefähr so verhaßt, wie ein unaufhörlich blinkender, dumpf und unheilverkündend brummender Mikrochipschaltkreis nur sein konnte.

Nevilles Blick fiel auf sein Spiegelbild, und er war überrascht von der Wildheit seines Gesichtsausdrucks. Er bedachte die Maschine mit dem gewohnten morgendlichen Fluch, doch das Monstrum summte ungerührt weiter, unbeeindruckt von sämtlichen Versuchen des Teilzeitbarmanns, die dunklen Mächte anzurufen.

Neville wandte sich angewidert ab und schlurfte die Treppe zu seiner Wohnung hinauf. Dort angekommen, goß er sich Milch über seine Cornflakes und betrachtete zum ersten Mal Archroys Postkarte, die er vor ein Marmeladenglas gestellt hatte.

Ein Panoramablick über die Dächer der kleinen Gemeinde Brentford.

Wirklich eine Schande, daß der sparsame, ökonomisch denkende Archroy einen Stapel Brentforder Postkarten mitgenommen hatte, als er zu seiner Weltreise aufgebrochen war. Sicher, die Panoramabilder von Brentford waren allesamt schön und gut, aber irgendwann hatte man sich unweigerlich daran sattgesehen. Außerdem konnte es ja wohl nicht schaden, auf der Vorderseite eine malerische Ansicht der entsprechenden Örtlichkeiten zu finden, wenn man schon Postkarten aus *Potala, Lhasa* oder vom *Ostpier, Sri Lanka* erhielt. Irgendwie nahm es der ganzen Sache ein wenig den Glanz, auf der Rückseite über die exotischen Einzelheiten eines singalesischen Tempeltanzes zu lesen und dann auf der Vorderseite der Ansichtskarte den vertrauten Anblick der beiden Gasometer und des Wasserturms von Brentford zu entdecken.

Neville seufzte tief und schielte zu der Reihe identischer Postkarten, die inzwischen sein Kaminsims zierten. Sicher, das Motiv war ihm so vertraut, daß es kaum noch ins Auge fiel, aber jede einzelne der kleinen Karten war von irgendeiner anderen abgelegenen Stelle des Erdballs aus abgeschickt worden. Jede einzelne war durch fremde Länder, über ausländische Grenzen und über ganze Kontinente gereist, um schließlich – wie die sprichwörtlichen Brieftauben – in die Stadt ihrer Geburt zurückzukehren. Das war ganz sicher ein romantischer Gedanke.

Neville nahm die Karte zur Hand und drehte sie zwischen den Fingern. »Die Arche Noah, wie?« Das klang beinahe unglaublich. Auf jeder seiner Postkarten hatte sich Archroy mit der ein oder anderen famosen Tat gebrüstet, aber diese hier übertraf alles.

»Die Arche Noah, wie?« Für den Heiden Neville klang das mehr als unwahrscheinlich. Selbst wenn die Arche jemals existiert hatte, was Nevilles Ansicht nach äußerst zweifelhaft war, standen die Chancen ziemlich gering, daß das berühmte schwimmende Großmöbel die langen Jahrhunderte auf dem Dschebel Ararat auch nur teilweise intakt überdauert haben sollte. Meldungen wie diese las man üblicherweise in der Saure-Gurken-Zeit, und selbst dann nur in den einschlägigsten Blättern der Regenbogenpresse. Als Lückenfüller, sozusagen.

Der Teilzeitbarmann erinnerte sich deutlich an die Meldung über den Burschen oben im Norden, der behauptet hatte, in seinem Hinterhof den Eingang zur Hölle gefunden zu haben. Wahrscheinlich hätte er irgendwann gestanden, daß alles nur ein Streich gewesen war, wenn er nicht beim Phototermin mit der Presse rückwärts in das Loch gefallen wäre.

Aber die Arche Noah? Neville nahm die Karte und stellte sie zu ihren acht Zwillingsschwestern auf das Kaminsims. Die Arche Noah! Das war vollkommen unmöglich. Oder vielleicht doch nicht?

Kapitel 2

Die gleiche Sonne – inzwischen hinter den Gasometern hervorgekommen – schickte einen nervösen Strahl durch ein kaum jemals geputztes Fenster in der Abbadon Street Nummer sechs. Der Lichtstrahl hatte einige Mühe, die Schmutzschicht auf dem transparenten Untergrund zu durchdringen, und fiel demzufolge nur noch als bleicher Rhombus auf die dahinterliegende Wand, wo er eine nasenlose Statue der Heiligen Mutter einrahmte.

Die auf dem Kaminsims thronende Beatifikation der gesegneten Jungfrau entging dem Bewohner des Zimmers wie üblich vollkommen. John Vincent Omally war das, was man in Lehrbüchern als Definition unter dem Begriff *Spätaufsteher* nachlesen konnte. An normalen Tagen wanderte der bleiche Rhombus aus gedämpftem Licht über die Wand, bis er den Spiegel mit dem Riß darin erreichte, um von diesem auf das Gesicht des Schläfers reflektiert zu werden und selbigen endlich aus seinem friedlichen Schlummer zu erwecken. Doch an jenem Morgen war ihm (dem Strahl) wie schon seit einigen Tagen dieses heilige Ritual verwehrt.

An jenem Morgen (wie schon seit einigen Tagen) fand er (der Strahl) nichts außer einem leeren Kissen, und nur der leichte Abdruck eines schlafenden Kopfes und ein Fleck von Brylcreme verrieten, daß der Spätaufsteher dort gelegen hatte. Die Bettdecke war zurückgeschlagen, und ein Paar alte Pyjamahosen lag in einem athletischen Spagat auf dem Linoleum des Fußbodens. Eine von den Jahren gezeichnete Tweedjacke fehlte an ihrem gewohnten Platz am Haken hinter der Tür. Es war noch nicht ganz acht Uhr, und John Vincent Omally war bereits für keinen Anrufer mehr zu sprechen.

John Vincent Omally hatte wichtige geschäftliche Dinge zu erledigen.

John Vincent Omally war zum Golfen gegangen.

»Fore*!« Der Schrei hallte über die Schrebergartenparzelle, prallte auf die Seemannsmission und echote von dort zurück über einen rotschöpfigen, lockenköpfigen Sohn Irlands in einem verschmutzten Shetlandpullover und mit aufgekrempelten Hosenbeinen.

»Fore und aufgepaßt!« Omally schwang den bejahrten Schläger (Relikt eines früheren, kultivierteren Zeitalters) mit Macht und versetzte der kleinen weißen Kugel einen gewaltigen Schlag.

Der Ball jagte gut und gerne vier Fuß durch die klare Morgenluft und fiel alsdann mitten in Jim Pooleys Radieschenbeet. Selbiger Pooley versteifte sich unmerklich, bevor er laut aus einem eselsohrigen Werk mit dem Titel *Das Einzige und Endgültige Offizielle Handbuch des Schrebergartengolfers* zitierte: »Solange der Ball nicht vollkommen verheddert oder sonstwie unerreichbar ist, beispielsweise in mehr als vier Fuß tiefem Wasser oder außerhalb durch Klettern zugänglicher Höhe, führt der Spieler den Schlag durch. Sollte er dabei jedoch das Wachstum der gegnerischen Radieschen gefährden, so gilt das Loch als verloren.«

Omally kratzte sich mit dem Stiel seines Schlägers

* Golferruf, der andere Golfer vor einem gefährlichen Ball warnen soll (Anm. d. Übers.)

am Kopf und musterte seinen Spielpartner mit mißtrauischen Blicken.

»Ich erinnere mich gar nicht an diese Passage am Schluß, Jim«, sagte er schließlich. »Darf ich mir die Frage erlauben, ob diese Regel auch für Stangenbohnen in Anwendung kommt, möglicherweise von der Sorte, die gestern auf meiner Parzelle anläßlich deines Trickschußversuchs auf das Vierte Loch entwurzelt wurden?«

Pooley setzte ein nachdenkliches Gesicht auf. »Bohnen sind hier nicht ausdrücklich erwähnt«, sagte er schließlich, während er sorgfältig die Anmerkung durchging, die er hastig niedergekritzelt hatte. »Aber falls du eine offizielle Bitte auf Aufnahme in dieses Handbuch vorbringen möchtest, dann denke ich, wir fügen den Regeln einen Punkt hinzu und schreiben es hinein.«

In diesem Augenblick warfen sich die beiden Golfer wie auf ein Kommando in das hohe Gras. Die Erklärung für dieses ungewöhnliche Verhalten wurde fast im gleichen Augenblick deutlich: das verkehrte Pfeifen des Kleinen Dave kündete lautstark von der Annäherung des zwergwüchsigen Brentforder Postboten, der seine gewohnte morgendliche Abkürzung zum Butts Estate nahm.

Schrebergartengolf war bisher weder den Schrebergartenpächtern noch der breiten Öffentlichkeit ein Begriff, und Pooley und Omally wollten unbedingt, daß sich vorerst nichts daran änderte. Selbstverständlich wären die beiden liebend gern auf einem der großen öffentlichen Plätze Golfen gegangen, doch widrige Umstände hatten dazu geführt, daß ihre Konterfeis auf jeder *Persona-non-grata*-Liste im gesamten Bezirk erstrahlten.

Angefangen hatte alles wie immer ganz trivial: hin und wieder ein paar Unstimmigkeiten, gelegentlich ein Faustkampf; mit einem Wort, kaum eine Angelegenheit für die Polizei. Sollte man glauben. Aber Golfer sind eine verschworene Bande, und sie besitzen eine bemerkenswert konservative Einstellung zu ihrem Sport. Die ungewöhnliche Auffassung der beiden Brentforder, dieses ehrwürdige Spiel betreffend, hatten sie jedenfalls alles andere als gutgeheißen. Fortgesetztes Regelverbiegen und wildes Schlägerschwingen, zahlreiche Behauptungen, den Platzrekord eingestellt zu haben (größtenteils resultierend aus einem Verzicht, die schwierigeren Löcher überhaupt zu spielen), gründliche Mißachtung der Sicherheit anderer Spieler und die ständige Weigerung, die anderen vor dem »intensiven Putten«, wie Omally es nannte, durch ein lautes »Fore!« zu warnen, waren irgendwann einfach zuviel geworden. Der Verwalter eines Platzes hatte Augenblicke seltener Toleranz gezeigt: Er hatte Pooleys Bitte nachgegeben, die Löcher in umgekehrter Reihenfolge spielen zu dürfen, und er hatte sogar ertragen, daß Omally an einem besonders regnerischen Tag in Ostfriesennerz und Gummistiefeln gegolft hatte. Doch als Omally die Teemarker umgesetzt (um das Spiel interessanter zu gestalten) und Pooley ein zweites Loch auf dem dritten Grün gegraben hatte (um einen Birdie zu spielen), da hatte der plötzlich engstirnige Platzwart strenge Maßnahmen ergriffen. Die beiden potentiellen Ryder-Cup-Gewinner hatten erhalten, was der Franzose *la rush de la bum* zu nennen pflegt.

Und so war Jim Pooley (der, wenn in die Ecke gedrängt, unendlich erfindungsreich sein konnte) in einem jener seltenen Augenblicke der Erleuchtung wie Frank Zappa und die Mothers of Invention mit einer Erfindung ans Licht getreten, und Schrebergartengolf war geboren.

Es hatte zahlreiche Vorzüge aufzuweisen. Kein Gedränge vor den Löchern, keine Greenfees, keine Abschläge unter den Augen hämischer Zuschauer – und über das alles hinaus konnten sie auch noch ihre eigenen Regeln erfinden, ganz nach Lust und Laune. Als Erfinder trug selbstverständlich Jim Pooley die alleinige Verantwortung für das Regelwerk, bis jedes Detail geklärt war. Das, so verriet er seinem Freund Omally, war es, was man ein ›gottgegebenes Recht‹ nannte.

Selbstverständlich waren einige Täuschungsmanöver erforderlich; schließlich verspürte keiner der beiden Lust, einen der anderen Schrebergartenpächter auf die neue Sportart aufmerksam zu machen, aus Furcht, sie könnte um sich greifen. Es war tatsächlich ein Augenblick seltener Inspiration seitens Jim Pooley, aber einer, der seinen Teil bei der Veränderung des Brentford beitragen sollte, wie wir es kennen.

»Fore!« Der Kleine Dave hatte die Abkürzung endlich hinter sich gebracht, und Omally machte sich einmal mehr daran, seinen Ball aus Pooleys Radieschenbeet herzhaft in Richtung des Vierten Lochs zu schlagen, das halb verborgen zwischen der Schubkarre des Alten Pete und seiner rostigen Gießkanne lag.

Kapitel 3

Norman war einer jener Frühaufsteher, die den sprichwörtlichen Regenwurm fangen. Die Aufgabe, aus dem heruntergekommenen Tabakladen an der Ecke einen halbwegs rentablen Profit zu erwirtschaften, war ein echter Vollzeitjob. Norman führte ihn energisch aus – wie alles, was er anpackte.

»Man muß ununterbrochen am Ball bleiben, wenn man die Sahne abschöpfen will, die einem Brot und Butter liefert«, erklärte er seinen Kunden pausenlos. Die Bemerkung wurde im allgemeinen mit genug ernsthaftem Kopfschütteln quittiert, um dem Ladenbesitzer die Ermunterung zu geben, die er brauchte.

Norman war seit etwa sechs Uhr in der Frühe auf den Beinen. Er sortierte und zählte die Tageszeitungen. Es war Mittwoch, und die erste Lieferung Fachzeitschriften war eingetrudelt. Da waren die *Psychic News* für Lily im *Cafe Plume*. Norman beschriftete sie mit großen roten Buchstaben, da sein neuer Zeitungsjunge die merkwürdige Neigung zeigte, sie mit den *Cycling News* zu verwechseln und an Vater Moity von St. Joans auszuliefern.

Dann der normale Stapel von Sportzeitschriften für Bob den Buchmacher und eine Auswahl dänischer Hochglanzmagazine für Onkel Ted den Gemüsehändler. Norman legte die Kopie von *Muscle Boys* in den *Daily Telegraph* der Witwe Cartwright und summte leise vor sich hin. Vor ihm lag ein geschäftiger Tag, und er beabsichtigte, jede einzelne Minute davon zu nutzen.

Nick, der großnasige Zeitungsjunge, schlenderte kaugummikauend in den Laden und rauchte, was die

Jugendlichen als ›bestimmte Substanzen‹ zu bezeichnen pflegten. »Kudos, Norm«, sagte er.

Norman sah von seiner Arbeit hoch und beäugte den Burschen mit offensichtlichem Mißbehagen. »Guten Morgen, Nicholas«, antwortete er, starrte mißtrauisch auf seine Uhr und schüttelte sie neben dem Ohr. »Ist es tatsächlich schon wieder soweit, oder geht die alte *Vacheron Constantine* schon wieder zu schnell?«

Der Zeitungsjunge blätterte faul durch eine Ausgabe von *Bra-Busting Beauties.* »Sehen Sie sich diese Charlies an!« sagte er und speichelte seinen Kaugummi ein. »Das hält man doch im Kopf nicht aus!«

Norman packte den Stapel gefalteter Zeitungen in die alte Baumwolltasche und schob sie über die holzwurmzerfressene Ladentheke.

»Mach dich auf die Socken, Bursche«, grunzte er. »Die Zeit heilt alle Wunden, und Abwesenheit verstärkt die Zuneigung.«

»O ja, das tut sie«, erwiderte der grünhaarige Bursche, packte die Tasche mit einer ekzembedeckten Hand und trug sie auf der Schulter durch die Tür wie das Banner eines besiegten Feindes. »Das tut sie ganz bestimmt.«

Norman blickte ihm sorgenvoll hinterher. Der Bursche hatte etwas entschieden Verschlagenes an sich, aber Norman wußte nicht genau, was es war.

Der Ladenbesitzer überquerte das gesprenkelte Linoleum und drehte das CLOSED-Schild auf OPEN. Bald würden sie kommen, dachte er: die Büromiezen wegen ihrer Zigaretten und Schokoladenriegel, die Spätausgeher der vergangenen Nacht, um ihr Aspirin zu kaufen, die Schuljungen wegen ihrer Comics und Bonbons, die alten Herrschaften wegen der Milch, die

Reg der Milchmann vor ihren Türen abzustellen vergessen hatte, der Alte Pete für seine halbe Unze Tabak und Pooley und Omally für ihre fünf Woodbines auf die wöchentliche Stütze.

Norman schüttelte nachdenklich den Kopf. Das Leben war gar nicht schlecht, wenn man nicht schwach wurde. Und geteiltes Leid war halbes Leid, und ein Lacher war ein Lacher war ein Lacher, oder vielleicht nicht?

Er ging zur Ladentheke zurück und nahm sich einen Kaugummi der neuen Marke, die der Bezirksvertreter ihm ins Sortiment geschwatzt hatte. Er streifte den Captain Laser Astrogum aus seiner Hülle und schob sich das schrillbunte Stück synthetischen Gummis in den Mund.

Gedankenverloren kaute er darauf herum, ging hierhin und dorthin, blickte ohne rechte Lust in dunkle Ecken und blies die staubigen Schichten von den abgelaufenen Schokoladenpaketen, die seine Regale füllten. Hier die zuckersüß lachende Königin bei ihrer Krönung, wenn auch ein wenig verblaßt. Dort zwei fett aussehende Scotchterrier auf einer Keksdose, und da der pickwickianische* Charakter, der einen noch immer idiotisch von der ungenießbaren Würgepackung anstarrte.

Norman fuhr in dem Versuch, den Markennamen zum Vorschein zu bringen, mit einem speichelfeuchten Finger über die alte Dose. *Essen Menschen tatsächlich Süßigkeiten wie diese?* überlegte er. Hatten sie es überhaupt jemals getan? Er konnte sich nicht erin-

* kardiopulmonales Syndrom, charakterisiert durch Adipositas, Zyanose, flache Atmung, Hypertrophie des rechten Herzens mit Insuffizienz und sekundärer Polyzythämie, Somnolenz und Muskelzuckungen. Sozusagen.

nern, auch nur eine einzige Dose davon verkauft zu haben. Aus reinem Interesse nahm er die alte Dose zur Hand und schüttelte sie. Leer. Was hatte er anderes erwartet? Wahrscheinlich war der Inhalt längst verdunstet.

Norman zuckte einmal mehr die Schultern. Es war wirklich Zeit, den ganzen Kram rauszuwerfen. Das Zeug erfüllte keinen Zweck mehr und konnte beim besten Willen nicht als dekorativ bezeichnet werden. Andererseits wußte er, daß er sich niemals davon trennen könnte. Es verlieh seinem Laden Charakter und war immer gut als Vorwand, um ein Schwätzchen mit dem einen oder anderen einsamen Pensionär anzuregen, der unter dem einen oder anderen Vorwand in Normans Laden trudelte und in Wirklichkeit nur ein kleines Schwätzchen halten wollte.

Norman schob seinen einfiedrigen Staubwedel zurück in die gewohnte Nische und straffte die Schultern in einem Versuch, die seltsame Melancholie abzuschütteln, die an diesem Morgen von ihm Besitz ergriffen hatte. Die Dinge standen im Begriff, sich zu ändern, hier in Brentford, und es machte wenig Sinn, wegen vergossener Milch zu weinen oder dem Wind hinterherzupfeifen.

Oben auf der Ladentheke lag das kleine braune Päckchen, das der Kleine Dave zugestellt hatte. Norman wußte ganz genau, welchen Inhalts es war; die amerikanischen Briefmarken und die krakelige Schnörkelschrift verrieten ihm genug. Das Päckchen enthielt die letzte fehlende Komponente, das letzte winzige Stück in dem großen Puzzle.

Jetzt galt es: alles oder nichts. Norman hatte mehrere Jahre der Planung und viele, viele Monate harter, genauer Forschung investiert, ganz zu schweigen von dem kleinen Vermögen, das für Entwicklung, Vorbereitung und endlich die Konstruktion erforderlich gewesen war. Dieses Experiment würde in der Tat das große, alles entscheidende werden. Ein Nobelpreis-Job, kein Zweifel möglich. Norman hatte es »Die ultimative Suche« getauft, und es war in der Tat ein Knaller.

Sicher, Normans kleinere wissenschaftliche Unternehmungen waren in der Vergangenheit nicht allzu häufig von Erfolg gekrönt gewesen. Eigentlich noch nie, und genaugenommen hatte diese Tatsache ihn zeitweilig zum Gespött seiner Mitmenschen werden lassen. Aber diesmal war er sicher, daß er es gepackt hatte. Die Bewohner Brentfords würden aufwachen und Notiz nehmen. Falls Normans Berechnungen, kombiniert mit den Anstrengungen eines gewissen deutschen Physikers (der wegen seiner Theorien über die Relativität nicht gänzlich unbekannt war), sich schließlich als korrekt herausstellten, dann würde sich in Brentford und Umgebung einiges ändern, soviel war sicher.

Norman tätschelte das kleine braune Paket. Sobald alles da und korrekt und so weiter war, konnte er mit den ersten praktischen Tests beginnen. Es war Mittwoch, und er hatte nachmittags geschlossen, und dann würde man schon sehen, was man dann sehen würde.

Die Ladenklingel verkündete den Eintritt eines Kunden. Es war der Alte Pete, und wie immer folgte ihm sein Terriermischling dicht auf den Hacken.

»Morgen, Norman!« rief der alte Bursche fröhlich. »Eine halbe Unze Ships bitte, wenn du so freundlich wärst?«

»Grrmmmph mmmph«, erwiderte der Ladenbesitzer, dem in genau diesem Augenblick zum ersten Mal bewußt wurde, daß der Captain Laser Astrogum sich in seinem Mund verhärtet und Ober- und Unterkiefer nahezu untrennbar miteinander verklebt hatte.

»Grrmmmph mmmph?« erkundigte sich der Alte Pete und kratzte sich den schneeweißen Kopf. »Was heißt das denn nun schon wieder? Laß mich raten. Du experimentierst mit einer fortgeschrittenen Form von Esperanto, stimmt's? Oder versuchst du dich in Ventriloquismus?«

Norman umklammerte seinen Unterkiefer, und seine Schläfen wurden rot vor Anstrengung. Er rollte wild mit den Augen.

»Ah!« sagte der Alte Pete und tippte sich wissend an die Nase. »Ich denke, ich habe verstanden. Pantomime, was? Also schön. Ich bin ziemlich gut im Raten, gib mir nur einen Tip. Wie viele Worte?«

Norman zerrte an seinem verklebten Unterkiefer und hämmerte die geballte Faust auf die wurmstichige Ladentheke.

»Also fünf Worte?« erkundigte sich der Alte Pete. »Nein. Sechs? Sieben? Geht es um einen Film oder um ein Buch?«

Norman hastete in einer grotesken Verrenkung hinter der Theke hervor.

Er grunzte und schnaubte. Der Alte Pete trat einen betäubten Schritt beiseite, während sein junger Hund Chips draußen auf der Straße nach einem sicheren Versteck suchte.

»Das ist wirklich schwierig«, sagte der Alte Pete, als Norman sich auf den Boden warf, den Zeitschriftenständer umstieß und seinen Inhalt im Laden verstreute. »Ich glaube, ich hab's!« rief er plötzlich. »Ja, ich hab's! Es ist der legendäre Charles Laughton in seiner berühmten Rolle als Victor Hugos *Glöckner von Nôtre Dame*!«

Trotz der beträchtlichen Anzahl von Jahren, die der Alte Pete auf dem Buckel hatte, steckte noch eine Menge Kraft in seinen Armen, und die setzte er nun ein, um Norman in einer Geste herzlicher Gratulation für die ausgezeichnete Pantomime auf den Rücken zu schlagen.

Die Wucht löste die zementierten Zähne des Ladeninhabers.

Sie flogen aus seinem Mund und landeten an einer unzugänglichen Stelle unter der Theke, von wo sie kläglich grinsend hervorblickten.

»Banke fehr«, stotterte Norman. »Fielen Bank, Bete.«

»Dank, wem Dank gebührt«, erwiderte der Ältere. »Wenn ich jetzt vielleicht meinen Tabak haben könnte?«

Norman stolperte zur Theke und nahm ein Ein-Unzen-Paket aus dem Regal. »Auf daf Hauf«, lifpelte* er zwischen nackten Kauleisten hindurch. »Auf daf Hauf.«

Der Alte Pete, der noch nie in das Maul eines schenkenden Gauls gestarrt hatte, nahm sein Geschenk mit einer hastigen Geste der Dankbarkeit entgegen und verließ den Laden mit überhöhter Geschwindigkeit.

Auf halbem Weg zur Ealing Road grub Chips seine tadellos erhaltene Ausgabe von Bra-Busting Beauties aus seinem Geheimversteck unter den Bierkisten vor dem *Fliegenden Schwan* aus.

»Dieser Tag verspricht äußerst profitabel zu wer-

* Hoppala

den«, sagte der Alte frohlockend zu seinem pelzigen Freund.

Jung Chips bellte unverbindlich. Seine natürliche Paragnosie** verspürte etwas, das weitaus näher am Gegenteil lag, und deswegen verkniff er sich an dieser Stelle eine *opinione precipitato*.

* Vielleicht Hellsichtigkeit?

Kapitel 4

Das Spiel der Schrebergartengolfer hatte in der Zwischenzeit ein kritisches Stadium erreicht. Sie waren am Achtzehnten Grün, und Omally mußte nur noch einen Neun-Fuß-Putt quer über Reg Watlings gefurchtes Spinatbeet versenken, um das gesamte Spiel zu gewinnen. Die Wetten waren im Verlauf der morgendlichen Runde beständig in die Höhe geklettert, und mit dem gestiegenen finanziellen Risiko hatten die beiden Spieler zunehmend schmallippig und adleräugig auf die kleinste Regelverletzung des jeweils anderen gelauert.

Omally spuckte sich in die Hände und rieb sie gegeneinander. Er stolzierte langsam um seinen Ball herum und betrachtete ihn aus einer Multiplizität von Winkeln. Er skrutinisierte* die geologischen Gegebenheiten, warf ein paar Strohhalme in die Luft und nickte nachdenklich, während sie der Erde entgegensanken. Er leckte sich über den Finger und hielt ihn himmelwärts, dann warf er sich auf den Boden und zielte nach der Art eines Scharfschützen über den Stiel seines Schlägers.

»Also schön«, sagte er schließlich. »Sieht aus wie ein Kinderspiel.«

Pooley, der sich in die Taktiken der Psychologie geflüchtet hatte, schüttelte zweifelnd den Kopf. »Ich würde eher sagen, es dauert mindestens noch drei Schläge bis zum Einlochen.«

Omally deutete über die Schulter zurück auf die volle Regentonne, in welcher Pooleys Ball ruhte. »Ich

* Fachbegriff aus der Rankinistik, einer noch jungen englischen Wissenschaft.

würde mich nicht wundern, wenn du nach Jacques Yves Cousteau und seinen Jungs rufst.«

Pooley zuckte die Schultern. »Verglichen mit deiner Aufgabe ist das wirklich geschenkt.«

Omally kicherte. »Sieh genau hin, Jim«, empfahl er seinem Kontrahenten.

Omallys Putting-Technik erinnerte frappierend an das, was erfahrene Schlagmänner aus Yorkshire im Oval demonstrierten. Omallys Putter entwickelte eine fatale Tendenz, sich bei Gelegenheiten wie diesen tief in das Erdreich zu wühlen, manchmal drei Zoll oder mehr, einmal sogar über Spatentiefe hinaus. Der Ball erfuhr im allgemeinen einiges an Auftrieb, obwohl *Das Einzige und Endgültige Offizielle Handbuch des Schrebergartengolfers* empfahl, jeden Ball, der über Schulterhöhe geputtet wurde, als Drive zu werten und den Spieler dementsprechend mit einem Penalty zu belegen.

Omally legte seinen Ball zurecht, während Pooley sich weiterhin um Psychologie bemühte. Er hüstelte wiederholt, raschelte mit Bonbonpapierchen in der Hosentasche und scharrte mit den Absätzen im trockenen Staub. »Ist das ein Spürhund oder ein Däne?« fragte er und deutete auf einen Hund, der allein in seiner Phantasie existierte.

Omally ignorierte ihn. Dieser Putt war einiges an Bier wert. Unvermittelt holte er bis weit hinter die Schulter aus, und in einem verschwommenen Bogen sauste der Putter tief hinter dem Ball in den Boden. Eine gewaltige Dreckfontäne spritzte hoch, ein *Divot,* wie man in Golferkreisen zu sagen pflegt. Mit einem Heulen wie ein kastrierter Kater schoß der Ball kanonenkugelgleich über die Parzelle, krachte gegen den Wellblechzaun und tanzte und hüpfte von dort über den unkrautbewachsenen Grenzstreifen des Alten Pete, bevor er schließlich kaum einen Zoll vor dem Achtzehnten Loch zum Liegen kam.

Omally fluchte lästerlich, warf den Schläger zu Boden und drehte dem mutwilligen Ball verachtungsvoll den Rücken zu.

»Pech gehabt«, sagte Pooley unter schadenfrohem Kichern, um dann tröstend hinzuzufügen: »Aber es war immerhin ein tapferer Versuch. Würdest du lieber eine kleine Pause einlegen, bevor ich meinen Ball versenke, auf die abwegige Chance hin, daß ein Erdbeben dir doch noch zum Sieg verhilft?«

Omally trat gegen seine Golftasche.

»Nun beruhige dich wieder«, empfahl Pooley.

John Vincent Omally wandte sich mit bitterem Blick zu seinem Kontrahenten um. »Also schön, Jimmyboy«, schnaubte er. »Dann laß uns sehen, was du kannst.«

»Es wird dir nicht gefallen.«

»Wird es nicht?«

»Nein, wird es nicht.« Pooley tippte sich zum wiederholten Mal an die Nase. »Möchtest du den Einsatz vielleicht verdreifachen?«

Omally strich sich über das Kinn. »Aus der Regentonne mit einem Schlag ins Loch, ja? Ist es das, was du vorschlagen willst?«

Pooley nickte.

»Falls du nicht insgeheim wie der Dalai Lama die Techniken der Levitation und Telekinese beherrschst – was ich im übrigen nicht glaube –, halte ich das für ausgeschlossen.«

»Du wirst dich wundern.«

Omally spuckte sich in die Hand und schlug ein. »Wir verdoppeln die Wette. Reicht das auch?«

»Angemessen.«

Pooley schlenderte zur Regentonne. Die Geländeform konnte gar nicht besser geeignet sein. Nur einen sanften Abhang hinunter und in die Senke, in deren Mitte das Achtzehnte Loch wartete.

»Ich spiele ihn von hier«, sagte Jim und wandte dem Loch den Rücken zu.

Omally schob die Hände in die Taschen. »Wie du meinst«, erwiderte er.

»Ich werde ihn mit einem Mashie* spielen, falls du keine Einwände hast.«

»Überhaupt keine.«

Omally nahm den Schläger aus der Tasche und reichte ihn seinem Freund. Pooley beugte sich vor und markierte eine Stelle auf der Vorderseite der Regentonne mit einem kleinen Kreidekreuz. Dann trat er einen Schritt zurück, packte den Schläger mit beiden Händen wie einen Hammer und versetzte der alten Zinktonne einen mörderischen Schlag.

Das resultierende Loch war nicht gerade klein, und begeistert bahnte sich das gesammelte Wasser einen Weg in die Freiheit. Von der Strömung mitgerissen – und offensichtlich voller Freude, seinem nassen Grab zu entkommen –, tanzte Pooleys Ball heiter auf der Flutwelle daher. Er hüpfte den leichten Hang hinunter, pirouettierte um das Achtzehnte Loch herum, als wolle er sich ein letztes Mal vor dem staunenden Publikum verbeugen, und versank mit einem sarkastischen Gurgeln.

»Gewonnen«, sagte Pooley und rieb sich die Hände. »Am besten hören wir jetzt auf.«

Omally versetzte seinem Kameraden einen vernich-

* Eisen

tenden Hieb gegen den Kopf. Jim ging in einem Wald aus Bohnenstangen zu Boden, doch er kam fast im gleichen Augenblick mit einem gewaltigen Kriegsruf auf den Lippen wieder hoch. Er warf sich auf Omally, packte den Iren und schleuderte ihn auf den jetzt schlammigen Boden.

»Du bist ein verdammt schlechter Verlierer!« brüllte er und versenkte dabei seinen Daumen in Omallys rechtem Auge.

»Und du bist ein verdammt mieser Betrüger!« brüllte der Ire zurück und attackierte wie immer in Richtung Unterleib.

Die beiden Männer waren mehr als ebenbürtig, obwohl Omally bei weitem die schmutzigeren Tricks anwandte. Sie kugelten sich im Schlamm und demonstrierten eine höchst beeindruckende Vielfalt an unsportlichen Schlägen, Tritten und Ellbogenstößen.

So ging es gut und gerne zehn Minuten weiter, während sie einander den geringstmöglichen Schaden zufügten und dabei die größtmögliche Energie verbrauchten, als beiden mit einem Mal bewußt wurde, daß ihre Mätzchen beobachtet wurden.

Zwanzig Yards oder so entfernt stand eine einsame Gestalt in einem grauen Overall und beobachtete schweigend das Treiben. Auf die Entfernung hin waren ihre Gesichtszüge nur schwer zu erkennen, doch sie wirkten flach und irgendwie orientalisch.

Die beiden Freunde erhoben sich und klopften ihre Kleidung ab. Der Kampf war vorüber, das Gericht hatte auf unentschieden plädiert. Hastig zogen sie sich in die zweifelhafte Sicherheit von Pooleys Schrebergartenhütte zurück und starrten von dort durch ein Astloch auf die graue Gestalt. Sie stand so unbeweglich da wie eine Schaufensterpuppe und starrte so ungerührt in Richtung der Hütte mit Pooley und Omally darin, daß der sensible Jim es mit der Angst zu tun bekam. Die Gestalt war durchschnittlich groß und erinnerte mit ihren hohen Wangenknochen verblüffend an den jungen Jack Palance.

Pooley suchte nach seiner Tabaksdose. »Das gefällt mir nicht«, sagte er.

Omally, der Pooleys Dose während des Kampfes aus dessen Tasche gestohlen hatte, drehte sich hinter seinem Rücken eine Zigarette. »Wahrscheinlich irgendein Arbeiter, weiter nichts«, schlug er vor. »Oder ein Busfahrer oder ein Mann von den Gaswerken.« Der hohle Tonfall von Omallys Stimme entging seinem Kumpan keineswegs.

»Für mich sieht er eher wie ein Gemeindearbeiter aus«, sagte Jim und schüttelte kläglich den Kopf. »Vielleicht ein Gärtner oder ...«

»Sprich nicht weiter!« sagte John. »Du meinst, er könnte von der Stadtverwaltung geschickt worden sein, um die Schrebergärten zu inspizieren?«

Pooley ballte die Fäuste. »Das ist zuviel! Sie haben uns von den öffentlichen Plätzen verbannt und diskriminiert, und jetzt verfolgen sie uns immer noch, weil wir dieses Spiel so lieben! Das geht entschieden zu weit! Wir bringen ihn um und vergraben seine Leiche.« Omally war Pooleys Meinung, daß die Geschichte entschieden zu weit ging, doch der Lösungsvorschlag seines Freundes mißfiel ihm.

»Vielleicht ist noch nicht alles verloren«, sagte er. »Vielleicht ist der Bursche eben erst angekommen und hat lediglich unsere kleine Meinungsverschiedenheit wegen meines ganz ausgezeichneten Kunstschusses gesehen und sonst nichts? Vielleicht hat er noch gar keinen Verdacht geschöpft.«

Pooley deutete durch eine zerbrochene Fensterscheibe auf die Stelle, wo sein Golfcaddy (ein umfunktionierter Einkaufswagen) mit seiner Auswahl an unvergleichlichen Schlägern in der Sonne glitzerte.

Omally ließ den Kopf hängen. »Das Spiel ist aus«, sagte er mit bleierner Stimme.

Pooley drückte das Auge ein weiteres Mal gegen das Astloch in der Hüttenwand.

»Er steht noch immer dort«, meldete er. »Vielleicht können wir ja mit ihm reden? Oder besser noch, vielleicht können wir ihn bestechen?«

Omally fand die Idee gar nicht schlecht. Jeder hat seinen Preis.

»Wieviel Geld hast du in den Taschen?« fragte er.

Pooley grinste böse. »Du hast deine Wettschuld noch nicht beglichen, John. Ich denke, du bist gefragt, mit ihm zu verhandeln. Sprich mit Engelszungen zu ihm und zögere nicht, nötigenfalls einen Teil meines Gewinns zu investieren. Ich nehme doch an, daß du ein Mann von Ehre bist?«

Omally leckte über das Ende seiner gestohlenen Selbstgedrehten.

»Meinetwegen«, antwortete er großzügig. »Ich gehe zu ihm. Wir betrachten deinen Gewinn als eine Investition, um eine weitere Saison ungestörten Spielens sicherzustellen. Und ich zweifle nicht im mindesten daran, daß du während dieser Zeit ausreichend Gelegenheit erhalten wirst, meine Taschen kontinuierlich zu füllen. Falls dein Spiel sich nicht entscheidend verbessert, heißt das.«

Pooley öffnete den Mund zu einer Widerrede, doch dann überlegte er sich die Sache anders. In verbalen Auseinandersetzungen wie diesen zog er gegenüber Omally stets den kürzeren.

»Dann geh also, in Gottes Namen«, sagte er. »Aber vorher sei bitte so freundlich und laß mir meine Tabaksdose da, ja?«

Omally straffte seine Bataillonskrawatte, reckte die breiten, ausgestopften Schultern, stieß die Schrebergartenhüttentür auf und trat ins Sonnenlicht hinaus. Die Gestalt stand abwartend zwischen den Bohnenstangen und beobachtete den Iren mit einem undeutbaren Gesichtsausdruck. Omally schob die Hände in die Hosentaschen und blickte mit extremer Nonchalance um sich. Er gähnte, streckte sich und dann, als hätte er die Gestalt in diesem Augenblick zum ersten Mal wahrgenommen, legte er den Finger grüßend an die Schläfe und entbot dem Fremden ein herzliches »Guten Morgen auch.«

Die Gestalt sagte kein Wort und starrte ihn weiterhin ungerührt an.

»Sollte mich nicht wundern, wenn es heute noch Regen gibt«, sagte Omally, der sich so schnell von niemandem aus der Fassung bringen ließ. »Aber das kann nicht schaden.«

Während er sprach, schlenderte er langsam auf den Fremden zu und tarnte seine Annäherung mit einem gelegentlichen Seitschritt, um die eine oder andere blühende Blume genauer in Augenschein zu nehmen. Bald trennten die beiden keine fünfzehn Yards mehr.

»Dieses Jahr wird bestimmt ein ganz hervorragendes Bohnenjahr«, sagte John und setzte sich flink in Richtung der Gießkanne vom Alten Pete in Bewegung. Um den Spion der Stadtverwaltung zu erreichen (inzwischen war Omally hundertprozentig sicher, daß es sich bei der lauernden grauen Gestalt um einen solch verabscheuungswürdigen Menschen handelte), mußte er irgendwie hinter Soap Distants schwer verriegelter eiserner Wellblechhütte vorbei. Soap Distant war unter höchst merkwürdigen Umständen aus Brentford verschwunden, doch die Pacht für seine Parzelle war bis zum Ende des darauffolgenden Jahrhunderts bezahlt, und so blieb seine Laube unberührt und unantastbar.

Omally schlich hinter der Laube vorbei. Er verlor den Spion höchstens für eine Sekunde oder so aus den Augen, doch als er an der Stelle auftauchte, wo der Bösewicht zuvor gestanden hatte, war zu Johns größter Überraschung keine Menschenseele mehr zu sehen.

Pooley schlenderte herbei.

»Wohin ist er gegangen?« fragte er. »Ich hab' einen Augenblick woanders hingesehen, und plötzlich war er verschwunden.«

Omally kratzte sich am Kopf.

»Diese Sache ist ganz und gar nicht koscher, will mir scheinen.«

»Er muß das Weite gesucht haben.«

Omally kratzte sich erneut, diesmal am Stoppelkinn. »Vielleicht«, sagte er. »Vielleicht. Riechst du auch diesen schrecklichen Gestank nach Holzschutzmittel? Hat irgend jemand seinen Zaun gestrichen?«

»Nicht, daß ich wüßte.«

Omally zuckte die Schultern. »Was jetzt? Spielen wir noch 'ne Runde?«

Pooley warf einen Blick auf seine *Piaget*-Armbanduhr. »Ich bin ein wenig unruhig«, gestand er. »Vielleicht sollten wir uns in den *Fliegenden Schwan* zurückziehen und ein kühles Pint zur Beruhigung unserer Nerven nehmen?«

»Das«, sagte Omally und klatschte in die Hände, »ist auf keinen Fall die schlechteste Idee!«

Kapitel 5

Ptttou . . .! Ptttou . . .! Ptttou . . .! Ptttou . . .! Wappp . . .

»W-w-was?« Das unheilige Geräusch echote durch die bibliotheksartige Stille im Schankraum des *Fliegenden Schwans,* ratterte an den Meßgläsern und riß die Gäste aus ihrer Kontemplation der täglichen Rennergebnisse. Neville der Teilzeitbarmann schlug die Hände über die Ohren und fluchte zwischen erneut zusammengebissenen Zähnen hindurch.

Nicholas Roger Raffles Rathbone, der gegenwärtig als örtlicher Zeitungsjunge dienstverpflichtet war, stand vor der Captain Laser Alien Attack Maschine, die Füße auf Viertel vor drei und die Schultern schmerzhaft nach vorn gekrümmt in seinem Bestreben, den Planeten vor einem nicht enden wollenden Strom kosmischer Cousins zu verteidigen, die nichts als Zerstörung, Untergang und Invasion im Schilde führten.

Ptttou . . .! Ptttou . . .! Ptttou . . .! Ptttou . . .! Sein rechter Zeigefinger zuckte über dem Auslöseknopf für die Neutronenbomben, und auf seiner hohen Stirn stand ein feiner Schweißfilm. »Los, mach schon, du alter Hundesohn! Ja, so ist's gut!« Kleine bunte Fäden aus Licht wie die Überreste eines drittklassigen Feuerwerks strömten über den blau gefärbten Bildschirm der Videomaschine in die Richtung, aus der sich eine Horde von Raumschiffen näherte, verwandelten sich vor den Augen der betrachtenden Welt in dicke Oliven, verblaßten und sanken schwankend zu Boden.

Ptttou . . .! Wappp . . . »W-w-was?«

Jung Nick trat mit dem kirschroten Stiefel gegen die

Maschine und tat sich mehrere seiner Lieblingszehen weh.

Der Bursche grub in seinen Taschen auf der Suche nach weiterem Kleingeld, doch er fand nur eine Ein-Pfund-Note, deren Seriennummer rein zufällig identisch war mit der einer anderen (Ein-Pfund-Note), die noch kurz zuvor in Normans geheimer Geldkassette unter der Ladentheke geruht hatte. Raffles Rathbone wandte seinem summenden Gegner vorübergehend den Rücken zu und hüpfte zum Tresen. »Kannst du mir bitte Kleingeld geben, Nev?«

Neville musterte die schwindsüchtige Gestalt mit der limonengrünen Frisur.

»Geht nicht«, antwortete er maliziös lakonisch. »Du mußt schon etwas zu trinken bestellen.«

»In Ordnung, meinetwegen. Dann nehme ich ein halbes Pint Radler und bitte jede Menge Kleingeld. Der Captain wartet auf mich.«

Neville zapfte eine Nußschale voll Bier in das Glas und goß den Rest aus dem Tropfglas nach.

»Wir haben keine Limonade«, schnarrte er.

»Macht nichts«, antwortete Nick.

Neville schob das abgestandene halbe Pint über den glänzenden Tresen und bemerkte, daß der rechte Zeigefinger des Burschen kontinuierlich auf einen imaginären Auslöseknopf für Neutronenbomben trommelte.

Er nahm die Pfundnote mit der suspekten Seriennummer entgegen, öffnete die Kasse wie gewöhnlich mit einem Nullbon und schaufelte eine ganze Handvoll Pennies und Halfpennies sowie ein einzelnes Zehn-Schilling-Stück heraus.

»Tut mir leid, anders geht's im Augenblick nicht«, sagte er zu dem nervös zappelnden Burschen. »Wir sind heute morgen ein wenig knapp mit Wechselgeld.«

Der Bursche zuckte die Schultern. »Schon in Ordnung.« Er war nur zu gut vertraut mit der Bedeutung des Sprichworts vom Propheten, der in seinem eigenen Land nichts galt. Im Geiste nahm er sich vor, das nächste Mal genügend Silber einzustecken, bevor er sich zu seinem mittagspauslichen kosmischen Kriegszug in den *Fliegenden Schwan* begab. Ohne weitere Umstände nahm er seine Pennies und Halfpennies, steckte sie in die Tasche, schob das halbe Pint demonstrativ beiseite und hüpfte mit seinem Zehn-Schilling-Stück in der ausgestreckten Hand zurück zu Captain Laser und seiner summenden Maschine.

In diesem Augenblick betraten Pooley und Omally den *Fliegenden Schwan*.

»Gott zum Gruß alle miteinander«, sagte der Ire, während weitere Ptttous die Stille durchdrangen. »Und die Pocken auf die verdammten Japse und ihre Höllenmaschinen.«

Raffles Rathbone bekam kein einziges Wort von alledem mit. Er stand zusammengekauert vor der Maschine und half dem Captain bei dessen Bemühungen, der Alienplage Herr zu werden. Sein Gesicht war zu der Art von Ausdruck verzerrt, die Joseph Carey Merrick* zu einer so großen Attraktion in den viktorianischen Shows gemacht hatte. Sein rechter Zeigefinger zuckte in einer einheimischen Abart des St.-Veits-Tanzes, und sein gesamter Körper bebte, als sei er mit elektrischer Energie geladen.

Neville biß die Zähne zusammen, was eine weitere teure Füllung lockerte. Dann wandte er den Blick

* Der Elefantenmensch

gewaltsam von dem verabscheuungswürdigen Spektakel und richtete ihn auf die eintretenden Stammgäste.

»Was darf's denn sein, die Herrschaften?« erkundigte er sich.

Pooley ließ sich auf seinem Lieblingshocker nieder. »Zwei Pints von deinem Allerbesten, Herr Wirt«, sagte er. »Mein Begleiter hier zahlt.«

Neville hantierte mit großem Brimborium an den Hähnen und zapfte zwei Pints vom Allerbesten, und er bedachte Omally nur mit dem schwächsten aller Anflüge von Mißtrauen, als der Ire ohne jeden Aufstand zahlte. Wahrscheinlich, so vermutete der Teilzeitbarmann ganz richtig, ging es um die Einlösung einer Ehrenschuld.

Allerdings runzelte er doch ein wenig überrascht die Stirn, als ihm bewußt wurde, wie verdreckt die beiden Trinker waren. Er hatte das Gefühl, daß irgend etwas nicht in Ordnung war.

»Ist irgend etwas nicht in Ordnung?« erkundigte er sich ganz folgerichtig.

John nahm einen tiefen Schluck aus seinem Glas. »Wieso? Sollte etwas nicht in Ordnung sein?« erwiderte er im Brustton größter Aufrichtigkeit. »Ich muß gestehen, ich bin verwirrt.«

»Ich auch«, nickte Pooley und klopfte sich auf die Herzgegend.

Der Teilzeitbarmann stand einen Augenblick lang schweigend da und hoffte auf eine ausführlichere Erklärung, doch als offensichtlich wurde, daß er umsonst wartete, nahm er ein Pintglas zur Hand und fing an, es zu polieren.

»Du hattest bis jetzt noch kein Glück mit der Außerbetriebnahme dieses Horrorgeräts, wie?« fragte

Omally und deutete über die Schulter auf die Captain Laser Alien Attack Maschine.

Nevilles Polieren wurde hektischer. »Nicht das geringste«, schnarrte er. »Ich habe alles versucht, was in meinen Kräften stand. Heiße Suppe darübergegossen, Falschgeld in den Schlitz, ich bin mit einer Axt darauf losgegangen, und ich habe sogar versucht, das Stromkabel durchzuschneiden, aber dieses Mistding ist an der Wand verankert.«

»Und warum schaltest du nicht die Sicherung im Stromkasten aus?« fragte Pooley.

Neville lachte hohl. »Das war mein erster Gedanke. Aber unsere Freunde von der Brauerei haben Maßnahmen dagegen getroffen. Ich habe jede einzelne Sicherung ausgeschaltet, und das verdammte Ding läuft immer noch. Anscheinend besitzt es eine besondere Stromversorgung, die noch nicht einmal über den Zähler läuft. Es läßt sich nicht abschalten, und es läuft Tag und Nacht. Ich kann es sogar oben in meiner Wohnung hören, wie es in einem fort summt. Ich schwöre euch, wenn nicht bald etwas geschieht, werde ich meinen Job hier kündigen, sonst werde ich wahnsinnig.«

»Halt durch«, ermunterte ihn Jim.

»Seht euch dieses Ding doch an!« Es fehlte nicht mehr viel, und Neville würde seine Beherrschung verlieren. »Es ist eine Obszönität, eine Abscheulichkeit, eine Beleidigung!« Er legte die Hand über das Herz und die andere auf den Tresen. »Früher einmal«, sagte er, »früher, da konnte man in diesem Laden sitzen und sich einfach nur mit guten Freunden unterhalten. Sicher erinnert ihr euch daran. Früher einmal konnte man in einer Nische sitzen und nachdenken, über was man wollte. Wie ihr euch ganz sicher erinnern werdet, und korrigiert mich, wenn ich mich irre oder melancholisch wirke, gab es einmal eine Zeit, da die Harmonie dieses Pubs nur vom leisen Flügelschlag der Vögel draußen gestört wurde. Früher einmal ...«

»Genug, genug!« rief Jim. »Halt ein, mein Freund. Ich kriege einen Kloß im Hals, der mich ernsthaft beim Trinken behindert!«

»Ich bin ganz gewiß kein Mann, der leicht in Panik gerät«, fuhr Neville fort, obgleich alle wußten, daß das eine glatte Lüge war. »Aber dieses Ding bricht meinen Widerstand. Ich ertrage nicht viel mehr, das kann ich euch verraten.«

Omally entging die Verzweiflung auf dem Gesicht des Teilzeitbarmanns nicht, und er verspürte die dringende Gewißheit, daß sich damit vielleicht ein finanzieller Vorteil verbinden ließ.

»Du mußt eben mit den gleichen Waffen zurückschlagen«, sagte er, als er die Zeit dafür für gekommen hielt. »Eine harte Hand, das ist die Sprache, die diese mechanischen Burschen verstehen.«

Nevilles Augen glitten über die Musikbox, die seit zehn Jahren keinen Ton mehr von sich gegeben hatte. Seit Omally seine harte Hand an das Ding gelegt hatte. Verglichen mit dem Videospiel erschien ihm die Musikbox heute als wahrer Segen, wenngleich er sich noch gut an die Agonie erinnerte, die ihn damals befallen hatte.

»Und du meinst, du wärst dieser Herausforderung gewachsen?« erkundigte er sich mit tonloser Stimme.

»Kinderspiel«, antwortete Omally. Pooley verschluckte sich fast an seinem Bier.

»Also dann«, sagte Neville der Teilzeitbarmann. »Die hier gehen aufs Haus.«

Der Alte Pete, dessen Gehör noch genauso scharf

wie sein Arm stark war, bekam die letzte Bemerkung mit. »Guten Morgen, John, Jim«, sagte er und erhob sich, auf seinen Stock gestützt. »Schöner Tag heute, nicht wahr?«

»Er fing nicht besonders gut an, dieser Tag«, erwiderte Omally, »aber er hellt sich allmählich auf. Prosit.«

»Wart ihr im Schrebergarten?« erkundigte sich der Alte, während er sein leeres Glas auf dem Tresen absetzte und auf die verschmutzte Kleidung der beiden geheimen Golfer deutete.

»Unkraut jäten«, antwortete John und deutete die Bewegung mit dem entsprechenden imaginären Gerät an. »Dieses Zeug kommt wirklich über Nacht hervor.«

Der Alte Pete nickte weise. »Es ist schon merkwürdig«, stimmte er zu, »was in so einem Schrebergarten alles über Nacht zum Vorschein kommt. Nehmt meine Parzelle zum Beispiel. Ihr kommt nie darauf, was ich vor kurzem dort entdeckt habe.«

Pooley, der sehr wohl eine Ahnung hatte, was der Alte Pete meinen könnte, schwieg angelegentlich.

»Ein *Golftee*«, sagte der Alte Pete mit rauhem Bühnenflüstern, das bis in die letzte Ecke des *Fliegenden Schwans* drang.

»Einen doppelten Rum für meinen Freund hier«, orderte Omally und klopfte mit dem Glas des Alten Pete auf den Tresen.

»Na, das nenne ich eine angenehme Überraschung!« sagte der verdammte alte Bastard. »Gott segne euch, Jungs. Gott segne euch.«

Omally trank schweigend.

»Jetzt verrat mir doch eins, Pete«, sagte er, nachdem der Alte an seinem Freirum genippt hatte, »wie geht es dir denn sonst so dieser Tage?«

Der Alte Pete grunzte unvermittelt. »Ich schätze, ich darf mich nicht beklagen«, sagte er.

»Nichts Neues? Nichts Ungewöhnliches oder Unerwartetes passiert?«

»Nicht, daß ich wüßte. Hast du vielleicht etwas Bestimmtes im Sinn?«

»Nö, überhaupt nicht.« Omally vollführte eine vage Geste. »Es ist nur ... nun, um ehrlich zu sein, Pete, wir alle wissen, daß dir nur wenig, wenn überhaupt, von dem entgeht, was in unserem Bezirk so passiert. Wie diese Einladung sicherlich beweist. Ich dachte nur, daß dir vielleicht irgend etwas Interessantes zu Ohren gekommen sein könnte.«

»Könntest du nicht ein wenig deutlicher werden?« fragte Pete und leerte seinen Drink. »In dieser Gegend passiert so einiges, und wie du bestimmt weißt, macht es verdammt durstig, den Finger am Puls des Geschehens zu halten.«

Omally blickte zu Pooley, und der zuckte die Schultern.

»Noch mal das gleiche, Neville«, sagte John Vincent Omally zu Neville dem Teilzeitbarmann, der mit aufgespannten Ohren in der Nähe gelauert hatte.

»Genau das gleiche?«

»Genau das gleiche.«

Die Bestellung wurde erledigt, und zu Nevilles Empörung zog der Alte Pete seine beiden Wohltäter zu einem Nebentisch, unter dem sein Hund Chips Platz gemacht hatte und so tat, als schliefe er. Die drei Männer setzten sich.

»Gehe ich etwa richtig in der Annahme, daß du etwas ganz Bestimmtes im Sinn hast, Omally?« erkundigte sich der Alte Pete.

»Ach nee, nichts Besonderes«, log Omally. »Kaum

der Rede oder deiner kostbaren Zeit wert, wenngleich ich gestehen muß, daß ich einigermaßen perplex bin.«

»Dann frag nur zu, John. Du hast zwei Drinks Kredit, und ich bin ein Mann, der seine Schulden bezahlt.«

»Dann komme ich gleich zur Sache, in Ordnung? Hast du zufällig einen verdächtig aussehenden Typen durch die Gegend schleichen sehen? In der Nähe oder sogar auf dem heiligen Boden unserer Schrebergärten?«

Der Alte Pete nickte. »Selbstverständlich habe ich das«, sagte er. »Sowohl bei den Schrebergärten als auch an anderen Stellen.«

»Und hat dieser verdächtig aussehende Typ vielleicht einen grauen Overall getragen und gelbliche Gesichtszüge mit hohen Wangenknochen gehabt?«

»Du meinst den, der wie der junge Jack Palance aussieht?«

»Ganz genau den.«

»Ich habe mehrere von seiner Sorte gesehen.«

»Meine Güte!« entfuhr es Pooley. »Mehr als einen?«

»Wenigstens vier. Nehmt meine Warnung zur Kenntnis, sie scheinen von offizieller Stelle zu kommen. Letzte Woche habe ich einen unten am Kanal gesehen, gestern stand einer an der Ecke der Ealing Road, und in dieser Minute steht einer hier im *Fliegenden Schwan* drüben beim Eingang zur Herrentoilette und trinkt etwas.«

»*Was?*« Omallys Kopf ruckte in Richtung Herrentoilette herum. Und tatsächlich, in der dunklen Nische stand eine finstere Gestalt in einem grauen Overall. Die Gesichtszüge waren im dämmrigen Licht nicht zu erkennen, trotzdem handelte es sich so gut wie ohne jeden Zweifel um genau das gleiche Individuum, das

Omally und Pooley keine halbe Stunde zuvor beim Schrebergartengolfen entdeckt hatten. Während Omally hinsah, wandte die Gestalt ihm den Rücken zu und schlenderte durch die Tür zur Herrentoilette.

»In Ordnung, Pete«, sagte Omally und drehte sich wieder zu dem Alten um. »Wer ist das?«

Der Alte Pete zuckte die Schultern. »Ich fürchte, mit dieser Information kann ich nicht dienen. Als ich die Kerle zum ersten Mal sah, hielt ich sie für Leute, die bei der Stadt arbeiten. Sie hatten irgendwelche Instrumente auf Stativen dabei und schienen das Land zu vermessen. Aber ich bin nicht nahe genug an sie herangekommen, um Fragen zu stellen. Sie entschlüpften in Seitenstraßen oder durch Gassen, sobald ich mich zu nähern versuchte. So nah wie diesem dort auf der Toilette bin ich bis jetzt noch keinem gekommen.«

»Und du bist ganz sicher, daß es mehr als einen von ihnen gibt?« fragte Pooley.

»Einmal habe ich drei zur gleichen Zeit gesehen. Sie gleichen sich wie das sprichwörtliche Ei dem anderen. Verdächtig, wenn ihr mich fragt. Höchst verdächtig.«

»Ich gehe zu ihm und frage ihn einfach.« Omally wollte sich aus seinem Stuhl erheben.

»Warte besser, bis er zurück ist«, empfahl Jim. »Schließlich ist es ziemlich unfair, einen Mann auf der Toilette in die Enge zu treiben.«

»Besser, du machst es jetzt, solange er nicht entwischen kann«, widersprach der Alte Pete. »Sie sind ein ziemlich verschlagener Haufen. Ich habe diesen Burschen nicht hereinkommen sehen, und ich war der erste im *Fliegenden Schwan* heute morgen.«

»Damit ist die Entscheidung gefallen«, sagte John und schob die Manschetten hoch. »Ich werde gehen und das eine oder andere Wörtchen mit ihm reden.«

Ohne weiteres Aufheben erhob er sich, durchquerte die Bar und stieß die Tür zur Herrentoilette auf.

Sanft schloß sie sich hinter ihm, und eine Weile geschah überhaupt nichts. Pooley starrte zu der alten Guinness-Uhr an der Wand und beobachtete, wie der Sekundenzeiger seine Runden zog.

»Langsam mache ich mir Sorgen um Omally«, flüsterte er dem Alten Pete zu.

Der Alte nickte. »Omally kann ganz gut auf sich selbst aufpassen. Wir alle wissen, daß er ein Großmeister in der tödlichen Kampfkunst des Dimac ist.«

»Sicher, das wissen wir«, erwiderte Jim mit einiger Mühe.

Der Sekundenzeiger passierte zum dritten Mal die Zwölf. Pooley stützte sich auf den Tisch und stand auf. »Irgend etwas stimmt da nicht«, brummte er.

»Er hat gesagt, er wolle sich mit dem Burschen unterhalten. Sei nicht so ungeduldig, und gib ihm noch ein oder zwei Minuten.«

»Ich weiß nicht. Du hast erzählt, du hättest nicht gesehen, wann er in den *Fliegenden Schwan* gekommen ist. Vielleicht hat er noch ein paar Freunde hier drin, wer weiß? Mir gefällt die Sache jedenfalls ganz und gar nicht. Irgend etwas ist faul.«

Der junge Hund des Alten Pete, dem die Sache von Anfang an ganz und gar nicht gefallen hatte, zog sich zwischen die Beine seines Herrn zurück. Sekunden später war Jim über den ausgetretenen Teppichboden und durch die Tür der Herrentoilette.

Dort angekommen, blieb er wie angewurzelt stehen. Ihm stockte der Atem, und er schien mit einem Mal nicht mehr zu wissen, wo es hinein und hinaus ging. Die Augen drohten ihm aus den Höhlen zu fallen. Vor ihm stand John Vincent Omally, und dicke

Schweißbäche rannen über das Gesicht seines Freundes. Omallys Krawatte war wie ein Schal über die Schulter geworfen, und er schwankte auf den Hacken vor und zurück.

Omally starrte Pooley an, und Pooley starrte Omally an.

»Ist er inzwischen herausgekommen?« Omallys Stimme war nur ein heiseres Flüstern.

Pooley schüttelte den Kopf.

»Dann muß er ja wohl noch hier drin sein.«

Pooley nickte.

»Aber er ist nicht da!«

Pooley wußte nicht genau, ob er nicken oder den Kopf schütteln sollte. »Es stinkt entsetzlich nach Holzschutzmittel«, stellte er fest.

Omally schob sich an ihm vorbei und schlurfte in die Bar zurück. Pooley blieb noch und starrte weiter auf die gekachelten Wände. Über ihm befand sich ein Lüftungsschacht, dessen Öffnung kaum sechs Zoll durchmaß. Das einzige Fenster war von innen verriegelt, und die beiden Kabinentüren standen weit offen und gaben den Blick auf die sauberen Kloschüsseln dahinter frei. Beide (Kabinen) waren so leer, wie sie nur sein konnten.

Es gab keine erkennbare Möglichkeit zur Flucht, außer der einzigen Tür, und die führte geradewegs in den Schankraum.

Pooley schüttelte ein letztes Mal den Kopf, drehte sich langsam um und folgte Omally wie betäubt zurück in die Salonbar.

Kapitel 6

Die Uhr der Memorial-Bücherei schlug ein Uhr mittags, und Norman füllte die heruntergekommene Woodbine-Maschine vor seinem Eckladen auf. Er starrte in den Sargnagelspender und pulte die beiden Waschmünzen von Pooley aus dem Schlitz, die wie üblich ihren wöchentlichen Auftritt unter den zahlreichen echten Münzen hatten.

Anschließend kehrte er in seinen Laden zurück, verriegelte hinter sich die Tür und drehte das OPEN-Schild auf CLOSED. Er pfiff leise vor sich hin, während er den gesprenkelten Linoleumboden überquerte, doch weil er seine eigenwilligen Zähne noch nicht wieder unter der Theke hervorgeholt hatte, klang sein Pfeifen merkwürdig undeutlich. Aus irgendeinem Grund hatte Norman nie viel Freude am Summen entwickelt, und so begnügte er sich mit ein wenig unmelodischem Taktschnippen seitens seiner Finger, während er durch die Hintertür seinen Laden verließ, damit dieser – wie an ungezählten anderen Mittwochnachmittagen zuvor – Staub ansetzen konnte.

Im Hinterzimmer gab es eine kleine Küche, das traditionelle Nest jedes Ladenbesitzers, ausgestattet mit dem obligatorischen Gasherd und einem kleinen Ofen. Doch mit diesen unabdingbaren Notwendigkeiten endete bereits jegliche Ähnlichkeit mit anderen kleinen Küchen in Ladenhinterzimmern. Normans kleine Küche hatte eher Ähnlichkeit mit der Küche eines Alchimisten: Werkstatt, Forschungsstätte, Laboratorium, Teststation und zugleich Lager für eine exzessive Sammlung dänischer Hochglanzmagazine.

Gegenwärtig war die gewaltig überfrachtete kleine Küche Basislager für Normans neuestes und ehrgeizigstes Projekt. Hätte irgendein Kopf von der NASA das wissende Auge über die merkwürdige Ansammlung von elektronischem Hokuspokus schweifen lassen, der inzwischen die Küche füllte, er hätte wahrscheinlich sogar einen Sinn hinter alledem erahnt. Die Wände standen voller Computerbänke, die vor antiken Röhren nur so starrten und aus requirierten Saatkisten sowie uralten SUN RAY Radioapparaten zusammengebastelt waren. Der Boden war eine Schlangengrube voller Kabel. Alles in allem hätte sich Heath Robinson bei diesem Anblick sicher im Grabe umgedreht.

Norman spuckte erwartungsvoll in die Hände und rieb sie aneinander. Vorsichtig bahnte er sich einen Weg durch das Tohuwabohu, bis er vor einer großen Schalttafel von der Sorte angelangt war, die einem Baron Frankenstein bestens gefallen hätte. Norman bezog vor der Tafel Stellung, doch er hatte nicht die leiseste Absicht, die berühmten Worte desselben (Barons) von sich zu geben. Statt dessen lispelte er leise: »Und lof geht'h«, bevor er sich an die Arbeit machte.

Ein heftiger Blitz und Funkensprühen, und der Apparat erwachte zum Leben. Lichter blinkten auf den Konsolen ringsum, und Röhren leuchteten in düsterem Orange. Kleine Knisterer und Knackser, die konstante elektrische Kurzschlüsse andeuteten, ereigneten sich hier und dort, begleitet von einem dünnen blauen Dunst und einem beißenden Gestank, der Musik in Normans Nase war (sozusagen).

Der Ladenbesitzer ließ sich vor dem Hauptpaneel auf einen krummbeinigen Küchenstuhl fallen und machte sich daran, sein kleines braunes Päckchen auszuwickeln. Er zerrte die Wattierung aus Baumwolle beiseite, und zum Vorschein kam ein kostbares Stück Elektronik, das Norman vorsichtig mit einer Briefmarkenpinzette anfaßte und unter einem überdimensionalen Vergrößerungsglas untersuchte. Es war wunderbar, vollkommen bis ins Detail, das Produkt einer handwerklichen Kunst, die sich der Wahrnehmung des einfachen Volks größtenteils entzog. Norman pfiff durch seine Kauleiste.

»Wundervoll«, lispelte er. »Einfach wundervoll.«

Er schob das winzige Ding in eine glänzende Fassung auf seiner Frankensteinkonsole, und es rastete mit einem erfreulichen Geräusch ein. Das letzte winzige Steinchen in einem gewaltigen und extrem schwierigen Puzzle.

Norman klatschte voller Freude in die Hände und schaukelte auf seinem Stuhl. Alles war fertig, und alles wartete nur auf den letzten, den endgültigen Testlauf. Norman mußte bloß noch zwei passende Flecken Land aussuchen, und dann ...

Seine Hand verharrte schwebend über der Konsole und zitterte nicht wenig. Seine Berechnungen waren sicherlich korrekt, oder vielleicht doch nicht?

Er nahm eine Klemmtafel zur Hand und hakte die Punkte einer langen, komplizierten Liste einen nach dem anderen ab. Die Liste war im Verlauf vieler Monate entstanden und mit zahlreichen verschiedenen Tinten niedergekritzelt. Normans Erinnerungen folgten der Reise des Kugelschreibers auf dem Papier nach unten, und die langen Wochen der Planung, der Spekulation, des Bettelns und Borgens und schließlich des Bauens kamen ihm ins Gedächtnis zurück. Die schlaflosen Nächte, die bangen Augenblicke, die

Zweifel. Am meisten von allem die Zweifel. Was, wenn sich alles in Luft auflöste, wenn es am Ende nicht funktionierte? Der Bau dieser Maschine hatte ihn verdammt nah an den Rand des Ruins gebracht. Was, wenn das gesamte Konzept am Ende nichts weiter war als blanker Unsinn?

Norman kaute auf dem Ende seines Kulis. Nein, er konnte sich nicht irren. Der alte Albert E. hatte zwar 1927 seine Forschungen auf diesem Gebiet eingestellt, doch die grundlegenden Elemente besaßen noch immer Gültigkeit. Er konnte sich nicht irren. Nur weil Einstein im letzten Moment einen Rückzieher gemacht hatte, hieß das noch lange nicht, daß es unmöglich war.

Norman hakte die letzte Position auf seiner Liste ab. Alles war da, alles an der richtigen Stelle, alles picobello und in bester Ordnung, und alles wartete nur darauf, daß er den Schalter drückte. Er mußte sich lediglich noch zwei geeignete Stücke Land für seinen Test suchen, und dann konnte es losgehen.

Seine Hand schwebte unentschlossen über der Apparatur; wie gewisse Sportsfreunde in der Nachbarschaft verspürte auch Norman keinerlei Bestreben, vor Beendigung seines Projekts unnötige Aufmerksamkeit auf sich zu ziehen. Vorsicht war die Mutter der Porzellankiste. Die beiden Stücke Land, eins in der Nähe und eins in der Gegend des von ihm gesuchten Objekts, mußten zum Zeitpunkt des Experiments leer sein.

Zweiteres bedeutete kein größeres Problem. Selbstbewußt tippte Norman die Koordinaten ein, die er so gut kannte: dreißig Grad Länge, dreißig Grad Breite, und dann noch die Minuten. Was das Land in der Nähe anging: das stellte schon ein Problem dar. Sein

Plan lautete, das endgültige Experiment während der Stunden der Dunkelheit durchzuführen, solange erst wenige Brentforder auf den Beinen waren und stören konnten. Doch wo sollte er jetzt nur seinen kleinen Testlauf durchführen?

Norman schnippte mit den Fingern. »Heureka!« flüsterte er, nahm ein Brentforder Straßenverzeichnis zur Hand und blätterte durch die eselsohrigen Seiten. Dort. Der ideale Fleck. Die St. Marys Schrebergartenkolonie. Der Tag war heiß, und wer sein Leben dem Befurchen von Gottes guter Erde hingegeben hatte, würde inzwischen die lederflickenbesetzten Ellbogen auf den Tresen des *Fliegenden Schwans* stützen und Märchen über die Größe seiner Kürbisse verbreiten.

Norman tippte die entsprechenden Koordinaten ein und lehnte sich in seinem Sitz zurück, während er darauf wartete, daß die zum Transfer notwendige Energie aufgebaut wurde. Er faltete die Hände und flüsterte, was er von der lateinischen Litanei wußte. Dann drückte er den dicken roten Knopf, der sich bis vor kurzem noch im Besitz der Brentforder Freiwilligen Feuerwehr befunden hatte.

Aus der Kehle der elektronischen Maschinerie entrang sich ein leises Schnurren, begleitet von einem Geräusch wie Herzschlag. Die Lichter auf der Schalttafel erwachten zu doppelter Helligkeit, und die alten Radioröhren fingen an zu pulsieren wie oberirdische transparente Zwiebeln. Die kleinen Birnchen blinkten in rätselhaften Mustern, während sie das gesamte Farbspektrum durchliefen. Norman klatschte aufgeregt in die Hände und hüpfte auf seinem Stuhl auf und ab. Dichter blauer Rauch stieg von der Maschine auf, und das Schnurren der Apparatur kletterte mehrere Oktaven die Tonleiter hinauf, bis es zu einem ohrenbetäubenden Schrillen angewachsen war. Ein merkwürdiges Druckgefühl breitete sich in Normans Hinterzimmer aus, während das Gravitationsfeld langsam stärker wurde.

Plötzlich wurde Norman bewußt, daß er nicht mehr imstande war, die Hände von der Schalttafel oder die Füße vom Boden zu heben. Irgend jemand oder irgend etwas schien Zweihundert-Pfund-Säcke Zement auf seine Schultern zu laden. Seine Ohren knackten laut, seine Kieferleisten mahlten aufeinander, und er hatte alle Mühe, die Augenlider geöffnet zu halten.

Das entsetzliche Heulen und der schreckliche Druck nahmen weiter zu. Die Lichter auf der Schalttafel wurden noch heller, das Pulsieren gewann an Geschwindigkeit, und der ganze Apparat fing an zu vibrieren. Fensterscheiben fielen aus ihren vertrockneten Kittbetten, ein Riß erschien in der Decke. Unter den geschlossenen Lidern verdrehte Norman unfreiwillig die Augen. Dann konnte er sich nicht mehr im Stuhl halten und fiel ohne jede Eleganz, dafür mit um so größerer Vehemenz, dem Linoleum seines Fußbodens entgegen.

Überall in Brentford versagten elektrische Apparate; Wasserkessel stellten ihr Pfeifen ein, Fernsehbilder schrumpften zur Größe von Streichholzschachteln zusammen, die automatischen Bierpumpen im New Inn stellten mitten im Betrieb ihren Dienst ein, und im *Fliegenden Schwan* erloschen die Lichter. Der gesamte hintere Teil der Salonbar versank in Dunkelheit, und die Gäste suchten tastend nach ihren Gläsern.

Omally stöhnte laut. »Das Ende der Menschheit ist

gekommen«, sagte er. »Ich hätte niemals so früh aufstehen sollen.«

Pooley, der am Abend zuvor Karotten gegessen hatte, füllte sein Glas aus dem Pint des Iren nach.

»Nur Mut, John«, brummte er mit beruhigender Stimme. »Das ist ein Stromausfall, weiter nichts. Wie seit ein paar Monaten jeden Mittwoch nachmittag.«

»Aber der hier ist anders.«

Der Hund vom Alten Pete begann unvermittelt kläglich zu winseln, und Norman der Teilzeitbarmann stimmte zur allgemeinen Überraschung ein.

»Seht euch das an!« jammerte er. »Seht euch das an!« Er deutete in die undurchdringliche Dunkelheit. »Seht euch dieses verdammte Ding an!«

Ptttou ... Ptttou ... Ptttou ... Ptttou ... machte die Captain Laser Alien Attack Maschine. Das Wimmern der Elektrizitätswerke von Südengland schien sie nicht im geringsten zu beeindrucken, genausowenig wie das der Gäste im *Fliegenden Schwan*.

In dem winzigen Hinterzimmer des Eckladens gab es ein scharfes, ohrenbetäubendes Krachen, und ein mächtiger Energieblitz zuckte hoch. Er versengte die Wände und warf die Bänke pulsierender Elektronik um. Anschließend folgten ein oder zwei Augenblicke wirklich extremer Stille. Rauch hing schwer in der Luft, schmorende Kabel baumelten wie Lianen von den Apparaten, und die allgemeine Atmosphäre befleißigte sich mehr als nur einer Spur von Ähnlichkeit mit einer Leichenhalle.

Nach einiger Zeit bewegte sich etwas unter den umgefallenen Bänken von Elektronikschrott. Langsam und unter jeder Menge Husten, Ächzen und

Würgen stemmte sich eine geschwärzte, zahnlose Gestalt auf die Knie. Jetzt fehlte nicht nur die obere Hälfte des Gebisses, sondern auch die Augenbrauen, dafür war eine gewinnende, wenn auch ein wenig bizarre verkohlte Stirnlocke zu sehen. Die schwarze Gestalt trat die Trümmer beiseite und fummelte in dem Haufen ausgebrannter Röhren und verschmorter Platinen herum.

»Ah«, sagte sie, als plötzlich ein rußgeschwärztes Zeigerinstrument sichtbar wurde. »Ah. Ich denke, es hat funktioniert.«

Irgend etwas war durchgekommen. Und nach der Anzeige des Instruments zu urteilen, war es nicht gerade wenig, was da durchgekommen war. Eher viel.

Norman wischte sich mit dem rußgeschwärzten Handrücken die versengten Augenbrauen aus der Stirn, überzeugte sich rasch, daß keine Feuergefahr bestand, und suchte dann nach seinem Mantel.

Der Kleine Dave hatte seinen *mittäglichen Zustelldienst** hinter sich und nahm seine übliche Abkürzung vom Butts Estate in Richtung des *Fliegenden Schwans*, um sein wohlverdientes Pint Large zu sich zu nehmen. Er schlurfte durch die Schrebergartenkolonie, und seine fünfundzwanziger Schuhgröße wirbelte kleine Staubfontänen in die Luft, während er einen traurigen Klagegesang vor sich hinpfiff. Den Titel des Liedes hatte er längst vergessen.

Der Kleine Dave war noch keine zwanzig Staub-

* Das finden Sie nicht im Begriffswörterbuch, weil es dafür keine deutsche Entsprechung gibt. Übersetzt bedeutet es ungefähr, daß Sie zweimal am Tag Post bekämen. Dafür sind unsere Postboten keine Zwerge. Außer vielleicht im Saarland. (Anm. d. Ü.)

fontänen weit gekommen, als ihm etwas in die Augen stach, das ihn mitten im Schritt innehalten und eben jenen eigenen Geisteszustand anzweifeln ließ, den schon viele andere zuvor bei ihm angezweifelt hatten.

Der Kleine Dave zog seine Mütze ab und wischte sich mit dem Handrücken über die Augen. War das ein Wunder, wunderte er sich, oder litt er jetzt an Halluzinationen?

Ein überlebensgroßes Objekt, das ganz definitiv nicht dorthin gehörte, weidete genüßlich in seinem Kohlbeet. Es war ein abscheuliches, widerwärtiges Etwas von gewaltigen Proportionen, das merkwürdig vor sich hingrummelte, während es den preisgekrönten *Pringlea antiscorbutica* des Kleinen Dave verzehrte.

Dave verdrehte die Augen. War das vielleicht der Sasquatch? Oder der legendäre Surrey Puma? Vielleicht war es tatsächlich die riesige wilde Katze, die nach der Legende des Nachts durch die Schrebergärten schlich.

Der Postbote näherte sich mißtrauisch und bewegte sich noch dichter über dem Erdboden, als das grausame Schicksal der Natur es ohnehin für ihn bestimmt hatte. Ein Stück voraus wurden die Umrisse der Kreatur deutlicher erkennbar, und schließlich erkannte Dave, daß er auf ein Wesen durchaus bekannter Herkunft blickte. Obwohl ihm diese Erkenntnis nur wenig Trost verschaffte.

Das Ding war ein Camelus bactrianus. Ein ordinäres Kamel.

Die wirren Gedanken des Kleinen Dave verwirrten sich in diesem Augenblick verständlicherweise noch mehr. Der Brentforder Postbote war nie besonders gut im Umgang mit dem Unerwarteten gewesen. Er bekam ja schon Schaum vor den Mund, wenn er mit einem sechs Zoll breiten Briefumschlag vor einem fünf Zoll breiten Briefkasten eintraf ... und dieses Kamel auf seiner Schrebergartenparzelle, das sein kostbares Gemüse verspeiste, das war eine ganz andere Größenordnung!

Der erste Gedanke des Kleinen Dave lautete selbstverständlich, daß man dieses Ding unverzüglich vertreiben mußte. Sein zweiter Gedanke lautete, daß es sich bei diesem Kamel um ein außergewöhnlich großes Kamel handelte und daß Kamele von Natur aus bösartige Kreaturen waren, die es überhaupt nicht mochten, wenn man sie beim Fressen störte. Der dritte Gedanke lautete, daß Kamele ohne Zweifel teuer waren und daß es sicherlich eine hübsche Belohnung für denjenigen geben würde, der diesen Ausreißer zurückbrachte. Der vierte, fünfte, sechste und siebte Gedanke beschäftigte sich vage mit Zirkussen, Zigeunerschaustellern, die Zwerge für ihre Vorführungen kidnappten, einem alten Tod-Browning-Film, den der Kleine Dave vor einiger Zeit gesehen hatte, und den unaufhörlich steigenden Preisen für Gemüse.

Die Unterlippe des Kleinen Dave fing an zu beben, und seine gnomenhafte Contenance wich einem Ausdruck völligen Schwachsinns. Er schwankte einen oder zwei Augenblicke unentschlossen, ruderte mit den Armen, als wolle er fliegen, stieß einen Schrei größter Verzweiflung aus ... und nahm die Beine in die Hand, um schreiend aus der Schrebergartenkolonie zu fliehen.

Er war noch keine zwei Sekunden weg, als hinter einer Regentonne ein rußverschmierter Kopf auftauchte. Wenn man großzügig von den fehlenden Zähnen und den versengten Augenbrauen absah, erinnerte dieser Kopf verblüffend an Sir Lawrence

Olivier in seiner inzwischen berühmten Rolle als Othello.

Ein breites und nur ganz leicht irres Grinsen zerteilte das schwarze Gesicht in zwei Hälften, und ein verschlagenes Kichern entwich der Kehle des unheimlichen Beobachters. »Ah. Ich denke tatsächlich, es hat funktioniert.«

Die Gestalt rieb sich pfeifend die Hände und tänzelte aus ihrem Versteck hervor. Ein rascher Blick in die Runde zeigte ihr, daß sie nun allein war. Sie setzte sich in Bewegung und ergriff die Zügel des gemüsevertilgenden Kamels.

»Hüa«, sagte sie, und »Imschie Yallah«, und mit dem geringsten aller Bemühen um sorgfältige Überzeugungsarbeit* und so gut wie ohne jede Mühe führte sie die überraschend sanftmütige Bestie davon.

Hinter der vorhängeschloßverriegelten Wellblechhütte Soap Distants tauchte eine weitere Gestalt auf. Diese hier trug einen grauen Overall, war durchschnittlich groß, besaß einen leicht gelblichen Teint und hohe Wangenknochen. Sie ähnelte verblüffend dem jungen Jack Palance, und durch bernsteinfarbene Augen beobachtete sie, wie der Ladenbesitzer und sein ungewöhnlicher Schützling einträchtig nebeneinander davontrotteten. Die Gestalt zog ein Instrument aus einer bis dahin verborgenen Tasche, das merkwürdige Ähnlichkeit mit einer Messingwünschelrute aufwies, und zeichnete damit ein Runensymbol in den Staub der Schrebergartenparzelle, bevor auch sie sich auf leisen und leichten Sohlen davonmachte.

* Gerüchte besagen, daß dies die bevorzugte Arbeitsweise von A. Merz ist. (Anm. d. Lektors.)

Kapitel 7

Als ein oder zwei Augenblicke nach dem Fiasko in Normans Hinterzimmer die Lichter im *Fliegenden Schwan* wieder aufleuchteten, wurde ein erstarrtes Tableau aus Betrügerei und Falschheit sichtbar, ein trauriges Zeugnis des allgemeinen Werteverfalls in unserer Zeit.

Neville stand wachsam hinter der Theke, den Knüppel schlagbereit erhoben, um seine Spirituosen gegen jedwede illegale Langfingerei zu verteidigen.

Pooley hielt Omallys Glas über sein eigenes, und auf seinem Gesicht stand der schuldbewußte Ausdruck des auf frischer Tat Ertappten. Zwei Dominospieler hatten beide die Hand in der Schachtel mit den Reservesteinen. Der Hund des Alten Pete stand mit gehobenem Hinterbein am Klavier, und entlang dem gesamten Tresen war ein ganzes Verbrecheralbum von ähnlich verwerflichen Taten zu sehen.

Neville schüttelte angewidert den Kopf. »Ihr seid eine elende Bande!« war alles, was er sagen konnte.

Der einzige Gast, der seinen Platz während des unplanmäßigen Stromausfalls nicht verlassen hatte, war ein grünhaariger Jugendlicher, der so in seinen Krieg mit außerirdischen Eroberern vertieft war, daß ihm die Ereignisse ringsum völlig entgingen. *Ptttou ...! Ptttou ...! Ptttou ...! Ptttou ...!* machte die Maschine. *Ptttou ...! Ptttou ...! Ptttou ...! Ptttou ...!* »Scheiße!«

Der Bursche zwang seine widerspenstigen Füße zu einem Schlurfen in Richtung Tresen.

»Wo ist nur mein Glas geblieben, Neville?« erkundigte er sich.

Der Teilzeitbarmann zuckte die Schultern. »Frag diese aufrührerische Bande«, schlug er vor.

Raffles Rathbone wandte sich zu den Aufrührern um, doch sie hatten sich inzwischen längst wieder ihren ursprünglichen Beschäftigungen zugewandt. Unterhaltungen summten, Dartpfeile flogen zischend durch die Luft, Gläser gingen zu Lippen und wieder auf die Tische. Alles war wie immer.

»Noch mal das Gleiche?«

»Warum nicht? Ich hab' sechzehntausend geschafft. Das ist mein persönlicher Highscore, und ich steh jetzt dreimal in der Liste.«

»O du gute Güte!« schnarrte Neville. »Bist du sicher, daß du nur ein Radlermaß willst? Soll ich nicht lieber eine Flasche Bollinger aufmachen?«

»Nein danke. Ein Pint Radler reicht mir.«

Neville erwies sich die Ehre.

Im *Fliegenden Schwan* kehrte die gewohnte mittägliche Atmosphäre zurück, und sicher hätte sie jeder von Nevilles Gästen genossen, wären nicht in der Ferne Schreie erklungen, die von einer leichten Frühlingsbrise in die Salonbar getragen wurden und vom Herannahen eines gewissen kleinwüchsigen und fassungslosen Brentforder Postboten kündigten.

»Kamele! Kamele in den Schrebergärten!« kreischte er, und seine Schreie trafen nur kurz vor dem Schreienden selbst im *Fliegenden Schwan* ein.

Omally verschluckte sich an seinem Bier. »Nicht schon wieder!« platzte er heraus und bekreuzigte sich.

Pooley schüttelte den Kopf. Der Tag versprach ereignisreich zu werden, und es war noch früh. Neville griff einmal mehr zu seinem Knüppel, und Raffles Rathbone stand vor seiner Videomaschine und hatte die Welt ringsum vergessen.

Der Kleine Dave platzte in die Salonbar. Er sah wirklich mitgenommen aus. Er schleppte sich zum Tresen und bestellte einen großen Scotch. Neville blickte auf den völlig verstörten Postmann hinunter, und es soll an dieser Stelle nicht verschwiegen werden, daß die Anflüge eines fröhlichen Grinsens seine Mundwinkel umspielten. Er wandte sich ab und schenkte einen einfachen Scotch aus, für den er den doppelten Preis kassierte.

Während Neville noch seinen Profit ausrechnete, kippte der Kleine Dave das Getränk in einem Zug hinunter und bestellte einen weiteren Doppelten. »K-k-kamele«, stotterte er in einem fort.

Diesmal mußte Neville einen Doppelten einschenken, denn neugierig gewordene Gäste rückten näher. »So so, Postmann«, sagte er und schob das Glas über den Tresen in Richtung der ausgestreckt wartenden Postbotenhand. »Wie war denn dein Tag bisher, Dave?«

Der Kleine Dave fuchtelte gestikulierend in Richtung der Schrebergartenkolonie. Seine Unterlippe bebte, und er hüpfte in einem Zustand offensichtlicher und akuter Aufregung von einem Bein aufs andere.

»Keine Postkarten mehr?« erkundigte sich Neville.

»K-k-kamele!« heulte der Zwerg.

Neville wandte sich zu Omally um, der zwischenzeitlich zum Tresen geschlurft war. »Was meinst du, John?« fragte er. »Will uns unser Postbote irgend etwas sagen?«

»Er sagt dauernd was von Kamelen«, sprang Jim Pooley hilfreich in die Bresche.

»Ah. Kamele also?«

»K-k-kamele!«

»Ja. Ich hab's ganz deutlich verstanden. Er sagt ›Kamele‹«, bestätigte Omally.

»Er hat so eine lustige Aussprache«, sagte Neville und grinste fröhlich, »und außerdem eine Vorliebe für die Postkarten anderer Leute.«

»Um G-g-gottes willen! K-k-kamele! Verstehst du nicht?« Der Kleine Dave war zunehmend rot angelaufen, und seine Stimme hatte sich in gefährliche, champagnerglaszersplitternde Höhen hinaufgeschwungen.

»Will er welche kaufen oder verkaufen, was meint ihr?«

»Ich hatte noch gar nicht daran gedacht, ihn zu fragen.« Neville peilte den Postboten von oben herab an. Der Kleine Dave lag auf dem Boden und trommelte mit Füßen und Fäusten auf den Teppich. »Er versucht sich als Pantomime, glaube ich.«

Der Alte Pete humpelte heran. Er hatte in letzter Zeit einige Erfahrung mit Pantomime gesammelt, und er würde sich eine gute Aufführung nicht so leicht entgehen lassen. »Das ist kein Kamel«, stellte er fachmännischen Auges fest. »Das erinnert mich eher an eine Rennmaus.«

Der Kleine Dave verlor das Bewußtsein. Mit weit ausgestreckten Armen und Beinen lag er reglos auf dem Teppich.

»Das ist ein Polarbärenfell!« erkannte der Alte Pete. »Verdammt gut gemacht, das muß ich sagen. Alle Achtung, Dave.«

Der Brentforder Zusteller wurde ohne Umschweife in einen bereitgestellten Stuhl gehoben. Eine kleine grüne Flasche wurde mißmutig aus ihrem oft besuchten Unterschlupf zwischen anderen Andenkensstücken hinter der Theke genommen, entkorkt und unter der hochgehaltenen Zwergennase geschwenkt.

»K-k-kamele!« ächzte der Kleine Dave, nachdem er wieder zu dem zurückgekommen war, was er von seinem Verstand noch übrig hatte.

»Wenn ihr mich fragt, ich finde, diese Unterhaltung wird allmählich langweilig«, maulte Neville.

»Vielleicht wäre es nicht verkehrt, wenn wir ihn anhören«, empfahl Pooley.

Er schob sich mit einem Glas Wasser in der Hand durch die Menge.

Der Postbote erspähte sein Kommen. »Was willst du mit dem Glas?« kreischte er. »Wage es nicht, mich damit naßzumachen!«

Jim hüstelte höflich. »Dann geht es dir also besser? Ich dachte, wir sollten uns vielleicht über das unterhalten, was dich so aufgeregt hat.«

»Ich sollte zuerst einen weiteren Scotch zu mir nehmen, um mich ein wenig zu beruhigen.«

Die Zuschauermenge löste sich auf wie ein Mann. Sie alle hatten diese Sorte von Darbietung schon viele Male erlebt. Die Tarnmanöver und Strategien zur Erlangung freier Drinks waren so zahlreich wie unterschiedlich, und der Schrei »K-k-kamele!« war zwar etwas vollkommen Neues, andererseits aber auch nicht sonderlich verdienstvoll.

»Aber ich hab' sie gesehen, wirklich!« heulte der Kleine Dave und starrte den sich entfernenden Gästen hinterher. »Ich schwöre es!« Er bekreuzigte sich über dem Herzen. »Ganz ehrlich! Kommt zurück, Freunde! Kommt zurück!«

Niemand hatte bemerkt, daß Omally leise aus dem *Fliegenden Schwan* geschlichen war. Er war in letzter Zeit stark geprüft worden, bedachte man die sich in Luft auflösenden Männer in Grau und alles. Die Vorstellung von Kamelen in der Schrebergartenkolonie behagte ihm nicht im geringsten. Fast hörte er schon das Klicken der Touristenkameras und das Flip-Flap ihrer Strandsandalen, während sie über seinen Golfparcours trampelten. Der schiere Gedanke war unerträglich. Falls es tatsächlich wildgewordene Kamele auf den Schrebergartenparzellen gab, dann war Omally entschlossen, sie so rasch wie irgend möglich zu entfernen.

Er joggte die Moby Dick Terrasse entlang und in Richtung des großen Gartentors. Dort machte er halt. Alles schien ruhig und unauffällig. Ein sanfter Wind wiegte das hohe Gras um den großen Zaun herum. Ein oder zwei Stare beschäftigten sich mit dem Saatgut, das irgend jemand kürzlich ausgebracht hatte, und eine kleine graue Katze räkelte sich genüßlich auf dem Dach von Pooleys Hütte. Nichts Ungewöhnliches also. Alles wirkte ruhig und friedlich.

Omally trat ein paar nervöse Schritte vor. Er kam am getarnten ersten Tee vorüber und notierte zufrieden, daß alles genauso war, wie es sein sollte. Leise und vorsichtig schlich er zwischen den Hütten der armseligen Wellblechstadt hin und her, und manchmal richtete er sich unerwartet auf und spähte wie ein Indianer mit abgeschirmten Augen in die Runde.

Und dann kam ihm ein höchst naheliegender Gedanke. Die Schrebergartenkolonie besaß nur zwei Eingänge, und jedes Kamel würde logischerweise den einen oder anderen davon benutzen müssen. Und deswegen würde jedes Kamel genauso logischerweise die eine oder andere Spur hinterlassen, der Omally folgen konnte.

Er ließ sich auf die Knie sinken und suchte den Weg nach Kamelspuren ab. Dann erhob er sich langsam wieder und klopfte den Staub aus den Hosen.

Was um alles in der Welt mache ich eigentlich hier? fragte er sich.

Ich suche nach Kamelspuren in der Brentforder Schrebergartenkolonie, antwortete er sogleich.

Habe ich denn den Verstand verloren? fragte er sich weiter, und diesmal zog er es vor, keine Antwort zu geben.

Außerdem, selbst wenn ich einen Kamelabdruck auf dem Boden sehe – woher weiß ich, daß es ein Kamelabdruck ist? Er benötigte seine Zeit, um darüber nachzudenken, doch schließlich gelangte er zu der Erkenntnis, daß eine Kamelspur aussah wie keine andere Spur, die er jemals in den Schrebergärten gefunden hatte, und sich auf diese Weise also als Kamelspur verraten würde. Schlau.

Er zuckte die Schultern und schob die Hände in die Hosentaschen. Er wanderte in der Schrebergartenkolonie umher, kreuzte immer wieder den Weg und achtete aufmerksam auf alles Ungewöhnliche. Sehr bald entdeckte er, was mit dem Stolz und der Freude des Kleinen Dave geschehen war. Überall lagen halb aufgefressene Kohlköpfe verstreut. Irgend etwas hatte sich ganz zweifellos den Bauch mit dem schmackhaften Gemüse vollgeschlagen. Omally bückte sich, um ein Blatt zu untersuchen, und entdeckte zu seiner Überraschung große und unregelmäßige Gebißabdrücke darauf.

»So so«, schloß er. »Der Kleine Dave hat also nichts auf den Kopf gekriegt. Irgend etwas hat sich tatsächlich hier zu schaffen gemacht.«

Er untersuchte den Boden, doch außer sehr menschlich wirkenden Fußabdrücken auf dem ausgetretenen Weg konnte er nichts Ungewöhnliches entdecken. Ein Paar Spuren führte in Richtung Butts Estate, doch

Omally verspürte wenig Neigung, ihnen zu folgen. Seine suchenden Blicke hatten in eben diesem Augenblick etwas weitaus Interessanteres entdeckt. Ein wenig vor der verriegelten Wellblechhütte Soap Distants schimmerte ein undeutliches Etwas auf dem Boden. Omally schlenderte zu der Stelle und spähte hinunter. Er war hundertprozentig sicher, daß dieses Ding zuvor noch nicht dagewesen war.

Der Ire ließ sich einmal mehr auf alle viere hinab. Der Abdruck oder was auch immer hatte etwas beinahe Metallisches an sich, als hätte jemand ihn in den Boden geschmiedet. Aber was genau diese Sache zu bedeuten hatte, entzog sich Omallys Erkenntnis. Er fuhr mit dem Finger über die glatte Fläche, und das Ding widerstand seiner Berührung. Er erhob sich wieder und strich mit dem Absatz darüber, doch der Abdruck blieb unverändert.

John spähte zum Himmel hinauf. Es wurde nicht von oben projiziert. Nein, das war Unsinn. Aber irgendwoher mußte es kommen. Man konnte nichts Unauslöschliches in den Erdboden malen. Er scharrte mit neuer Energie im Boden, und eine Staubwolke stieg auf. Im Staub wurde erneut das leuchtende Ding sichtbar, unbeschädigt und klar wie zuvor.

Omally kniete nieder und preßte das Ohr in der Nähe des Abdrucks oder was es auch war auf den Boden. Was hatte das zu bedeuten? Offensichtlich eine Art Symbol. Eine Insignie. Irgendwie kam es ihm bekannt vor, als hätte er es schon einmal gesehen, aber nie bewußt wahrgenommen. Es hatte viel von einer Rune an sich.

»So so«, sagte plötzlich eine Stimme. »Du bist also insgeheim ein Muselmane, wie?«

Der Ire sprang auf und wandte sich zu einem grinsenden Jim Pooley um, der fortfuhr: »Mekka liegt aber doch in der entgegengesetzten Richtung, oder täusche ich mich?«

Omally klopfte seine Hosen ab und deutete auf das leuchtende Symbol. »Und wie würdest du das dort nennen, mein Freund?«

Pooley warf einen flüchtigen Blick auf das kupfern glänzende Ding. »Vielleicht hat jemand etwas im Boden vergraben?« schlug er vor.

Omally schüttelte den Kopf, obwohl ihm der Gedanke bisher noch gar nicht gekommen war.

»Dann ist es vielleicht ein Vermessungspunkt? Ich habe mich schon immer gefragt, wie diese Dinger wohl aussehen mögen.«

»Nein, kein Vermessungspunkt, Jim.«

»Oder ein schützendes Amulett, das ein umherwandernder Magier sorglos verloren hat?« Es schien beinahe eine Möglichkeit, doch Omally verwarf den Gedanken sogleich wieder. »Also schön, ich geb's auf. Was ist es?«

»Das fragst du mich? Warte, ich zeige dir noch etwas Interessantes.«

Omally nahm Pooleys Spaten zur Hand, der zufällig direkt daneben lag, hob ihn hoch über den Kopf und trieb die Klinge des Blattes mit mörderischer Wucht auf das Kupfersymbol hinunter. Ein scharfer metallischer Klang ertönte, als das Spatenblatt gegen den Abdruck prallte, sich vom Stiel löste, millimeterscharf an Pooleys entsetztem Gesicht vorbeisauste und zischend einige Parzellen weiterflog, wo es sicher landete.

»'tschuldigung«, sagte John und musterte den abgebrochenen Spatenstiel in seiner Hand. »Aber ich schätze, jetzt weißt du, was ich meine.«

»Du willst damit sagen, daß man es nicht ausgraben kann?« Omally schüttelte den Kopf. »Na gut. Laß mich mal.«

Er spuckte sich in die Hände und rieb sie eifrig gegeneinander.

»Halt, bevor du anfängst«, unterbrach ihn Omally, »laß dir gesagt sein, daß es sich weder entfernen noch ausradieren noch sonst irgendwie verändern läßt.«

Pooley hatte inzwischen die Jacke abgestreift und war dabei, die Ärmel hochzukrempeln. Jetzt hielt er einen Augenblick inne und neigte den Kopf zur Seite. »Irgendwie kommt es mir bekannt vor«, sagte er schließlich.

John nickte. »Den gleichen Gedanken hatte ich auch schon. Das Ding bringt eine Saite in mir zum Klingen, aber ich weiß nicht welche.«

Pooley brauchte kaum jemals eine Entschuldigung, um körperlicher Arbeit aus dem Weg zu gehen. Folglich zog er seine Jacke wieder über und nahm *Das Einzige und Endgültige Offizielle Handbuch des Schrebergartengolfers* sowie einen Kugelschreiber zur Hand.

»Am besten, wir markieren die Stelle als out of bounds*, sagte Omally.

Pooley schüttelte den Kopf und reichte ihm die Kladde. »Du bist gut im Zeichnen, John«, sagte er. »Mach eine Skizze davon auf der Rückseite. Falls ein Symbol wie dieses je existiert hat oder noch existiert, gibt es nur einen Mann in ganz Brentford, der weiß, worum es sich handeln könnte.«

»Ah. Ja.« Omally grinste breit und nahm Kladde und Kuli entgegen. »Und dieser gute Mann ist nie weiter als eine Armeslänge von einer Karaffe wenig

* Außerhalb des Spielfelds

stens fünf Jahre alten guten Scotchs zu finden, wenn ich mich recht entsinne?«

»Ganz genau«, antwortete Jim Pooley. »Und während wir uns auf den Weg zu ihm machen, haben wir noch über einige Dinge zu sprechen. Wie zum Beispiel Wettschulden und zerbrochene Spaten.«

»Und Kohlköpfe und Kamele«, sagte Omally.

Kapitel 8

Professor Slocombe saß an seinem Studiertisch, umgeben von den nicht wegdenkbaren Stapeln verstaubter Folianten. Hinter ihm brachen zwei parallele Sonnenstrahlen durch die großen Verandafenster und leuchteten auf seiner wirren Mähne schlohweißer Haare, während sie gleichzeitig seinen hageren Schatten auf die Bücherstapel und den exquisiten Perserteppich warfen, der den Boden mit Haufen goldener Rosen verzierte.

Der Professor spähte durch seinen elfenbeinumrandeten Kneifer und untersuchte mit gewissenhafter Akribie die vergilbten, knisternden Seiten eines antiken Buches, einer Abhandlung des Count St. Germaine über die Umwandlung von Gebrauchsmetallen und die Verbesserung von Diamanten. Die Ähnlichkeiten zwischen seinen Randbemerkungen und dem handschriftlichen Text des inzwischen legendären Count hätten so manchen Graphologen verblüfft die Augenbrauen heben lassen.

Wäre da nicht die Tatsache gewesen, daß der Count seinen ehrwürdigen Schatten vor über dreihundert Jahren in die Welt geworfen hatte, hätte man leicht zu dem Schluß kommen können, daß beide Handschriften von ein und derselben Person stammten. Die Schrift des Count erschien lediglich jünger, lebhafter und individueller. Doch selbst der Gedanke an eine Möglichkeit wie diese bedeutete, sich in die gefährlichen Gewässer von Unvernunft und Aberglauben zu begeben, wenngleich der Alte Pete sich deutlich erinnerte, daß der Professor bereits als altehrwürdige Gestalt durch Brentford gewandelt war, als er selbst, der Alte Pete, noch ein junger Bursche mit Flöhen im Kopf und Hummeln im Hintern gewesen war.

Ringsum im Arbeitszimmer des Professors standen staubige Vitrinen, vollgestopft mit einer überwältigenden Fülle außergewöhnlicher Objekte. Große Bücherregale quollen über mit seltenen Werken, und intarsienverzierte Tische ächzten unter der Last messingner Stundengläser und silberner Astrolabien. All diese Wunder schwebten im Dämmerlicht des Zimmers, Ausstellungsstücke eines Privatmuseums, das den esoterischen Geschmack des Professors widerspiegelte.

Hinter den Verandafenstern blühte ein wunderbarer Garten durch alle Jahreszeiten hindurch und zeigte eine luxuriöse Pracht exotischer Blumen. Jenseits der Mauern seines Gartens existierte eine sich ständig verändernde Welt, für die der Professor nur wenig Zeit übrig hatte.

Jeden Tag bei Sonnenaufgang schritt er die Grenzen der Gemeinde ab, besuchte einige gesellige Veranstaltungen, insbesondere den jährlichen Dartswettbewerb im *Fliegenden Schwan,* und ertrug im übrigen seine Rolle als Orakel und dekorativer Einsiedler, die ihm von der Brentforder Bevölkerung zugesprochen wurde.

Omallys Stiefelnägel klackerten über das Kopfsteinpflaster von Butts Estate, und Pooleys Blakeys begleiteten leichtfüßig den Takt, während die beiden entschlossen in Richtung des professoralen Gebäudes schritten.

»Immer noch kein Zeichen von umherstreifenden Kamelen?« erkundigte sich Jim.

Omally zuckte die Schultern. »Irgend etwas hat sich gründlich zwischen den Kohlköpfen vom Kleinen

Dave umgesehen«, sagte er, »aber ich habe keine Hufabdrücke entdecken können.«

»Neville hat den kleinen Burschen rausgeworfen, kurz nachdem du verschwunden warst.«

»Gut gemacht. Eine Kameljagd in den Schrebergartenparzellen hätte uns gerade noch gefehlt.«

Die beiden Männer bogen um eine Ecke und standen vor dem Gartentor des Professors. Hier zögerten sie einen Augenblick, bevor sie weitergingen. Keiner der beiden wußte einen Grund dafür zu nennen; es war eine unterbewußte Reaktion, so natürlich wie das Blinzeln oder das Heben eines Pintglases an die Lippen.

Omally schob die niemals verriegelte Tür auf, und zusammen mit Pooley betrat er den zauberhaften Garten. Wunderschöne Blumen wiegten sich träge im sanften Wind, und gigantische Bienen bewegten sich mit ewig rätselhaft summenden Tönen zwischen ihren Blüten hin und her.

Der Professor blickte nicht von seiner Arbeit auf, doch noch bevor seine beiden Besucher auf einen oder zwei Schritte an die Verandafenster herangekommen waren, rief er fröhlich: »Einen schönen Tag euch beiden, Jim und John. Seid ihr nicht ungewöhnlich weit weg von eurem Wasserloch, wo doch die alte Guinness-Uhr noch über eine halbe Stunde Tränkzeit anzeigt?«

Pooley untersuchte die Zeiger seiner Piaget-Armbanduhr, die ihre ewigen Umdrehungen eingestellt hatten.

»Wir kommen wegen einer höchst dringenden Angelegenheit, Professor«, sagte er im Bewußtsein der Verachtung, die Slocombe allem Trivialen entgegenbrachte. »Wir suchen Ihren weisen Ratschlag.«

»Dann herein mit euch. Ihr wißt ja, wo die Karaffe steht.«

Nach einem höchst würdelosen Wettlauf und dem gleichermaßen geschmacklosen Schauspiel zweier erwachsener Männer, die sich gleichzeitig durch ein schmales Verandafenster zu zwängen trachteten, labten sich Omally und Pooley an der Gastfreundschaft des Professors.

»Sie sehen gut aus, Sir«, sagte Pooley und grinste hinter einem randvollen Glas hervor. »Sind Sie gegenwärtig mit interessanten wissenschaftlichen Arbeiten beschäftigt?«

Der alte Mann schloß den mächtigen Folianten und lächelte zu Pooley hinauf. »Die Suche nach dem Stein der Weisen«, sagte er einfach. »Aber was ist mit euch beiden? Was macht das Golfen?«

Omally setzte sein gewinnendstes Lächeln auf. »Wir üben unseren Sport aus, so gut wir können, wenngleich die Schergen der Gemeinde unserer Technik wenig Liebe entgegenbringen.«

Der Professor kicherte. »Mir sind Geschichten über eure Technik zu Ohren gekommen«, sagte er, »und ich vermute tatsächlich, daß eure Aussichten auf eine Mitgliedschaft in Gleneagles ziemlich ungünstig stehen. Ich bin einigen Gerüchten über UFO-Sichtungen nachgegangen, die sich in letzter Zeit über den nächtlichen Schrebergärten ereignet haben sollen, und meine Untersuchungen förderten ein Versteck prall gefüllt mit fluoreszierend angemalten Golfbällen zutage. Eure Technik mag vielleicht ein wenig unorthodox erscheinen, aber euer Erfindungsreichtum ist höchst lobenswert.« Der alte Mann erhob sich hinter seinem Schreibtisch und schenkte sich selbst ein großes Glas aus. »So«, sagte er, als er fertig war, »welche Ereignisse verschaffen mir das unerwartete Vergnügen?«

Pooley klärte seine Stimme mit einem höflichen Räuspern und zog *Das Einzige und Endgültige Offizielle Handbuch des Schrebergartengolfers* hervor, um es dem Professor zu reichen. Der weißhaarige Alte hob seine Augenbrauen zu einem gotischen Bogen. »Falls ihr nach einer unparteiischen Beurteilung eurer Techniken verlangt, benötige ich ausreichend Zeit, um dieses Handbuch zu studieren.«

»Nein, nein, Professor«, sagte Jim. »Sehen Sie auf die Rückseite.«

Professor Slocombe drehte das eselsohrige Heft um, und der verblüffte gotische Augenbrauenbogen kletterte womöglich noch einen halben Zoll weiter in die Höhe. »Also wollt ihr mich auf die Probe stellen, Jim?« fragte er dann. »Gebt es ruhig zu.«

Pooley schüttelte heftig den Kopf. »Nein, Sir!« beeilte er sich zu sagen, wobei er sich heftig auf das Herz klopfte. »Kein Trick und keine List, ich schwöre es. Dieses Ding hat uns vor ein unlösbares Rätsel gestellt, das ist alles. Wirklich.«

»Was ich durchaus verständlich finde«, murmelte der Professor und trat zu einem seiner schweren Regale. Ein schlanker langer Finger, der in einem fast mädchenhaften Nagel endete, fuhr über die ledernen Rücken einer Reihe staubiger Folianten. Er fand, wonach er gesucht hatte, und zog ein in merkwürdig gelbes Leder gebundenes Werk hervor, mit dem er zu seinem überfüllten Schreibtisch zurückkehrte. Das Buch trug einen lateinischen Titel und ein Wappen auf der Vorderseite.

»Leg diese lemurenhaften Karten bitte zur Seite, John«, befahl der Professor. »Und Jim, wenn du vielleicht diesen eingelegten Homunkulus zum Nebentisch tragen könntest, damit wir genügend Platz zum Arbeiten haben?«

Pooley mühte sich erfolglos mit einem schwarzen Büchlein ab, das kaum größer war als eine Zigarettenschachtel, wenngleich von offensichtlich beträchtlich höherem Gewicht.

Der Professor schob ihn schließlich mit dem Ellbogen zur Seite und nahm das Büchlein hoch, als wäre es federleicht. Dann warf er es in einen der lederbezogenen Ohrensessel.

»Versuche nie, die Bücher anzurühren«, sagte er. »Sie stehen unter einem ... sagen wir einmal, besonderen Schutz.«

Jim zuckte elend die Schultern. Er kannte den Professor schon viel zu lange, um zu bezweifeln, daß der alte Mann über gewisse Talente verfügte, die weit über das Allgemeine und Alltägliche hinausgingen.

»Und jetzt«, sagte der Ältere, während er das Buch auf den teilweise freigeräumten Tisch legte und aufschlug, »laßt uns sehen, was es zu sehen gibt. Diesmal habt ihr mir eine recht harte Nuß zu knacken gegeben, meine Freunde, aber ich denke, ich bin imstande, eure Neugier zu befriedigen. Dieser Foliant hier«, er beugte sich über das alte Werk, und seine Hände berührten es liebevoll, »ist die letzte noch existierende Kopie des Werkes eines der Großen Meister der, sagen wir, geheimen Wissenschaften.«

»In Ordnung«, sagte Jim. »Wir nehmen es zur Kenntnis und belassen es dabei, ja?«

»Der Name des Autors lautet Cagliostro«, erklärte der Professor, »und er widmete sein Leben unter anderem dem Studium der Symbole des Alchimismus, insbesondere der runischen Ideogramme.«

»Aha«, sagte Omally. »Also handelt es sich um eine Rune. Hab' ich mir doch gleich gedacht.«

»Das ist das erste, was ich höre«, schniefte Pooley indigniert.

»Nach außen hin erscheint es jedenfalls wie eine Rune«, fuhr der Professor fort. »Allerdings ist die Sache ein wenig komplizierter. Die echte Rune ist nichts weiter als ein Buchstabe des Runenalphabets. Sobald man das System einmal gemeistert hat, sind die einzelnen Bedeutungen leicht zu entziffern. Hier jedoch handelt es sich um ein Ideogramm oder eine Ideographie, buchstäblich die graphische Repräsentation einer Idee oder Theorie durch das Medium symbolischer Charakterisierung.«

»Klar wie Kloßbrühe«, sagte Jim Pooley. »Etwas anderes hätte ich nicht erwartet.«

»Wenn ihr mich nun eine Weile nachdenken laßt«, fuhr der alte Gelehrte fort, »dann werde ich versuchen, seinen Sinn für euch herauszufinden.«

Der Professor richtete seinen elfenbeinumrahmten Kneifer und nahm vor dem Folianten Platz. Pooley drehte sein leeres Glas zwischen den Fingern.

»Fühlt euch frei, nachzuschenken, wann immer ihr wollt«, sagte der alte Mann ohne aufzublicken.

Das Pendel der bronzebelegten Kaminuhr schwang langsam hin und her, teilte den Tag in Sekunden auf, und der Nachmittag verging. Der Professor saß schweigend an seinem Schreibtisch, das mächtige Buch vor sich ausgebreitet, und seine schlanke, bleiche Hand fuhr langsam über den antiken Text.

Pooley wanderte ziellos im Zimmer umher und wunderte sich, daß die Bücher immer unleserlicher und verschwommener wirkten, je mehr er sich bemühte, die Inschriften und Titel zu entziffern. Sie schienen in der Tat unter irgendeinem geheimnisvollen »Schutz« zu stehen, wie der Professor es genannt hatte. Nach einer ganzen Weile rieb Jim sich die Augen, schüttelte geschlagen den Kopf und wandte sich einem anderen Zeitvertreib zu.

Omally für seinen Teil hatte die Karaffe fünf Jahre alten Scotchs geleert und fiel nun in etwas, das sich korrekterweise nur mit trunkener Erstarrung beschreiben läßt.

Nach langer, langer Zeit schlug die Kaminuhr fünf, und da die Öffnungszeit des *Fliegenden Schwans* so gefährlich nahe gerückt war, erkundigte sich Pooley mutig, ob der Professor inzwischen einer Lösung nahe sei.

»Oh, Verzeihung, Jim«, erwiderte der alte Mann und blickte zu Pooley auf. »Ich hatte ganz vergessen, daß ihr noch da seid.«

Pooley schürzte die Lippen. Es war offensichtlich, daß sich der Professor noch immer keine Gelegenheit zu einem Scherz auf Kosten seiner Besucher entgehen ließ. »Dann haben Sie dieses Symbol also enträtselt?«

»Aber selbstverständlich. Vielleicht möchtest du zuerst deinen Freund dort wecken?«

Pooley schob einen spuckebenetzten Finger in das Ohr des seligen Schläfers, und Omally kam mit einem Ruck zur Besinnung.

»Also dann«, begann Professor Slocombe, schloß den Folianten und lehnte sich in seinem Stuhl zurück. »Euer Fund ist nicht gänzlich uninteressant. Er besteht aus zwei ineinander verschlungenen Runenzeichen und einem umgebenden Alchimistensymbol. Ich kann euch verraten, welche Symbole das sind, aber ihren Sinn, wie ich leider gestehen muß, kann ich nicht entschlüsseln.«

»Wir sind mit allem zufrieden, was Sie herausgefunden haben, Professor«, sagte Jim.

»Meinetwegen.« Professor Slocombe hielt Omallys Skizze hoch und zeichnete die einzelnen Linien des Symbols nach, während er zu seiner Erklärung ansetzte. »Hier haben wir die Zahl Zehn. Hier die Zahl Fünf. Und hier das alles umschließende alchimistische Zeichen C.«

»Eine Fünf, eine Zehn und ein großes C also«, sagte Jim. »Das kapier' ich nicht.«

»Selbstverständlich nicht, Jim. Es ist ein Ideogramm, wie ich schon erwähnte; der Ausdruck einer Idee. Wenn ich eine vage Erklärung abgeben dürfte?« Die beiden Männer nickten eifrig. »Es heißt: ›Ich bin C, der Fünfte aus den Zehn.‹«

Die beiden Männer schüttelten die Köpfe. »Und was soll das bedeuten?« erkundigte sich Omally.

»Fragt mich nicht«, erwiderte der Professor. »Gab es sonst noch etwas dort, wo ihr es gefunden habt?«

Pooley und Omally starrten sich verwirrt an. Das war ganz und gar nicht der Professor Slocombe, den sie beide kannten. Keine Fragen, wo sie das Symbol entdeckt hatten, keine langen, unverständlichen Monologe über seine Herkunft oder Bedeutung, sondern eigentlich ein glatter Rauswurf und auf Wiedersehen.

»Noch eine Sache vielleicht«, sagte der erschütterte Omally und zog ein verschrumpeltes Kohlblatt aus der Hosentasche. »Falls es Ihnen nicht zuviel ausmacht, würde ich Sie gerne bitten, einen kleinen Streit zu schlichten. Würden Sie uns verraten, welche Spezies von gefräßigem Vierbeiner derartige Desolation über das Kohlbeet vom Kleinen Dave gebracht haben könnte?«

»Über seinen *Pringlea antiscorbutica*?«

»Genau den.« Omally reichte dem Professor das ruinierte Blatt.

Professor Slocombe schaukelte in seinem Stuhl vor und zurück und hielt das Blatt ins Licht, während er es durch die Linse eines hornstieligen Vergrößerungsglases untersuchte.

»Abgeflachte *Canini* und vorstehende *Incisivi* verraten den Pflanzenfresser. Nach Größe und Form zu urteilen würde ich sagen, die Angelegenheit ist offensichtlich.«

Er drehte sich unvermittelt zu Omally um und warf ihm das Blatt zu. »Ich habe nicht die leiseste Ahnung, wie du das wieder angestellt hast«, meinte er. »Ich würde ja sagen, daß du dir im Gunnersbury Park Museum ein Paar Kiefer organisiert hast, wären nicht die Speichelspuren und die deutlichen Kauspuren zu erkennen.«

»Also wissen Sie, um was es sich handelt?«

»Selbstverständlich. Es handelt sich um ein *Camelus bactrianus*. Ein hundsgewöhnliches ägyptisches Kamel.«

Irgend etwas stimmte nicht mit diesem *Camelus bactrianus*, diesem hundsgewöhnlichen ägyptischen Kamel. Irgend etwas stimmte ganz und gar nicht damit. Norman hockte in seiner gemieteten Garage auf dem Butts Estate und starrte zu der Bestie hinauf. Irgend etwas stimmte ganz definitiv nicht damit. Sicher, es war ein Kamel, und es war denkbar weit weg von Zuhause und durch völlig unerklärliche Mächte an seinen gegenwärtigen Ort gerufen worden – selbst für das gebildetste Kamel diesseits der Sahara, alles, was recht war –, aber das erklärte noch lange nicht seine überwältigende Seltsamkeit. Norman steckte einen Finger in die Nase (seine eigene) und überlegte, worin genau diese Seltsamkeit denn nun bestand.

Kurz darauf überkam ihn mit der Wucht eines gutgezielten Ziegelsteins die Erleuchtung. Als er das Kamel in sein geheimes Versteck geführt hatte, war ihm von Anfang an merkwürdig erschienen, wie leicht es sich hatte führen lassen. Und er erinnerte sich genau, daß er, obwohl er weder besonders schwer noch besonders kräftig war, deutlich erkennbare Fußabdrücke hinterlassen hatte, wohingegen das Kamel, eine Bestie von ganz beträchtlich größerer Masse, nicht die geringste Spur verursacht hatte.

Und jetzt, und daran bestand nicht der geringste Zweifel, reichten die Zehen des Kamels nicht bis zum Boden! Die Kreatur schwebte in offener Negierung sämtlicher anerkannter Gesetze der Gravitation deutlich sichtbar einige Zoll über dem Boden!

»Das ist wirklich merkwürdig«, sagte Norman und starrte das schwebende Wüstenschiff an, das seinen Blick mit einem lauten Wind quittierte.

Was in den sandsturmgepeitschten Weiten der Sahara durchaus tolerabel gewesen sein mochte, aber in einer acht mal zwölf Fuß großen geschlossenen Garage zu tränenden Augen führte.

»Ihr Götter«, murmelte Norman und bedeckte die Nase hastig mit einem rußgeschwärzten Pulloverärmel.

Jetzt erst entdeckte er eine weitere ungewöhnliche Eigenschaft an dem Tier, das, wäre es Eigentum des längst verstorbenen P. T. Barnum gewesen, diesem großartigen Zirkusmann sicherlich ein Vermögen eingebracht hätte, vergleichbar dem des legendären Krösus persönlich: Das Kamel war irgendwie nicht scharf und deutlich. Obwohl Norman sich fast die Augen ausrenkte und es aus einer Vielzahl der verschiedensten Winkel betrachtete, blieb der Null-G-Vierbeiner irgendwie verschwommen und an den Rändern undeutlich.

Norman zog eine unbezahlte Milchrechnung aus der Tasche und kritzelte ein paar zweifelhafte Gleichungen auf die Rückseite.

Und da Gewicht der alles entscheidende Faktor seines Experiments war, schien es offensichtlich, daß seine Berechnungen über den Molekulartransfer leicht fehlerhaft sein mußten.

Er erhob sich aus seiner unbequemen Hocke und wartete, bis die Luft wieder halbwegs atembar war. Nachdem er sich die Tränen abgewischt hatte, bot er seinem sicher zwischen den Sparren festgepflockten unfreiwilligen Gast ein paar Blätter von dem klugerweise mitgenommenen Haufen Kohl aus dem Beet des Kleinen Dave. Das Biest weigerte sich allerdings, den wohlschmeckenden Leckerbissen anzunehmen, und stimmte statt dessen einen klagenden Schrei an, der die Nackenhaare des wissenschaftlich ambitionierten Ladenbesitzers dazu brachte, sich aufzurichten.

»Pssst! Sei still, verdammtes Ding! Pssst!« flüsterte Norman, fuchtelte mit den Armen und suchte verzweifelt nach dem Wasauchimmer, um die klagende Kreatur zum Verstummen zu bringen. Er mußte zu einer drastischen Maßnahme greifen, soviel schien sicher. Dieses Kamel war zwar der lebende Beweis für den Erfolg seines Experiments, doch es war zugleich auch ein verdammter Beweis gegen ihn und für seine Experimente unter Ausschluß der Öffentlichkeit, und das konnte jetzt, wo er kurz vor seinem großen

Durchbruch stand, VERDAMMNIS in dreckigen roten Buchstaben über seine Pläne schreiben.

Norman stöhnte zahlreich*. Das durfte einfach nicht geschehen. Die Presse hatte ihm schon mehr als einmal die Tür eingerannt, und er kannte die elenden Konsequenzen nur zu gut. Er mußte seinen schwebenden Schützling auf die eine oder andere Weise loswerden, und das möglichst schnell. Vielleicht konnte er bis zum Einbruch der Dunkelheit warten, die Bestie nach draußen zerren und zusehen, wie sie vom Wind davongetragen wurde?

Norman erschauerte. Bei seinem Glück würde das Vieh wahrscheinlich nur bis zu einer Stelle aufsteigen, wo es gerade außer Reichweite war, und dort für alle Welt deutlich sichtbar unbeweglich schweben bleiben. Oder schlimmer noch, es mochte nach oben schweben, bis es einem Flugzeug in die Quere kam, und ein großes Unglück verursachen. Diese und ähnliche Gedanken waren nicht dazu angetan, dem besorgten Ladenbesitzer auch nur ein wenig Trost zu spenden.

Das Kamel klagte noch immer in ausgesprochen redseliger Manier über sein Schicksal, und Norman, ein Mann, der gerade einen Schnellkurs im Begreifen des Wortes Verzweiflung durchmachte, riß sich den Pullover vom Leib und zog der Bestie, die er vorübergehend zu Boden gezerrt hatte, das geflickte Strickwerk über den Kopf.

Gesegnete Stille breitete sich in der Mietgarage aus, und Norman stieß gleich mehrfach Seufzer der Erleichterung aus. Vielleicht, so sann er nach, vielleicht würde sich das Kamel mit seiner allem An-

* Ein gewisser wundersamer Lektor weiß, was gemeint ist ... wenngleich möglicherweise als einziger Mensch desjenigen Teils von Deutschland, der nicht Saarland ist (Anm. d.Ü.)

schein nach instabilen Molekularstruktur einfach bis hin zu einem Punkt auflösen, an dem ein Luftzug ausreichte, um es ganz verschwinden zu lassen.

Der Gedanke mochte im ersten Augenblick ein wenig grausam scheinen, insbesondere weil das Kamel ein unfreiwilliges Opfer äußerer Umstände war, und Norman besaß von Natur aus nicht die geringste Neigung zu Grausamkeit oder herzlosem Verhalten. Wenn man allerdings bedachte, welche Wohltaten am Ende für Brentford und seine Bewohner bei dieser großartigen Forschung herauskommen würden, so gelangte der Ladenbesitzer zu dem Schluß, daß das Opfer ein vergleichsweise kleines und notwendiges war.

Am Ende wird es mir sogar dankbar sein! sagte er sich im Brustton ehrlicher Überzeugung. *Für eine derart noble Sache zu sterben! Ich werde dafür sorgen, daß man ihm ein Denkmal errichtet. Das Denkmal des unbekannten Kamels. Vielleicht könnten wir zu seinen Ehren ein jährliches Festival organisieren? Die Brentforder Kameltage oder so? Wir engagieren ein paar Tänzerinnen in ägyptischer Tracht und setzen ein paar Maibäume, und dann wird gefeiert. Jawohl. Das Kamel hat seinen Teil geleistet, und es wird nicht leer ausgehen.*

Außerdem, dachte Norman weiter, *falls es sich nicht freiwillig in Luft auflöst, kann ich den Prozeß ja immer noch mit einer genügend großen Menge Unkrautvernichtungsmittel beschleunigen.*

Kapitel 9

Pooley und Omally saßen in einer abgelegenen Ecke des *Fliegenden Schwans*.

»Ich verstehe den Professor einfach nicht«, brummte Jim. »Er schien mir irgendwie überhaupt nicht bei der Sache zu sein.«

»Ich weiß nicht«, erwiderte Omally und schüttelte den Kopf. »Kam mir vor wie ein Fall von Laß-die-Golfer-ruhig-ein-wenig-zappeln. Ich denke, er weiß in Wirklichkeit eine ganze Menge mehr, als er uns gegenüber zuzugeben bereit war.«

»Daß glaube ich allerdings auch. Dem Professor entgeht kaum jemals etwas. Er hat sich wirklich nicht besonders angestrengt mit dem Kohlblatt.«

Omally lehnte sich im Stuhl zurück und breitete hilflos die Arme aus.

»Und wo stehen wir jetzt?« fragte er. »Wir sind keinen Schritt weiter gekommen. Die Arbeiter der Stadtwerke vollbringen bei jeder sich bietenden Gelegenheit das Unmögliche, auf dem Boden erscheinen wie von Zauberhand runische Ideogramme, und Kamele fressen sich durch die jahreszeitlichen Gemüse. Mir gefällt nichts von alledem. Wenn ich ehrlich sein soll, wächst in mir allmählich der Verdacht, daß das alles eine einzige gewaltige Verschwörung gegen ehrenwerte Golfer ist, mit dem Ziel, eben diese von ihrem Spiel abzubringen.«

»Vermutlich geht es doch ein wenig weiter als das«, widersprach Jim. »Allerdings stimme ich dir zu, daß es unserem Spiel nicht eben zuträglich ist. Vielleicht sollten wir uns vorübergehend aus den Schrebergärten zurückziehen und nach neuen Weidegründen suchen. Unten bei den Docks befinden sich mehrere große Trümmergrundstücke, die von hohen Mauern umgeben sind. Ich kenne den einen oder anderen geheimen Eingang.«

»Nie und nimmer!« brauste Omally stolz auf. »Ich bin genug davongelaufen. Wenn wir jetzt wieder verschwinden, werden uns die Bastarde am Ende ins Meer treiben, und auf Unterwassergolf habe ich ganz bestimmt keine Lust.«

»Dann nehmen wir eben Korkbälle«, sagte Pooley.

»Wie?«

Ptttou ...! Ptttou ...! Ptttou ...! Wappp ...

»W-w-was?« Nicholas Roger Raffles Rathbone drehte sich einmal um seine Achse und hämmerte dann die gerötete Faust auf die Konsole der Captain Laser Alien Attack Maschine.

»Verdammter Bastard!« sagte er in tiefstem Ernst. »Du verdammter Bastard hast eine zusätzliche Untertasse in das Spiel eingeschleust!« Er wandte sich in Richtung Theke, wo Neville mit schützenden Wattebällchen in den Ohren stand und mit fiebrigen Händen Gläser polierte. »Hast du etwas an dieser Maschine verändert?« brüllte er den Teilzeitbarmann an.

»Verpiß dich«, sagte Neville.

»Ich kenne nämlich die Reihenfolge!« fuhr der grünhaarige Jugendliche ungerührt fort. »Dreißig Schuß, dann eine Riesenuntertasse, dann achtunddreißig Schuß, dann das Mutterschiff. Irgend jemand hat sich an dieser Maschine zu schaffen gemacht!«

Neville legte das Polierhandtuch zur Seite, nahm die nutzlosen Wattestopfen aus den Ohren und funkelte den Burschen an.

»Niemand hat sich an dieser Maschine zu schaffen gemacht«, sagte er zwischen zusammengebissenen

Zähnen hindurch, die durch fortgesetztes Knirschen bereits erste Anzeichen von Abnutzung zeigten. »Niemand hat diese Maschine angerührt, manipuliert oder sich sonst irgendwie daran zu schaffen gemacht. Kein offizieller Vertreter der Brauerei hat je einen Wartungsdienst durchgeführt. Keine Sau ist vorbeigekommen, um ein Birnchen auszutauschen oder sich an den elektronischen Innereien zu vergreifen, nicht einmal um die Berge von Geld zu entleeren, die sich ganz ohne jeden Zweifel inzwischen in der Maschine angesammelt haben. Sie scheint niemals kaputt zu gehen, sie benötigt keinerlei Wartung, sie läuft mit einer eigenen Energiequelle und gehorcht allein ihren eigenen Gesetzen. Falls du irgendwelche Beschwerden hast, dann schlage ich vor, du richtest sie direkt an die Maschine. Mit ein wenig Glück empfindet sie deine Manieren als Beleidigung und tötet dich durch einen elektrischen Schlag.«

»Irgend jemand hat sich an der Maschine zu schaffen gemacht«, beharrte Nick und grub in seinen Taschen nach weiteren Zwanzig-Schilling-Stücken. »Ich kenne die Reihenfolge ganz genau!«

Der Teilzeitbarmann wandte sich angewidert ab. »Jim!« rief er und beugte sich in Pooleys Richtung über den Tresen. »Könnten wir uns vielleicht kurz unter vier Ohren unterhalten?«

Pooley hastete von seinem Stuhl hoch, denn er ahnte die Möglichkeit eines freien Drinks. »Zu deinen Diensten, Herr Wirt«, sagte er.

»Jim«, sagte Neville und gestikulierte in Richtung des gekrümmten Rückens eines gewissen grünhaarigen Jugendlichen. »Ist Omally schon etwas eingefallen bezüglich dieser Abnormität? Ich bin am Ende meiner Kräfte. Mein Kündigungsschreiben liegt gefaltet im Briefumschlag, und die Briefmarke ist geleckt.«

Jim kaute auf seiner Unterlippe. Es war unübersehbar, daß Neville seine Worte todernst meinte. Und es wäre in der Tat ein Tragödie, wenn Brentford den besten Teilzeitbarmann verlor, den es jemals gehabt hatte.

Ganz besonders wegen einer Banalität wie dieser Spielmaschine.

»Ehrlich«, log Jim so überzeugend, wie er konnte, »Omally und ich haben den ganzen Nachmittag damit verbracht, über diese Sache nachzudenken. Wir waren noch dabei, als du mich zu dir gerufen hast. Ich glaube, wir stehen inzwischen dicht vor einer Lösung.«

»Ah«, sagte Neville, und seine Miene hellte sich ein wenig auf. »Gut zu wissen, daß es noch Freunde gibt. Hier, das geht aufs Haus.«

Pooley leerte sein Single Draught in einem einzigen Zug und kehrte dann zu seinem Kumpan am Tisch zurück.

»Ich habe alles gesehen«, begrüßte ihn Omally. »In was hast du mich jetzt schon wieder hineingeredet?«

»Nicht viel«, entgegnete Pooley nonchalant. »Nur daß Neville und ich kaum erwarten können, daß du diese Spielmaschine kaputt machst. Und zwar lieber heute als morgen.«

Omally hatte sich bemerkenswert gut unter Kontrolle. »Aber ich habe den Eindruck gewonnen, daß dieses Ding unkaputtbar ist. Meinst du nicht, daß diese Tatsache mich in eine ungünstige Situation bringt?«

Pooley stieß seinen Freund jovial in die Rippengegend. »Ach, komm schon«, sagte er. »Das ist doch eine

Kleinigkeit für dich. Es lenkt dich von deinen Sorgen ab. Wie sagt ihr Burschen aus dem alten Irland doch immer? Mach es aus Vergnügen, nicht wahr? Aus Spaß an der Freude.«

»Spaß an der Freude?« Omally schüttelte verwundert den Kopf. Als stünden die Dinge nicht schon schlecht genug. Er kratzte sich über die Bartstoppeln an seinem Kinn, die im Verlauf des Tages zu etwas herangewachsen waren, das die Navy einen Rauschebart genannt hätte, und warf einen nachdenklichen Blick auf die Captain Laser Alien Attack Maschine.

»Ich habe da so eine Idee«, sagte er und stand von seinem Stuhl auf. »Vielleicht käme uns ein Erfolg jetzt tatsächlich ganz gelegen. Gib mir einen Florin.«

Pooley klopfte seine Taschen ab.

»Nun komm schon, gib mir einen Florin«, wiederholte Omally, und widerstrebend zog Pooley die Münze hervor.

»Und jetzt, Jim«, sagte der Ire zu seinem Freund, »wollen wir einmal prüfen, wie gut dieser rebellische Apparat wirklich ist.«

Neville der Teilzeitbarmann beobachtete, wie die Silbermünze den Besitzer wechselte, und schickte ein stilles Gebet an die dunkle und heidnische Gottheit seiner persönlichen Glaubensrichtung.

Nicholas Roger Raffles Rathbone hatte einen ganzen Stapel gleichartiger Münzen auf der chromglitzernden Konsole der Maschine gestapelt. Er plante eine lange nächtliche Sitzung.

»Geh mal zur Seite, Bursche«, sagte Omally mit autoritärer Stimme. »Mein Freund hier will sich mit den außerirdischen Bösewichtern anlegen.«

»Auf keinen Fall«, widersprach Nick, ohne sich

umzudrehen. »Ich bin noch nicht einmal halb mit diesem Spiel fertig.«

Omally beugte sich vor und sprach ein paar leise Worte in das spitze, tätowierte Ohr des Grünhaarigen.

Die Geißel der kosmischen Kommandos trat beiseite. »Sei mein Gast«, sagte er höflich. »Ich erkläre dir gerne, wie es funktioniert.«

»Ich schätze, das wird nicht nötig sein«, erwiderte Omally. »Danke trotzdem. Also, fangen wir an, Jim.«

Pooley schüttelte heftig den Kopf. »Nicht ich«, sagte er entschlossen. »Diese Dinger geben gefährliche Röntgenstrahlen von sich. Ich will nicht, daß mir die Haare und die Fingernägel ausfallen. Nein, wirklich nicht. Danke sehr.«

Omally klopfte seinem Kameraden auf die Schulter.

»Jim«, sagte er, »wer hat meinen automatischen Toaster in Brand gesteckt?«

Pooley erkannte zwar keinen Zusammenhang, trotzdem nickte er schuldbewußt.

»Das war ich«, antwortete er kleinlaut.

»Und wer hat meinen Wecker zerschlagen?«

»Auch ich.«

»Und wer hat die Abstimmung meines Radios verstellt, das mir zwanzig Jahre lang guten und störungsfreien Hörgenuß verschafft hat?«

Pooley wandte den Kopf zur Seite. »Auch ich«, sagte er beinahe unhörbar.

»Und wer hat sich meinen elektrischen Rasierapparat ausgeliehen und ...«

»Ich wußte schließlich nicht, daß man keinen Schaum nimmt, wenn man sich elektrisch rasiert«, startete Pooley einen Versuch, sich zu verteidigen.

»Wer war es?«

»Auch ich.«

»Dann wirst du sicherlich meine Argumentation verstehen, daß es nur einen einzigen Mann gibt, der imstande ist – sei es durch Zufall, Berechnung oder Methode –, jedweden elektrischen Apparat zu zerstören, und dieser Mann bist eindeutig du, Jim Pooley.«

Pooley schob den Florin in die Maschine, und der Videoschirm erstrahlte in bunten Farben.

»Und los geht's«, sagte Pooley.

»Du mußt den Nachbrenner einschalten, um optimal abzuheben«, sagte Raffles Rathbone, der nervös auf den Zehenspitzen tänzelte und auf die brummende Maschine deutete. »Schätz den Neigungswinkel der UFOs, dann zählst du bis drei, und wenn du direkt vor ihren Bug feuerst, bringst du sie zum Absturz. Jedes dritte bringt hundert Extrapunkte. Bleib auf der rechten Seite, und sie können dich nicht ...«

Er verstummte, als Omally ihm einen gewichtigen Schlag an den Hinterkopf versetzte.

»Ruhe«, sagte er. »Jim weiß ganz genau, was er zu tun hat.«

»Ich weiß es nicht!« heulte Jim, der wild auf die Knöpfe hämmerte und am Joystick rüttelte.

»Du bist nicht hier, um zu gewinnen, Jim, sondern um sie kaputtzumachen.«

»Kaputtmachen?« Raffles Rathbone fiel erneut in sein hektisches Tänzeln. »Die Maschine kaputtmachen? Oh! Mann! Barmann! Barmann! Hier begeht jemand Sabotage! Unternimm etwas! Unternimm etwas!«

Neville grinste den tänzelnden Grünhaarigen gönnerhaft an.

»Ich kann nichts dagegen tun«, sagte er. »Jeder Gast

hat das Recht, an der Maschine zu spielen. Sei gefälligst nicht so egoistisch.«

»Egoistisch? Das ist eine Verschwörung! Ich rufe die Brauerei an!«

John Vincent Omally war ein Mann, dem der Begriff Toleranz ungefähr so vertraut war wie die Regeln von Backgammon. Er packte den zappelnden Nörgler an seinen stickerübersäten Aufschlägen und hielt ihn auf Armeslänge von sich. »Wir wollen doch wohl nicht etwa die Geschäftsführung bedrohen, oder vielleicht doch?«

»Oh! Ich hab' einen erwischt!« rief Pooley plötzlich. »Ich hab' ihn förmlich aus dem Himmel geblasen! Und direkt noch einen! Ptttou! Ich glaube, allmählich kriege ich den Bogen raus!«

Omally entließ den baumelnden Raffles Rathbone aus seinem Griff. »Schon ein Anzeichen von Beschädigung?« erkundigte er sich.

»Ich beschädige die Invasionsflotte der Aliens. Sieh mal, der hier hat hundert Punkte gebracht! Und jetzt das Mutterschiff, doppelte Punktzahl!«

Omally betrachtete verwundert das Geschehen.

»Jetzt komm schon, Jim!« forderte er. »Gib dir etwas mehr Mühe! Setz Gewalt ein, wenn es sein muß.«

»Tu ich doch, tu ich doch! Hier, Volltreffer! Anschließend nach rechts und ducken, dort können sie dich nicht erwischen!«

»Genau«, sagte der gefallene Raffles Rathbone. »Zähl vom letzten abgeschossenen Schiff bis fünf, und das Scoutschiff taucht auf. Dafür gibt's fünfhundert Punkte, Mann!«

Auf Omallys rötlichem Gesicht machte sich ein Ausdruck entsetzlicher Perplexität breit. »Jim«, sagte er in ernstem Tonfall, »was geht hier vor, Jim?«

»Guter Schuß!« lobte Raffles Rathbone. »Sobald du tausend Punkte hast, gibt es ein Extraleben! Da, du hast es geschafft!«

»Kein Problem«, erwiderte Jim Pooley.

Omally wandte sich von der Maschine ab und stapfte mit steifen Schritten zur Bar.

Neville beobachtete seine Annäherung mit einem Gesicht wie ein Donnerwetter. »Was hat das zu bedeuten?« verlangte der Teilzeitbarmann zu wissen. »Ich wittere Verrat!«

Omally schüttelte heftig den Kopf. Seine Ehre stand auf dem Spiel.

»Reine Psychologie«, informierte er Neville im Brustton der Überzeugung.

»Aha, Psychologie also. Ich bin ein Dummkopf. Ich hätte schwören können, daß dein Freund sich an der Maschine vergnügt!«

Omally grinste ein verschlagenes Grinsen und tippte sich an die Nase.

»Überlaß nur ruhig alles Jim«, empfahl er. »Er weiß ganz genau, was er tut. Er wiegt die Maschine in Sicherheit und erschleicht sich ihr Vertrauen, dann testet er ihre Verteidigungsmechanismen aus, findet die Schwachstelle, und *Ptttou*!«

»*Ptttou*!« sagte Neville der Teilzeitbarmann und bedachte den Iren mit etwas, das gemeinhin als wissendes Zwinkern bekannt ist. »Das sollte es auch besser sein. *Ptttou*!«

Omally grinste wenig überzeugend und bestellte sich ein weiteres Pint.

Ptttou ...! Ptttou ...! Ptttou ...! Wappp.

»W-w-was?«

»Aha!« kreischte Raffles Rathbone. »Ich hab' vergessen, dir von ihren Sturmtruppen zu erzählen. Diesmal haben sie dich erwischt. Hast du vielleicht Lust auf ein Spiel zu zweit?«

»Sicher«, erwiderte Jim Pooley. »Der Verlierer zahlt die nächste Runde.«

»Du fängst an«, sagte der Grünhaarige.

Omally verbarg das Gesicht in den Händen und stöhnte laut.

Um halb elf rief Neville die letzte Runde aus, wie immer nur um zu sehen, was geschehen würde. Wie immer war die Reaktion minimal. Ein paar herumlungernde Touristen, die gekommen waren, um die antiken Gasometer zu besichtigen, erhoben sich von ihren Plätzen und machten sich auf, ihre Busse zu suchen, die eine Stunde zuvor aufgebrochen waren. Die Einheimischen hingegen überhörten Nevilles Ruf wie stets.

John Vincent Omallys Gesicht war inzwischen zu einer Fratze verzerrt, die selbst Rondo Hatton Angst eingejagt hätte. Er saß auf seinem Hocker und trank das vierte Pint Large, das er im Verlauf des Abends selbst zu zahlen gezwungen gewesen war. Jim Pooley hatte die geschlagenen letzten vier Stunden mit einer tödlichen Schlacht gegen ununterbrochen anbrandende Heerscharen von Aliens aus den äußeren Bezirken der kosmischen Unendlichkeit verbracht.

Der junge Nicholas Raffles Rathbone für seinen Teil war noch nie glücklicher gewesen. Er hatte den Hohn und Spott wegen seiner einsamen videotischen Schlacht gegen die Stoßtruppen der Aliens seit einer ganzen Weile heroisch ertragen, und die Tatsache, daß nun Jim Pooley an seiner Seite kämpfte, ein Mann, den er insgeheim schon lange bewunderte, verlieh ihm ein definitives Gefühl von Unbesiegbarkeit. Gemeinsam würden sie die Highscore-Listen erobern und den Mystery-Bonus schaffen.

»Achtung, dort!« kreischte er warnend und tanzte wie ein wahnsinniger Derwisch. »Gib diesem Burschen deine Kugeln zu fressen! Super. Guter Schuß!«

Nach einer ganzen Weile legte Pooley eine Pause ein, um frischen Atem zu schöpfen. Sein Neutronenbombenauslösefinger litt unter Krämpfen, und er litt allmählich unter den Entzugserscheinungen einer selbst auferlegten abendlangen Abstinenz.

»Ich muß mich jetzt ein wenig erholen«, sagte er zu Raffles Rathbone. »Ich habe unseren guten Barmann die letzte Runde ausrufen hören, und lebenslange Gewohnheiten können nicht an einem einzigen Abend über den Haufen geworfen werden. Also werde ich jetzt zum Tresen gehen.«

»Du bist ein geiler Spieler«, sagte der Grünhaarige bewundernd. »Es war mir eine Freude, mit dir zusammen zu spielen.«

»Du besitzt den Vorteil langer Übung«, erwiderte Jim, »aber morgen mittag geht es deinem Geldbeutel an den Kragen, Nick.«

»Gerne«, erwiderte Raffles Rathbone.

Als Jim schließlich am Tresen ankam, fand er sich zu seinem Erstaunen der vollen Wucht von Omallys Feindseligkeit ausgesetzt.

»Was in drei Teufels Namen hast du dir eigentlich bei dieser Sache gedacht?« erkundigte sich der Ire.

Pooley blieb ungerührt. »Psychologie«, erwiderte er gelassen.

»Psychologie?«

»Ja. Du weißt doch: Zuerst wiegst du die Maschine in Sicherheit und schleichst dich in ihr Vertrauen, dann testest du ihre Verteidigungsmechanismen aus, findest die Schwachstelle, und *Ptttou*! Wer zahlt eigentlich die nächste Runde?«

»Du!« sagte Omally. »Ganz ohne jeden Zweifel du, Jim.«

»Ich habe fünfzehntausendzweihunderteins geschafft«, berichtete Jim voller Stolz. »Mein persönlicher Highscore. Versuch mal, das zu schlagen.«

»Eher schlage ich auf deinen Kopf.«

»Es kommt alles aus dem Handgelenk«, fuhr Pooley informativ fort. »Du mußt die Reihenfolge kennen. Sobald du sie kennst, kannst du dich auf die Schiffe mit den hohen Punktzahlen konzentrieren und den anderen ausweichen. Ganz einfach.«

»Du bist verrückt«, knurrte Omally. »Du hattest ganz recht mit den Röntgenstrahlen. Sie haben dir das Gehirn versengt.«

»Alles aus dem Handgelenk«, wiederholte Pooley und trommelte mit dem tödlichen Neutronenfinger auf die Theke. »Eins, zwei, drei, *Ptttou!* Dann nach links, *Ptttou! Ptttou! Ptttou!*«

»Ich bring' dich um!«

»Ich sag' dir was«, sagte Jim. »Morgen spielen wir gegeneinander. Nick kommt auch, und er kann dir ein paar Tips geben. Du hast es ganz schnell raus. Wer als letzter zweitausend Punkte hat, zahlt das Bier. Was hältst du davon?«

Omally vergrub das Gesicht in den Händen und schluchzte klagend.

Pooley trank das Pint seines irischen Freundes leer. »Du hast nicht zufällig ein paar Zwanzig-Schilling-Stücke in der Tasche, Jim?« fragte er. »Vielleicht bleibt Zeit für ein oder zwei weitere Spielchen, bevor wir nach Hause müssen.«

Kapitel 10

Der Kleine Dave schälte ein Paket tiefgefrorenes Filet Mignon auf und gab den Inhalt auf das verrottete Backblech, das seiner Familie seit mehreren Generationen gute Dienste leistete. Er drehte den Temperaturregler des Emailleofens auf Stufe sechs, schob das Blech in die Röhre und warf krachend die Klappe zu. Nachdem er damit fertig war, schlurfte der zwergenhafte Brentforder Briefzusteller zu seinem abgewetzten Ohrensessel und ließ sich schwer hineinfallen. Der Kleine Dave war alles andere als ein glücklicher Mann.

Es ist eine traurige Tatsache in unserer Gesellschaft, daß diejenigen unter uns, die ohne bestimmte vitale Körperteile geboren werden oder von anderen zuviel oder zuwenig besitzen, allen Grund haben, ihr schweres Schicksal im Leben zu beklagen. Wer mit dem buckligen Rücken gesegnet ist oder sich ständig den Kopf an der Unterseite von Straßenüberführungen stößt, oder wer imstande ist, ohne sich zu bücken unter Barhockern hindurchzugehen, der neigt leicht zu dem Glauben, von den Göttern schäbig behandelt worden zu sein.

Der Kleine Dave gehörte zu dieser unglückseligen Gemeinschaft, und er spielte sein Gebrechen aus, so gut es ging. Freundlichkeit empfand er als Mitleid, jedes nette Wort als beißenden Spott, und er verbrachte seine Tage damit, einer Umgebung das Leben schwer zu machen, die ihn mit Freuden als einen der ihren aufgenommen hätte, wenn er ihr nur eine Chance dazu gegeben hätte.

Und wenn es darum ging, über sein Los zu klagen,

dann war der kleine Postbote eine Kategorie für sich. Die Argumentation, daß manch berühmter Mann von unterdurchschnittlicher Körpergröße gewesen und daß es nicht die Größe eines Menschen war, die zählte, sondern das, was er im Herzen hatte, stieß beim Kleinen Dave auf taube Ohren. Für den Kleinen Dave war alles hassenswert, was mehr als vier Fuß groß war und auf zwei Beinen durch die Gegend lief.

Er war in Brentford nicht gerade beliebt, im Gegenteil. Der Kleine Dave hatte es geschafft, in einer Gemeinde, die fast jede Form von Exzentrizität tolerierte, einiges an trauriger Berühmtheit zu erlangen.

Was seinen Zeitgenossen auch recht war. Schließlich hatten sie viel Zeit und Energie und Atem verschwendet in dem Versuch, den Kleinen davon zu überzeugen, daß man nicht groß sein müsse, um berühmt zu werden. Und heute verspürten sie weit weniger Gewissensbisse, wenn sie den kleinen, hinterlistigen, mißmutigen Bastard haßten.

Der Kleine Dave vergrub seine spitzen Fingernägel in die abgenutzten Armlehnen seines Ohrensessels und blickte zur Wanduhr hinauf. Bald war Mitternacht, Zeit, diese Kamelgeschichte ein für alle Mal zu beenden. Die anderen hatten ihn heute mehrfach wie einen Dummkopf aussehen lassen, und dafür würde er sich rächen, ganz ohne Zweifel.

Er erhob sich aus seinem Sessel und steckte seine Eichelpfeife in Brand. Dann wanderte er über den ausgetretenen Teppich auf und ab, wobei er dichte, schwefelschwangere Rauchwolken ausstieß. In regelmäßigen Abständen hob er die Fäuste gegen den Himmel und andere, die seinen wütenden Zorn erweckt hatten.

Nach einer Weile schlug die chinesische Alsatia-

Kaminuhr die Geisterstunde, und der Kleine Dave beendete sein hektisches Auf- und Abgehen. Er schlug eine winzige Faust in eine gleich winzige offene Handfläche und stürzte aus dem Zimmer, als würde die Saite plötzlich gespannt, die Geist und Körper miteinander verbindet. Mit hastigen Schritten eilte er die Treppe hinauf, über einen linoleumverkleideten Absatz und weiter durch eine Tür in ein Zimmer, das Immobilienmakler grinsend als ›Elternschlafzimmer‹ anzupreisen pflegen.

Hier hielt er schwer atmend inne, denn weiterer hastiger Fortschritt war durch die Natur des Zimmerinhalts behindert.

Das Elternschlafzimmer war im buchstäblichen Sinne des Wortes mit Büchern überfüllt. Wie der Boden eine derartige Last überhaupt aushalten konnte, war eine nicht unwichtige Frage, aber was hier an Büchern versammelt stand und lag, hätte spielend ausgereicht, die Kapazität einer durchschnittlichen öffentlichen Bibliothek zu sprengen.

Die Bücher lagen bis in den Durchgang aufgestapelt und bildeten eine fast unüberwindlich scheinende Barriere.

Der Kleine Dave blickte verstohlen in die Runde, dann zog er einen langen Schlüssel hervor, den er an einem Lederband um den Nacken geschlungen bei sich trug. Er bückte sich und fand das versteckte Schlüsselloch. Eine winzige getarnte Tür aus falschen Buchrücken schwang auf. Mit einem merkwürdigen, wühlmausähnlichen Schnüffeln ließ er sich auf alle viere nieder und kroch durch die Öffnung. Die Büchertür schwang lautlos zu, ohne eine Spur von seiner Anwesenheit zu hinterlassen.

Im Innern des Bücherzimmers folgte der Kleine

Dave einem verschlungenen Labyrinth winziger Tunnel, die er selbst geschaffen hatte. Tiefer und tiefer arbeitete er sich in die Büchermassen vor, bis in das Zentrum des Zimmers, wo er schließlich in einer größeren freien Kammer zum Vorschein kam. Diese Kammer war dem Innern einer Pyramide exakt nachempfunden, und ihre vier Ecken waren entlang der Himmelsrichtungen ausgerichtet. Die Wände bestanden aus den erlesensten ledergebundenen Bücherrücken der gesamten Sammlung.

In diesem exklusiven Gemach, das von der ursprünglichen nackten, fliegendreckbeschmutzten Glühbirne erleuchtet wurde, fand sich eine Ansammlung ungewöhnlicher Objekte: ein niedriges Podium, bedeckt von einem großen Samtkissen, ein Kristall, eine Milchflasche mit chinesischen Räucherstäbchen, ein gerahmtes Bild von Edgar Allan Poe und ein einzelner Rosenkohl unter einer Glasglocke.

Der Kleine Dave kletterte auf das Samtkissen und schloß die Augen. Die Buchrücken starrten auf ihn herab wie eine vielfarbige Wand aus ledernen Ziegelsteinen. Der Kleine Dave wußte, daß er keinen einzigen Band herausnehmen durfte, wollte er nicht lebendig begraben werden, aber da er jedes einzelne Buch in diesem Zimmer mehrfach gelesen und alle auswendig gelernt hatte, bestand nur wenig Bedarf, jemals in eines zu blicken.

Sein Wissen aus den Büchern überstieg das reine Lernen und Absorbieren der gedruckten Worte bei weitem. Er suchte nach den tieferen Wahrheiten, und dazu war es notwendig, sich mit dem Autor jedes einzelnen davon zu unterhalten. Und wenn es seltsam erscheinen mochte, daß eine Kammer wie diese, ja, daß eine Büchersammlung wie diese überhaupt existierte, dann war es noch viel seltsamer, daß all diese Werke aus der Feder eines einzigen Autoren stammten: Edgar Allan Poe.

Hätte einer der Stammgäste des *Fliegenden Schwans*, der den Kleinen Dave nur als Postboten, nicht jedoch als den Mystiker kannte, dieses absurde Sanktuum gesehen, er hätte sicherlich seine Beurteilung von Daves Charakter völlig neu überdacht. Hätten die Stammgäste des *Fliegenden Schwans* die Gestalt sehen können, die nun auf dem Podest saß und die Hände in einer lamaischen Position des Meditierens verschränkt hielt, während die Beine zu einer schmerzhaften Lotusstellung gefaltet waren, sie alle wären mit überwältigender Mehrheit zu der Erkenntnis gelangt, daß der Ausdruck *kleiner, hinterlistiger, mißmutiger Bastard* hier wohl kaum angebracht war. Hier war wohl eher der Ausdruck *kleiner, hinterlistiger, mißmutiger,* wahnsinniger *Bastard* angebracht.

Der Kleine Dave begann, ein tonloses Mantra zu summen, das er selbst erfunden hatte. Seine Augen waren fest geschlossen, und er schwankte auf seinem Samtkissen sanft hin und her.

Er war zu einer Entscheidung bezüglich der Kamelangelegenheit gekommen. Er würde den Meister höchstpersönlich um Hilfe bitten, den alten E. A. P. Schließlich, hatte nicht der Meister Dupin erfunden, den meisterhaften Privatdetektiv, und war nicht Dupin ein kleinwüchsiger Zwerg gewesen wie Dave? Sicherlich hatte Poe es nicht schwarz auf weiß niedergeschrieben, aber sämtliche Implikationen lagen hier in Daves unmittelbarer Umgebung. Außerdem war auch Poe unterdurchschnittlich klein gewesen, wie Dave sich stets mit Befriedigung in Erinnerung rief. Und Dupin hätte niemals den Leichnam entdecken können, der in *Die Morde in der Rue Morgue* im Schornstein gesteckt hatte, wäre er in der Bein-Abteilung nicht ein wenig knapp an Wechselgeld gewesen.

Der Kleine Dave verdrehte die Augen und dachte: »Kohlsprossen.«

Es war alles andere als eine leichte Angelegenheit. Seit er als praktizierendes Mitglied im Orden des Goldenen Rosenkohls aufgenommen worden war, hatte er Probleme, mit der potentiellen Macht dieser gewieften Keime zurechtzukommen. Sein Guru, ein gewisser Reg Fulcanelli, Gemüsehändler aus Chiswick, hatte jede Menge Zeit damit verbracht, Dave in die Geheimnisse des Rosenkohls einzuweihen, doch der kleine Bursche schien es einfach nicht begreifen zu wollen.

»Kenne die Kohlsprosse, und du kennst dich selbst«, hatte Reg immer wieder gesagt, während er ein frühes Exemplar aus dem Minitreibhaus vor seinem Fenster genommen und es ans Licht gehalten hatte. »Die Sprosse ist alles, was die Menschen brauchen. Und sie gehorcht nur ihren eigenen Gesetzen. Gesegnet sei die Kohlsprosse.«

Der Kleine Dave hatte sich ehrfürchtig in der Gemüsehandlung seines Gurus umgesehen und nicht wenig über die Berge von Säcken voller Rosenkohl gestaunt, die sich in jeder Ecke des Ladens, auf den Regalen und in zahllosen Kisten gedrängt hatten. »Du hast wirklich beeindruckend viele Kohlsprossen hier.«

»Von etwas so ausgesprochen Gutem kann man niemals zuviel haben«, hatte der vollkommene Meister erwidert. »Möchtest du vielleicht zwei Pfund transzendentaler Erleuchtung?«

Der Kleine Dave hatte genaugenommen noch nicht den Punkt transzendentaler Erleuchtung erreicht, doch Reg hatte ihm versichert, daß diese Dinge sehr viel Zeit benötigten und noch mehr Rosenkohl.

Der Kleine Dave verzog das Gesicht zu einer Grimasse und schaukelte womöglich noch heftiger. Vor ihm, in der Schwärze hinter seinen Augenlidern, wurde das mentale Bild einer Kohlsprosse deutlicher. Sie wuchs und wuchs, bis sie den gesamten Raum einzunehmen schien. Reg hatte ihm erklärt, daß man sich mit der Sprosse vereinigen und Teil von ihr werden mußte, wollte man zur astralen Ebene aufsteigen. Wenn man erst einmal diesen Zustand kosmischen Bewußtseins erreicht hatte, wurden alle Dinge möglich.

Eine Schweißperle rann über Daves Stupsnase. Er konnte den Rosenkohl jetzt fast riechen, so real war er, doch Dave kam nicht einmal in die Nähe der astralen Seite, so sehr er sich auch bemühte. Er atmete tief und entschlossen durch und bereitete sich auf einen wirklich harten, alles entscheidenden Versuch vor.

Unten in der Küche wurde das inzwischen aufgetaute *Filet Mignon amoreuse* nach und nach ein wenig schwarz um die Ränder. Bald würde die Plastikverpackung mit der Sauce, die der Kleine Dave sorglos unausgepackt in den Backofen gestellt hatte, sich entzünden und eine Explosion verursachen; nicht besonders laut oder heftig, aber genügend stark, um die Backofentür aufzustemmen und den brennenden Inhalt auf den ausgetretenen Teppich zu verstreuen. Die Flammen würden sich munter ausbreiten, alsbald einen Stapel *Psychic News* erfassen und sich schließlich bis zu dem Netzvorhang weiterarbeiten, den der Kleine Dave nun schon seit einigen Wochen hatte aufhängen wollen.

Der Kleine Dave jedoch würde nichts von alledem

mitbekommen, bis die Konflagration einen Punkt erreicht hatte, der Schuljungen zum Tanzen brachte und Nachbarn mit Stühlen auf die Straße lockte, um die weiteren Geschehnisse und das Agieren der Freiwilligen Feuerwehr aus sicherer Entfernung zu beobachten.

Es ist sicherlich interessant zu vermerken, daß es zwar noch längst nicht so weit war, doch mit fast hundertprozentiger Sicherheit so weit kommen mußte. Und die Möglichkeit, Dinge wie diese in so exakter Weise vorherzusagen, läßt doch den Schluß sehr nahe liegen, daß es Dinge wie Hellseherei und astrale Projektion tatsächlich gibt.

Der Kleine Dave war so oder so ein glühender Verfechter der letzteren. Sein physisches Selbst saß ungerührt und in völliger Ignoranz der unmittelbar bevorstehenden Kremation auf dem Samtkissen, doch sein astraler Leib hatte sich auf eine geheimnisumwobene verschwommene Ebene hinaufgeschwungen und stand der leicht transparenten Gestalt eines Mannes gegenüber, der in viktorianische Tracht gekleidet war, einen zu groß geratenen Kopf auf den Schultern trug und eine Fliege um den Hals.

»Mister Poe?« erkundigte sich der kleinwüchsige astralleibige Brentforder Postbote. »Mister Edgar Allan Poe?«

»Kleiner Dave?« entgegnete der berühmte Schriftsteller. »Du hast dir viel Zeit gelassen, um herzukommen.« Er deutete auf etwas, das der etherische Zwerg mit der rechten Hand umklammerte. »Was soll eigentlich dieser Rosenkohl?« erkundigte er sich.

Kapitel 11

Norman war in seine Hinterzimmerküche zurückgekehrt und hatte das Kamel friedlich schnarchend mit dem Kopf in einem alten Shetland-Pullover in den Gemächern seiner verriegelten Mietgarage zurückgelassen. Er untersuchte die Trümmer seiner kostbaren Ausrüstung und überlegte, was als nächstes zu tun sei.

Er würde einen guten Haufen Ersatzteile benötigen, falls er das Experiment jemals wiederholen wollte. Er würde wieder einmal einiges an Geld für postkartengroße Annoncen in allen lokalen Anzeigenblättern investieren müssen: »Bastler benötigt dringend alte Radios und/oder Teile für wohltätige Arbeiten. Hole alles selbst ab, Entfernung spielt keine Rolle.« Das hatte ihm bisher ausgezeichnete Dienste geleistet. Und wenn es tatsächlich zum Äußersten kommen sollte, dann mußte er eben ein wenig häufiger zu mitternächtlicher Zeit in der Gasse hinter Murrays Elektroladen auf der Hauptstraße herumlungern.

Norman bahnte sich einen Weg durch die verbogenen und versengten Trümmer und dachte darüber nach, wie es weitergehen sollte. Viel würde nicht weitergehen, wie die Dinge im Augenblick standen; er würde einiges an Geld ausgeben müssen, ganz gleich, wie er es auch drehte und wendete. Aber wenigstens hatte er die Befriedigung zu wissen, daß seine Theorie zumindest teilweise korrekt war. Das übelriechende Schiff der Wüste, das gegenwärtig in seiner Mietgarage logierte, war ein mehr als ausreichender Beweis.

Trotzdem war irgend etwas an seinen Berechnungen falsch, soviel stand fest. Er würde alles noch einmal überprüfen müssen; es war eine Sache der Masse, lediglich eine Sache der Masse, und sonst nichts.

Norman grub seinen Stuhl aus und ließ sich darauf nieder. Der Tag war mehr als anstrengend gewesen. Während er so dasaß, das Kinn in die Hände gestützt, wanderten seine Gedanken zurück zu dem Augenblick, welcher die Quelle seiner Inspiration für dieses großartige und wundervolle Projekt gewesen war. Im nachhinein betrachtet klang es tatsächlich recht merkwürdig, aber alles hatte eines Mittags beim Essen im *Fliegenden Schwan* angefangen:

Norman hatte wenig interessiert einer Diskussion zwischen Jim Pooley und John Vincent Omally gelauscht. Die beiden hatten sich über ein Buch über die großen Mysterien der Vergangenheit unterhalten, das Omally kurze Zeit zuvor in der Memorialbücherei ausgeliehen hatte. Die Konversation war hierhin und dorthin getrieben, und Pooley hatte gemeint, daß Stonehenge nichts weiter als ein Gerüst gewesen sei und seine Erbauer, irgendwelche megalithischen Vorfahren von *Geo. Wimpey & Co.*, niemals dazu gekommen wären, das eigentliche Gebäude zu errichten. Ganz ohne Zweifel hatte es eine Kneipe werden sollen, davon war Pooley fest überzeugt.

Omally, der weise zu den Ausführungen seines Freundes genickt hatte, hatte noch hinzugefügt, daß dies bei vielen antiken Bauwerken der Fall gewesen sei und daß ihr ursprünglicher Verwendungszweck lediglich von den uninspirierten Gelehrten unserer Tage fehlinterpretiert würde. Das Collosseum zum Beispiel, meinte er, sähe in seinen Augen ganz nach einem mehrstöckigen Parkhaus aus, und beim Parthenon hätte es sich wahrscheinlich um ein Kino gehandelt. »Sieh dir das Odeon in der Northfields Avenue an«, lautete seine Beweisführung. »Die Fassade sieht genauso aus!«

Norman hatte eben eine naheliegende Bemerkung von sich geben wollen, als Pooley plötzlich sagte: »Sie war jedenfalls ganz definitiv nicht als Grab gedacht.«

»Wer?« erwiderte Omally. »Das Odeon in der *Northfields Avenue*? Nein, ich denke, da hast du recht.«

»Nein, nicht das Odeon. Die Große Pyramide von Gizeh.«

»Oh, die.« Omally nickte gewichtig. »Sicher. Ich hab' irgendwo gelesen, daß sie von ein paar Außerirdischen gebaut worden sein soll, die damals das Sagen gehabt haben müssen.«

Pooley schüttelte den Kopf. »Das wage ich allerdings zu bezweifeln.«

»Was dann?« fragte Omally und leerte sein Glas, um es laut auf dem Tresen abzusetzen.

Pooley, der wußte, was eine gefesselte Zuhörerschaft war, wenn er denn eine sah, die sich bereit fand, was auch immer zu spendieren, orderte zwei weitere von was auch immer sie gerade getrunken hatten* und fuhr dann fort: »Das Ticken der alten Guinness-Uhr da oben«, er deutete mit dem Kopf über die Theke, »hat mir die Lösung verraten.«

»Oh, du glaubst also, die Große Pyramide war einst ebenfalls eine Kneipe?«

»Wohl kaum.«

»Dürfte ich dann vielleicht fragen, wie ein so

* Wetten, daß Sie diesen Satz zweimal gelesen haben ...?**

** Wetten, daß ich Sie bei einem nächsten Satz dieser ›Güte‹ wieder einmal für eine halbe Stunde in die Folterkammer des Bastei-Lübbe-Verlags schicke, Herr Merz? (Anm. d. Lektors.)

unscheinbares Ding wie diese Guinness-Uhr dich zur Lösung eines Rätsels führt, das überall auf der Welt Studenten der Ägyptologie viele Tausende von Jahren lang in Atem gehalten hat?«

»Nichts einfacher als das«, erwiderte Jim, aber das war natürlich stark übertrieben. »Das Ticken der Guinness-Uhr hat mich an Big Ben erinnert, was sonst?«

»Was sonst!«

»Wie dir vielleicht aufgefallen ist, besitzt Big Ben eine sehr große Uhr mit einem Pendel, das mit Leichtigkeit von hier durch den gesamten Gang bis auf das Herrenklo reichen würde.«

Omally pfiff durch die Zähne. »So groß! Tatsächlich?«

»Tatsächlich. Und diese Riesenuhr tickt ganz genau, weil die Konstrukteure das Gewicht mit Pennies ausbalanciert haben. Stimmt's oder hab' ich recht?«

»Beides«, sagte Omally zustimmend. »Alles beides.«

»Siehst du?« verkündete Pooley triumphierend.

»Sehe ich was?«

Pooley seufzte. Er sprach ganz offensichtlich zu einem Schwachsinnigen. »Die Große Pyramide ist für die Erde ganz genau das, was die Pennies für die Uhr von Big Ben sind! Soll ich vielleicht noch deutlicher werden?«

»Vielleicht wäre das gar nicht verkehrt, Jim. Aber mach's bitte schnell, wenn es geht, ja?«

»Meinetwegen. Also, wie wir alle wissen, waren diese alten Ägypter eine ziemlich gerissene Bande, nicht wahr? Sie waren meisterhaft im Beobachten des Himmels und konnten mit dem Rechenstab umgehen, nicht wahr? Nun, ich bin fest davon überzeugt, daß sich damals irgendeine Katastrophe ereignete, ganz ohne Zweifel von kosmischen Ausmaßen, die die Erde aus ihrer Achse gestoßen hat. Es gibt eine ganze Menge Beweise dafür, ich meine beispielsweise das plötzliche Aussterben der Mammuts, das Verrutschen der Polarkappen und so weiter und so fort.«

Omally gähnte. »'tschuldigung«, entschuldigte er sich.

»Und dann kommen diese alten Ägypter. Sie waren nicht so leicht aus der Fassung zu bringen, und als sie erkannten, daß der Untergang in ihre Richtung unterwegs war, machten sie das einzig Logische und ergriffen korrigierende Maßnahmen.«

»Korrigierende Maßnahmen?« Der Boden von Omallys Glas kam allmählich wieder in Sicht, außerdem vernahm er die lockenden Rufe der Dartsscheibe.

»Genau. Korrigierende Maßnahmen«, sagte Jim. »Indem sie ein Gegengewicht auf die Erdoberfläche packten, damit die alte Kugel weiter rundlief. Sie wählten einen Punkt, der die Ozeane und Kontinente genau halbiert, und richteten die Kanten an den Himmelsrichtungen aus, und *Peng*!

Vielmehr nicht *Peng*!, wie wir heute sehen. Und das ist es, versteht ihr? Damit wäre das Rätsel gelöst, der Fall bewiesen, und wir müssen diesen antiken sonnenverbrannten Baumeistern dankbar sein.«

Omally schien merkwürdig zweifelnd. »Aber seit damals wurde auf der Welt jede Menge gebaut«, sagte er, »und bei einigen Bauten war ich sogar persönlich beteiligt. Mit all diesem unregelmäßig verteilten Gewicht überall auf der Welt bin ich nicht ganz sicher, ob deine alte Pyramide nicht ein wenig zu leicht geraten sein könnte?«

Pooley schüttelte den Kopf. »Diese Pyramide ist ein

einzigartiges Bauwerk«, sagte er. »Sie besitzt ein exaktes Gewicht, eine exakte Masse und ein exaktes Dichtenverhältnis zum Planeten selbst. Diese Pyramide ist die einzige Konstruktion, die ganz genau in die Gleichung paßt. Die Steine, die man für sie herangeschafft hat, waren ganz sorgfältig in Form und Gewicht gebracht worden, und jeder einzelne ist ein integraler Bestandteil wie bei einem chinesischen Puzzle. Die Inneren Kammern der Pyramide sind so angeordnet, daß sie bestimmte Erdströmungen in ganz besonders effektiver Weise kanalisieren können. Diese Pyramide ist weit mehr als ein plumper Haufen Steine. Ganz gleich, wie viele Häuser noch auf der Welt errichtet werden mögen, die Pyramide wird weiterhin ihre Funktion behalten. Und wenn man die Erdbewegung wieder verändern will, geht das nicht, ohne die Große Pyramide zu bewegen.«

»In Ordnung, ich schreibe auf«, sagte Omally, doch die Bemerkung war offensichtlich nicht an Jim Pooleys Adresse gerichtet.

Norman hatte wie betäubt gelauscht. Konnte es sein, daß hinter Pooleys Worten eine geheime Wahrheit verborgen lag? Sicher, all das klang ganz weit hergeholt. Aber was, wenn er am Ende recht hatte? Die Schlußfolgerungen waren umwerfend. Wenn man tatsächlich die Umlaufbahn der Erde verändern konnte, indem man die Große Pyramide durch die Gegend bewegte, dann würde man einiges an Einfluß ausüben, und das in jeglicher Hinsicht. Eine kleine Neigung der Achse, und Brentford würde in den Genuß tropischer Sommer kommen, und ein winziges Stückchen weiter würde sogar für tropische Winter sorgen. Es wäre ein Kinderspiel.

Trotzdem war die Aufgabe gewaltig. Die Große

Pyramide wog schätzungsweise um die fünf Millionen neunhundertdreiundzwanzigtausendvierhundert Tonnen. Es brauchte mehr als einen Baustellenlaster und eine Bande williger Arbeiter bei doppeltem Lohn. Vielleicht konnte Norman die Busfahrer von Touristengesellschaften bestechen, daß jeder ein paar Steine mit zurückbrachte. Aber auch das würde viel zu lange dauern.

Normans gigantischer Intellekt hatte sich mit voller Macht an die Arbeit begeben. Seit Jahren schon hatte er mit einem Konzept experimentiert, das auf Einsteins Vereinigter Feldtheorie beruhte und sich in erster Linie mit dem Unsichtbarmachen und Teleportieren fester Objekte befaßte. Gerüchte wußten, daß die Navy der Amerikaner während des Zweiten Weltkriegs ein erfolgreiches Experiment durchgeführt hatte, indem eine Art magnetischer Tarnung erzeugt worden war, die einen ganzen Schlachtkreuzer vor aller Augen hatte verschwinden lassen. Einstein selbst, so erzählten die Gerüchte, hatte jedes weitere Experiment in dieser Richtung verboten, weil die Auswirkungen auf die Besatzung katastrophal gewesen sein mußten.

Norman erinnerte sich, mehr als einmal darüber nachgedacht zu haben, daß Einstein zwar ein Individuum von genialer Inspiration gewesen war, aber die meiste Zeit über viel zu viel Schiß gehabt hatte. Wenn und falls es gelang, die Große Pyramide von einer Stelle zur anderen zu teleportieren, dann mochte es durchaus sehr lehrreich sein, die Resultate zu beobachten.

Norman scharrte mit den Füßen in den Trümmern seiner elektronischen Apparate. Alles war so lange her, und jede Menge Peanuts waren seitdem den Bach hinuntergeschwommen. Aber Norman hatte bewiesen, daß zumindest einiges von Einsteins Theorien möglich war. Je länger er darüber nachdachte, desto mehr wurde ihm bewußt, daß die Teleportation eines lebendigen Kamels aus dem Nildelta zu der Schrebergartenkolonie von St. Marys gar nicht schlecht war. Für den Anfang. Er war definitiv einen guten Schritt weitergekommen.

Norman grinste zufrieden, bahnte sich einen Weg zum Spülstein in der Zimmerecke, zog den Vorhang unter dem Becken zur Seite und nahm eine Flasche vom selbstgemachten Kohlbier des Kleinen Dave aus einer Kiste, die er als Bezahlung für ein unbezahltes Jahresabonnement der *Psychic News* entgegengenommen hatte. Es schmeckte ein wenig erdig und hatte mehr als nur einen Hauch von raffiniertem Kohlsprossenaroma an sich, aber es machte einen auch betrunken und war stets ganz nützlich, wenn man sich irgendwo festgefahren hatte.

»Die ultimative Herausforderung«, murmelte Norman und hob die Flasche in Richtung der rußgeschwärzten Decke seiner kriegsgeschüttelten Miniküche.

Bereits vor langer Zeit hatte sich Norman zur Angewohnheit gemacht – wahrscheinlich anläßlich einer der Cowboynächte im *Fliegenden Schwan* vor vielen Jahren –, den zackigen Kronkorken mit den Zähnen vom Flaschenhals zu ziehen, bevor er selbigen an die Kehle setzte, um in tiefen Zügen zu trinken.

In der Aufregung des Tages hatte Norman völlig vergessen, daß seine teuren zahntechnischen Arbeiten noch immer vorne im Laden in einer unzugänglichen Ecke der Dinge harrten, die da kommen mochten.

Der Schrei, der sich konsequenterweise seiner Kehle

entrang, ließ noch ein paar Straßenzüge weiter die Schornsteinköpfe wackeln und brachte viele der »gerechten Schläfer« dazu, sich unruhig in ihren Betten hin und her zu werfen und im Unterbewußtsein hastig zu bekreuzigen.

Kapitel 12

An einem anderen Ort rührten sich unruhige Schläfer beim Klang von Feuerwehrsirenen und den lauten Rufen einer versammelten Zuschauermenge. Es gab ziemlichen Lärm und ein ausgesprochenes Chaos voller Rauch und Flammen, als die Decke über der Küche in der Silver Birch Terrace Nummer siebenundzwanzig einstürzte und zusammen mit hunderttausend unveröffentlichten Bänden Edgar Allan Poes einen allem Anschein nach komatösen Brentforder Postboten von unterdurchschnittlicher Größe mit sich riß.

Als die Feuerwehrleute, die einen Heidenspaß dabei gehabt hatten, die benachbarten Zimmer zu überfluten und die sorgfältig gepflegten Vorgärten wegzuspülen, endlich mit ihrer Arbeit am Haus des Kleinen Dave fertig waren, kamen die Sanitäter, die mißmutig von ihren Dominospielen aufgestanden waren, und wollten den Leichnam des Bewohners im Namen der medizinischen Forschung beschlagnahmen. Sie waren mehr als überrascht, den Postboten scheinbar unverletzt in den Trümmern seines Wohnzimmers zu entdecken, wo er mit überkreuzten Beinen und einer gebackenen Kohlsprosse in der Hand gesessen hatte. Auf seinem zwergenhaften Gesicht stand ein entrücktes Lächeln, und er schien irgend etwas Unverständliches vor sich hinzusummen. Die Sanitäter zuckten hilflos die Schultern, wickelten den Postboten in eine rote Decke und packten ihn nichtsdestotrotz in ihren Sanitätswagen.

Als das Echo eines sich entfernenden Martinshorns zusammen mit dem Lärm der abrückenden Feuerlöschwagen endlich in der Dunkelheit der Nacht verstummt war, verstreuten sich auch die mitternächtlichen Beobachter, um sich ihre heißen Schokoladen zu brauen und auf das Zubettgehen vorzubereiten. Schließlich harrten nur noch zwei Mitglieder der fröhlichen Bande am Ort des Geschehens aus: ein Bursche unübersehbar irischer Herkunft und sein Kumpan, ein Mann mit einem nervös zuckenden rechten Zeigefinger.

»Was jetzt?« erkundigte sich John Vincent Omally.

»Eine nächtliche Runde?« schlug Pooley vor. »Bevor wir nach Hause gehen. Doppelt oder gar nichts, wie klingt das in deinen Ohren?«

»Nun, ich denke, du bist mir etwas schuldig für die Verlegenheit, in die du mich heute abend gebracht hast. Wollen wir vielleicht noch eine Extrawette auf den Platzrekord abschließen?«

Pooley, der seiner Meinung nach den natürlichen Vorteil der Nüchternheit auf seiner Seite wußte, nickte begeistert, und die beiden Männer setzten sich in Richtung der Schrebergärten in Bewegung. Omally vollführte den gelegentlichen torkelnden Seitenschritt, um seinen Kumpan in dessen Überzeugung zu stärken, damit er vielleicht noch ein wenig waghalsiger wettete.

Die Nacht war klar. Ein heller Vollmond stand hoch am Himmel und tauchte die Wellblechhütten in ein kostbares Silberlicht. Der Golfparcours war so hell erleuchtet, daß die beiden Enthusiasten die Grubenhelme überhaupt nicht benötigten, die Pooley extra für nächtliche Spiele organisiert hatte.

Die Zugangstore zu der Schrebergartenkolonie waren verschlossen und verriegelt. Ein übereifriger Lakai der Gemeinde hatte außerdem dafür Sorge getragen, daß sowohl Tor als auch Umzäunung von einer Bahn mörderischen Stacheldrahts mit Widerhaken überragt wurden. Niemand wußte einen Grund dafür. Pooley und Omally waren gezwungen, ihren privaten Eingang zu benutzen.

»Neun Löcher oder die volle Distanz, Jim?« erkundigte sich Omally.

»Die Nacht ist jung, John, und ich fühle mich der vor mir liegenden Aufgabe mehr als gewachsen, insbesondere, wenn ich daran denke, wie tief du bereits bei mir verschuldet bist.«

Leise schloß Pooley seine Hütte auf und kam mit den beiden Sets Schlägern wieder hervor, die dort versteckt lagerten.

Omally warf eine Münze. »Kopf« sagte er, während das Kupfer in den nächtlichen Himmel flog.

Wäre die fallende Münze auf *Terra firma* aufgeprallt, wie man es als vernünftiger Mensch sicherlich erwarten würde, dann hätten die jetzt folgenden Ereignisse möglicherweise niemals stattgefunden. Die Möglichkeit besteht ganz ohne Frage, wenngleich die Wahrscheinlichkeit dafür nicht besonders hoch ist.

Die Münze taumelte dem staubigen Schrebergartenboden entgegen, bis sie einen Punkt vielleicht drei Zoll darüber erreicht hatte, und dann geschah etwas ganz und gar Außergewöhnliches. Die Münze verharrte in ihrer bodenwärts gerichteten Bewegung und schwebte in der Luft, als zögere sie mit einem Mal, zum Planeten ihrer Herkunft zurückzukehren.

Die beiden Golfer starrten in dumpfem Unglauben auf das, was sich vor ihren Augen abspielte.

»Also das nenne ich mal einen guten Trick!« sagte Jim, als er nach einer ganzen Weile die Stimme wiedergefunden hatte. »Den mußt du mir bei Gelegenheit unbedingt beibringen. Funktioniert es mit Draht oder durch Magnetismus?«

Omally schüttelte den Kopf. »Ich habe nichts damit zu tun«, beteuerte er und legte feierlich die Hand aufs Herz. »Allerdings ist die Münze mit dem Kopf nach oben heruntergekommen, also schlage ich vor, du schlägst als erster ab.«

»Nicht so schnell!« konterte Pooley. »Die Münze befindet sich noch nicht auf dem Boden. Vielleicht dreht sie sich noch ein paar Mal.«

»Sie fällt eindeutig nicht mehr weiter«, entgegnete John. »Das ist deutlich genug für mich. Sei so nett und fang jetzt an, ja?«

»Ich denke gar nicht daran«, sagte Jim und schüttelte langsam und entschlossen den Kopf. »Ich bin sicher kein Mann, der sich so ohne weiteres der Betrügerei bezichtigen läßt, doch das Verhalten der Münze legt den Gedanken an einen Trick nahe. Sei doch so nett und wirf sie noch einmal, ja?«

»Dann möchtest du also die beiden besten von dreien?«

»Sicher nicht. Der beste von einem reicht völlig. Allerdings würde ich es entschieden vorziehen, wenn die Münze diesmal wie der biblische Samen auf den steinigen Boden fallen könnte.«

Omally zuckte die Schultern. »Ich gestehe mein eigenes basses Erstaunen über das anarchistische Verhalten des Geldstücks, andererseits fühle ich mich zutiefst beleidigt, daß du auch nur andeutungsweise an meiner Aufrichtigkeit zweifelst. Vertrauen ist das Band, das unsere langjährige Freundschaft zementiert. Deswegen schlage ich vor, wir lassen die Angelegenheit einfach fallen – oder in diesem Fall schweben.«

»Wirf die Münze noch einmal!« verlangte Jim Pooley.

»Wie du meinst«, antwortete Omally, der sich inzwischen dazu entschlossen hatte, beim zweiten Wurf zu betrügen, koste es, was es wolle.

Er bückte sich und streckte die Hand nach der schwebenden Münze aus – und wurde fast augenblicklich mit einem blau knisternden Miniblitz belohnt, der seine Fingerspitzen versengte und ihn rückwärts in die Schatten taumeln ließ, als wäre er plötzlich von einer fahrenden Lokomotive getroffen worden.

»Aua! Autsch! Verdammt und zugenäht!« ertönte seine Stimme aus der Dunkelheit.

Pooley kicherte. »Die Nacht scheint heißer zu sein, als ich gedacht habe, John«, sagte er. »Warst du statisch aufgeladen oder was?«

Omally gab eine kurze Folge heftiger Obszönitäten von sich.

»Tsss, tsss, tsss!« Pooley streckte vorsichtig die Stiefelspitze aus, um die Münze anzuschubsen. Was, insbesondere im Licht von Omallys Erfahrungen, ein ganz schlecht überlegter Zug war. Prompt wurde er für seinen Übermut mit einer gleichen Ladung blauer knisternder Energie belohnt, die sich in seiner stählernen Stiefelspitze fing, an der Hinterseite seines Beins emporschoß und ihn voll im Unterleib traf.

»Erg!« sagte er, was rein technisch gesprochen absolut zutreffend war. Dann umklammerte er seine intimsten Teile und sank mit über Kreuz blickenden Augen in die Knie.

Omally kroch zu der verkrümmt daliegenden Gestalt seines röchelnden Kumpanen.

»Ich schwöre dir, daß ich nicht das geringste damit

zu tun habe«, sagte er und pustete auf seine verbrannten Fingerspitzen.

Pooley wiederholte sein »Erg« von zuvor, was immer noch zutraf und Omally außerdem verriet, daß noch eine Spur von Leben in ihm steckte.

»O nein!« stöhnte Omally plötzlich. »Nicht schon wieder!« Der Staub unterhalb der schwebenden Münze hatte sich verzogen und enthüllte nun das grinsende metallische Gesicht eines weiteren runischen Ideogramms. Während die beiden Männer hinstarrten, schien es von einem schwachen Lichtschein umgeben, der stetig kräftiger wurde, als würde es von irgendwo unten im Boden aufgeladen, und schließlich badete es in grellem weißem Licht.

Es war kein irdisches Licht. Das Symbol leuchtete zwar mit blendender Helligkeit, doch das Licht schien von innen heraus zu kommen und erreichte die Gesichter der beiden professionellen Schrebergartengolfer nicht. Dann stieg es in einer grünen Säule unter laut hörbarem Knistern wie ein scharf umrissener Laserstrahl senkrecht in den nächtlichen Himmel hinauf.

»Erg, erg«, machte Jim und gestikulierte wild in die verschiedensten Richtungen.

Überall auf den Parzellen schossen gleichartige Lichtsäulen in den Himmel. Sie rasten in das Schwarz des Weltalls hinauf, und obwohl sie bald zu winzigen Punkten geschrumpft waren, schien ihre Reise kein Ende zu nehmen.

»Sag mir, daß ich träume«, verlangte Omally.

Pooley konnte außer einem weiteren »Erg« nichts sagen, was Omally jedoch keinerlei Trost bot. Tatsächlich drohte das fortwährende »Erg« allmählich in so etwas wie eine kommunikative Sackgasse zu führen.

Und in diesem Augenblick erloschen die Lichter. Eins nach dem anderen verschwanden sie einfach, und Augenblicke später waren die beiden Golfer von einer ganz gewöhnlichen Nacht umgeben, als wäre nichts geschehen.

Doch Pooley und Omally wußten es besser.

Pooley fand schließlich eine mächtig dünne Stimme wieder, die sich die ganze Zeit über hinter seinem Kehlkopf versteckt gehalten haben mußte. »W-w-was war das, Jim?«

Omally schüttelte den Kopf. »Ich glaube, Gott wollte uns auf diese Weise mitteilen, daß wir endlich mit dem Golfspielen aufhören sollen.«

Dieser klägliche Versuch einer Erklärung klang in Pooleys Ohren mehr als zweifelhaft.

»Gott ist in diesen Dingen meiner Meinung nach im allgemeinen viel direkter«, sagte er. »Er hätte uns einen Blitz geschickt, das hätte er. Aber wie auch immer, das war der Tropfen, der das Faß zum Überlaufen bringt. Die Schrebergärten haben ihren Charme für mich verloren.«

»Das kann ich nachfühlen.« Omally kämpfte sich auf die Beine und fing an, seine staubigen Klamotten mit der unverletzten Hand abzuklopfen. »Umherwandernde Kamele, Spione, die sich in Luft auflösen, runische Symbole, die sich in Suchscheinwerfer verwandeln, Münzen, die nicht zu Boden fallen ... mir scheint, hier gibt es in letzter Zeit so einiges an ungewohnter Aktivität.«

»Ich bin dafür, wir reden mit dem Professor«, sagte Jim, und vor seinem geistigen Auge entstand die perfekte Illusion einer Whiskykaraffe.

Omally hielt seine versengten Fingerkuppen in eine nahebei stehende Regentonne.

»Ich denke«, sagte er, »der Professor hat selbst dringende Geschäfte zu erledigen. Aber sieh mal, die Münze ist zu Boden gefallen!«

Er deutete auf die Stelle, wo der widerspenstige Penny zur Ruhe gekommen war.

»Und sie zeigt noch immer Kopf. Trotzdem, Jim. Angesichts der widrigen Umstände bin ich bereit, den Wurf zu wiederholen.«

»Danke sehr.« Pooley klopfte vorsichtig die Hosengegend seines dreiteiligen Anzugs ab. Das ältliche Kleidungsstück schwelte vor sich hin wie nichts Gutes. »Aber ich denke, ich habe fürs erste genug vom Golfen. Ich würde es vorziehen, den einen oder anderen Becher Nerventonikum zu mir zu nehmen.«

»Aha!« Omally tippte sich an die Nase. »Ich schätze, in meiner Hütte könnte die eine oder andere Flasche genau desselben auf einen Anlaß wie diesen gewartet haben. Wenn es dir nichts ausmacht?«

»Überhaupt nicht, aber langsam, bitte. Ich fühle mich nicht unbedingt auf der Höhe.«

Die beiden Männer machten sich auf den Weg durch die Schrebergärten. Sie bewegten sich mißtrauisch und unternahmen große Anstrengungen, die Gebiete zu vermeiden, wo die merkwürdigen Runensymbole noch immer schwach im Mondlicht schimmerten.

Omallys Parzelle war stets ein Anlaß zu Diskussionen unter seinen Schrebergartennachbarn. John neigte dazu, sich dem Anbau allgemein anerkannter bürgerlicher Gewächse zu verschließen und statt dessen auf Pflanzen mit unaussprechlichen lateinischen Namen und benommen machenden Düften zu spezialisieren. Katzen, die sich auf seine Parzelle verlaufen hatten, kamen hin und wieder taumelnd und mit glasigen Augen zurück.

Vorsichtig stieg Pooley über Omallys Beet aus blühenden *Mandragorae* und deutete auf eine Reihe hochgewachsener *Belladonnae*.

»Bei dir steht im Augenblick wirklich jede Menge zweifelhafter Pflanzen im Wuchs », sagte er, um eine Unterhaltung zu beginnen.

»Geht fast alles in den Export«, erklärte John. Seine Hütte hatte etwas von einem Pfefferkuchenhaus. Sie war von einem Gitterwerk aus kletterndem Eisenhut umrankt, und in den Fenstern blühte Mohn.

Omally schloß die Türe auf und hob eine Reihe von Ansichtskarten von der Fußmatte. Eine davon zeigte einen Panoramablick über die Dächer von Brentford. Omally las laut vor, was auf der Rückseite geschrieben stand:

»Bin auf unerwartete Schwierigkeiten beim Zerlegen der versteinerten Arche gestoßen und möglicherweise gezwungen, sie in einem Stück nach Hause zu bringen. Viele Grüße an alle. Archroy.«

»Glaubst du auch nur ein Wort von dem Mist, den er immer wieder schreibt?«

Omally zuckte die breiten, ausgepolsterten Schultern. »Wer weiß? Er schickt diese Karten an Neville und ein oder zwei andere prominente Brentforder Bürger. Ich schätze, bald wird eine Bitte um finanzielle Unterstützung zum Transport der Arche eingehen. Zweifellos läßt er sich das Geld an irgendein Postfach in West Ealing schicken.«

»Du bist wirklich hart, John«, sagte Pooley.

»Ich bin lediglich Realist«, entgegnete der Realist lediglich.

Omallys Flaschen wurden aus ihrem Versteck entnommen, Drinks ausgeschenkt. Die beiden lümmelten sich faul auf ein paar Kartoffelsäcken, teilten sich eine Woodbine und fabulierten über dies und jenes. Und je länger sie fabulierten, desto mehr kreiste ihr Gespräch um die Qualen und das Elend gewaltsam unterbrochener Golfrunden, insbesondere ihrer eigenen.

»Es wird allmählich intolerabel«, sagte Pooley und leerte seinen Emaillebecher, um ihn auf der Stelle wieder zu füllen.

»Unerträglich wäre passender«, sagte Omally und tat es ihm nach.

»Wir müssen etwas unternehmen.«

»Absolut deiner Meinung.«

»Etwas Drastisches.«

»Ganz genau.«

»Meine Flasche ist leer«, beschwerte sich Jim.

Omally warf ihm eine neue zu.

»Auf dein Wohl, John.«

»Auf dein Wohl, Jim.«

Drei Stunden und jeweils drei Flaschen später war die Angelegenheit so gut wie gelöst. Ein Vorschlag wurde zur Abstimmung unterbreitet und durch Handzeichen einstimmig angenommen. Man kam darin überein, mit Hilfe zweier langstieliger Schaufeln, beide – als Vorsichtsmaßnahme sozusagen – mit Gummigriffstücken ausgestattet, die mysteriösen Symbole aus dem Boden zu graben. Man würde sie mit Hilfe einer gleichermaßen isolierten Schubkarre zum Fluß hinunter transportieren und dort ohne großes Aufheben versenken.

Nachdem diese Hemmnisse für ein sicheres Spiel zufriedenstellend entfernt wären, würde man sein Augenmerk als nächstes auf die städtischen Spione richten. Man war sich zwar noch nicht ganz im klaren, wie in dieser Angelegenheit vorgegangen werden mußte, doch die allgemeine Grundstimmung ließ erahnen, daß stabile Knüppel dabei wahrscheinlich keine kleine Rolle spielen würden.

Der Mond hatte inzwischen ein gutes Stück seines nächtlichen Weges über den Himmel zurückgelegt, und als die Männer schließlich aus Omallys Wellblechhütte traten, sahen die Schrebergärten aus wie ein verwunschener Ort. Die Luft war kühl und rauh geworden, und der tiefstehende Mond warf lange, seltsame Schatten über einen totenbleichen Boden. Die Aussicht, ein potentielles Minenfeld umzugraben, erregte nicht gerade Gefallen.

»Vielleicht sollten wir lieber bis zum Morgen damit warten?« schlug Pooley vor und rieb seine Hände aneinander. »Ich verschwinde in mein gemütliches Heim und lege mich schlafen. Im Bett ist es am schönsten und so, du weißt schon.« Omally packte den fliehenden Pooley fest am abgetragenen Kragen.

»Nicht so schnell, Jim!« sagte er. »Du wirst dich nicht einfach aus dem Staub machen.« Und Pooley meinte, ein Fehlen an Zuversicht im Tonfall seines irischen Freundes herauszuhören. »Ich schlage einen Kompromiß vor.«

Pooley schwebte auf den Zehenspitzen. »Du meinst, wir machen es schichtweise, du gräbst heute nacht, und ich mache morgen früh weiter? Einverstanden.«

»Wohl kaum.« Omallys Griff verstärkte sich. »Ich meine eher, wir gehen jetzt herum und markieren die Stellen neben den Runensymbolen, damit wir sie bei Tage wiederfinden. Und dann graben wir beide morgen früh.«

Pooley hielt die Idee nicht nur für gut, sondern auch für weit weniger anstrengend.

»Das nenne ich die grauen Zellen benutzen!« sagte er. »Wenn du mich jetzt loslassen könntest? Dein Griff verursacht keine geringe Beeinflussung meines allgemeinen Wohlbefindens in der Halsregion, weißt du? Ich werde mein Bestes tun, um dir bei der Umsetzung unseres Plans zu helfen.«

Und dann begann die unausweichliche Diskussion über die beste Methode zur Erledigung der bevorstehenden Aufgabe. Pooley schlug winterharte Rosenkohlsetzlinge vor, die völlig ausreichend für diese Aufgabe seien. Omally verwies auf die Kartoffel als geeigneten Rosenkohlersatz. Der Disput wogte zwischen mit Alufolie umwickelten Stangenbohnen, zerrissenen Zeitungen, die in Form eines Pentagramms ausgelegt wurden, und einem ganzen Sammelsurium an anderen Objekten von edel und geschmackvoll bis hin zum offensichtlich Obszönen. Schließlich, nachdem Pooley einen so lächerlichen Vorschlag unterbreitet hatte, daß der von Natur aus jähzornige Ire dicht davor stand, ihn geradewegs umzubringen, stampfte Omally entschlossen mit dem Fuß auf.

»Genug, genug!« rief er. »Wir werden sie überhaupt nicht markieren. Wir gehen einfach durch die Gärten und schreiben auf, wo wir die Symbole gesehen haben. Das ist alles, und damit basta.«

Hätte Pooley einen Hut besessen, er hätte ihn abgenommen und zu Ehren seines Freundes in die Luft geworfen.

»Brillant!« rief er und nickte bewundernd. »Wie machst du das nur immer, John?«

»Ich glaube, es ist ein Geschenk Gottes.«

Pooley zog *Das Einzige und Endgültige Offizielle*

Handbuch des Schrebergartengolfers aus der Tasche und reichte es Omally.

»Laß uns anfangen«, sagte er. »Die Ehre gebührt dir.«

Man darf nicht vergessen, daß die beiden Kameraden beträchtliche Mengen Kartoffelschnaps getrunken hatten – eines Getränks also, das nicht gerade für seine ernüchternde Wirkung bekannt ist – und daß es außerdem beinahe stockdunkel war. Hätten nicht diese beiden Tatsachen dagegengesprochen, wäre es aller Wahrscheinlichkeit nach durchaus möglich gewesen, die Aufgabe mit einigem Erfolg zu beenden. Aber wie die Dinge nun einmal standen, fanden sich die beiden Männer mir nichts, dir nichts im Zickzack durch die Gärten taumelnd und *Das Einzige und Endgültige Offizielle Handbuch des Schrebergartengolfers* von oben bis unten mit vollkommen unleserlichen Diagrammen vollschmierend wieder*.

»Diese Stelle hier haben wir schon!« sagte Pooley und schwankte zu einem schimmernden Symbol. »Ich bin ganz sicher, daß wir diese Stelle schon haben.«

Omally schüttelte entschieden den Kopf.

»Nein, nein!« widersprach er. »Ganz bestimmt nicht. Sieh mal, welchen Weg wir gekommen sind!« Er klopfte zur Unterstreichung auf das handschriftliche Regelwerk des Schrebergartengolfs, und während er es tat, verkroch sich der Mond hinter einer großen Wolke und ließ die beiden in völliger Dunkelheit zurück.

* Eine wunderschöne Partizipkonstruktion, wie Sie sicherlich zugeben werden. Eine Alternative, wenn auch nicht so elegant, wäre vielleicht die bekannte (außer im Saarland) rheinische Verlaufsform nach H.-D. Hüsch: ... die beiden Männer fanden sich am Taumeln und das Handbuch ... am Vollschmieren wieder ... (Anm. d. Ü.)

»Mist!« fluchte John Vincent Omally. »Ich kann den Weg nicht finden.«

»Am besten, wir hören auf«, sagte Pooley. »*Schlechtes Licht unterbricht das Spiel*. Wir können nichts mehr tun, und mein Bett ruft.«

»Meine Ohren sind wirklich ganz ausgezeichnet, und ich höre beim besten Willen kein Bett rufen«, erwiderte Omally warnend. »Ein falscher Schritt, und ich schlage dich nieder.«

»Aber John!«

»Nichts aber!«

Einen Augenblick standen die beiden Männer da und warteten auf die Rückkehr des Mondlichts.

»Was ist das?« fragte Omally unvermittelt.

»Was ist was?« erkundigte sich Pooley schmollend.

Omally deutete zu einer Stelle ganz in der Nähe (was Pooley natürlich nicht sehen konnte): »Das da!«

Pooley spähte im ungewissen Licht umher, und es dauerte nicht lange, bis er es ebenfalls sah. »Ah«, sagte er. »Jetzt bin ich definitiv raus. Wir Pooleys wissen, wann wir aufhören müssen.«

»Halt dein lautes Mundwerk geschlossen!« flüsterte Omally heiser, wobei er vorsprang und den Angsthasen in den Staub zerrte.

Aus der Richtung von Soap Distants verlassener Hütte kam ein düsterer, heller werdender roter Lichtschein. Die Tür des schwer gesicherten Schuppens öffnete sich langsam, und im Innern war ein geisterhaftes Leuchten zu sehen.

»Willst du dir das nicht ansehen?« erkundigte sich der Stolz Dublins.

»Ich ziehe es in der Tat vor, wegzusehen«, sagte Pooley, mühte sich auf die Beine und machte einmal mehr Anstalten, Fersengeld zu geben.

Omally packte seinen Freund an einem zerfransten Hosenaufschlag. »Sieh dir das an!« flüsterte er. »Das ist ein Ding!«

Überall in den Schatten der Schrebergartenkolonie bewegten sich mit einem Mal Gestalten, graue, undeutliche, an den Rändern unscharfe Gestalten, die wie Automaten in Richtung des merkwürdigen Lichts stapften.

»Ihr Götter!« flüsterte Jim Pooley, als eine nah genug an ihm vorbeikam, um ihr Profil zu erkennen. »Die Spione der Stadtverwaltung! Dutzende von ihnen!«

Omally zerrte Pooley einmal mehr Terra entgegen. »Ich würde dir dringend empfehlen, leise zu sein und in der berühmten Deckung zu bleiben.«

»Mir ist schlecht«, stöhnte Pooley.

Die grauen Gestalten bewegten sich unaufhörlich weiter. Schweigend umrundeten sie die zahlreichen Hindernisse auf dem Gartengrundstück, und nicht ein einziges Mal wandte einer von ihnen auch nur für den Bruchteil einer Sekunde den Blick von seinem Ziel ab. Sie bewegten sich mit mechanischer Präzision.

Pooley und Omally beobachteten das Geschehen aus weit aufgerissenen Augen und mit herabgesunkenen Unterkiefern.

»Vielleicht sollten wir ihnen folgen«, sagte Omally. »Und sehen, was sie vorhaben.«

»Vielleicht an Weihnachten!«

»Feigling! Komm schon, Mann! Laß uns sehen, was da vorgeht!«

Pooleys betrunkene Schultern sackten nach unten. »John«, sagte er, »glaubst du wirklich allen Ernstes, diese Bande von Freaks führt irgend etwas Gutes im Schilde? Ich habe so ein Gefühl, als tappten wir geradewegs in eine extra für uns gestellte Falle. Selbstverständlich ist das lediglich meine ganz und gar unmaßgebliche Meinung, und selbstverständlich wird sie von dem Zustand blinder Panik beeinflußt, in dem ich mich gegenwärtig befinde. An dieser Sache ist ganz bestimmt irgend etwas mächtig faul! Laß uns bitte ganz schnell aus diesen Schrebergärten verschwinden, John! Wir verschwinden für immer und kommen nie wieder zurück, ist das kein Vorschlag? Was meinst du?«

Omally wog den Vorschlag seines Freundes ab. Die Dinge schienen tatsächlich ein wenig zweifelhaft. Jim und er befanden sich eindeutig in der Unterzahl, und an den stapfenden Männern war definitiv etwas Unnatürliches. Vielleicht war es tatsächlich klüger, fürs erste zu verschwinden. Später konnte er immer noch Fragen stellen. Andererseits waren das eine ganze Menge Fragen, die da gestellt werden mußten, und vielleicht war jetzt die günstigste Zeit dazu, solange er und Pooley noch durch exzessive Mengen von Alkohol in den Adern genügend Mut verspürten. »Komm schon, Jim«, sagte er deswegen ermunternd. »Ein rascher Blick, was sie vorhaben. Was kann das schon schaden? Was kann uns denn noch widerfahren, nach dem Tag, den wir hinter uns haben?«

Pooley war der Meinung, daß ihnen noch eine ganze Menge mehr widerfahren konnte, und wie sich sehr bald herausstellen würde, sollte er damit hundertprozentig recht behalten.

Kapitel 13

Ein Stück voraus leuchtete das böse Licht, und die spektralen Gestalten bewegten sich in seine Aura und verwandelten sich in Spielkartenfiguren.

Pooley und Omally schlichen so leise hinter der merkwürdigen Brigade her, wie es angesichts ihres trunkenen Zustands möglich war. Keiner aus der seltsamen Schar drehte auch nur den Kopf, obwohl die Geräusche ihrer Verfolger, die über wellblecherne Parzellenabteilungen und verzinkte Gießkannen stolperten, laut durch die Stille über den Schrebergärten brachen. Die krassen Gestalten näherten sich Soap Distants Wellblechschuppen und reihten sich hintereinander ein, um anschließend wie Zinnsoldaten mit aufgezogenem Federwerk im Gänsemarsch durch den Eingang zu marschieren.

Nachdem der letzte von ihnen verschwunden war, erstrahlte das Licht für ein paar Augenblicke blendend hell und erlosch dann völlig.

»Da hast du es«, sagte Pooley und blieb wie angewurzelt stehen. »Eine optische Täuschung, weiter nichts. Wahrscheinlich die Landescheinwerfer eines Jumbos oder etwas in der Art. Können wir jetzt vielleicht endlich schlafen gehen?«

Omally stieß ihm den Rechen ins Hinterteil, den er im weisen Interesse der Selbsterhaltung an sich genommen hatte. »Vorwärts, Jim!« befahl er. »Wir gehen dieser Sache auf den Grund.«

Wie es der Zufall wollte, hätte er seine Worte nicht schlechter wählen können, doch woher sollte Omally das zu diesem Zeitpunkt wissen?

Die beiden Männer näherten sich Soap Distants

Schuppen und spähten durch die offenstehende Tür, doch außer einer undurchdringlichen tiefschwarzen Finsternis war nicht das geringste zu sehen.

»Feuerzeug!« befahl Omally.

Pooley brachte sein altes Zippo zum Vorschein und saugte am Docht. Omally riß seinem Freund das abgenutzte Instrument aus der Hand, und kurz darauf erleuchtete eine unstet flackernde Flamme das Innere der Hütte. Die beiden Männer stießen beinahe gleichzeitig enttäuschte Pfiffe aus.

Der Schuppen war leer. Vier Wellblechwände, ein Dach aus Asbestschindeln, ein Betonboden. Sonst nichts.

John Omally stöhnte leise. Pooley schüttelte verwundert den Kopf. »Diese städtischen Spione lassen den großen Houdini aussehen wie einen Milchbuben, das ist mal sicher«, sagte er voller Staunen. »Was glaubst du, wie haben sie das gemacht?«

»Ich weigere mich auf das Entschiedenste, meinen Augen zu trauen«, erwiderte Omally. Er hielt das Feuerzeug hoch und trat mutig durch den Eingang. »Ich kann mir beim besten Willen nicht vorstellen, wie sie alle ...«

Er kam niemals dazu, seinen Satz zu beenden. Pooleys Feuerzeug war plötzlich erloschen, und Omallys Worte wurden verschluckt, als wären sie in ein großes, entsetzliches Vakuum gefallen.

»John?« Pooley stand allein in der Dunkelheit. »John, das ist nicht lustig!« Seine Stimme echote hohl durch die unheimliche Hütte.

»Ach du meine Güte!« sagte Pooley.

Der Mond kam langsam hinter seinem wolkigen Nest hervor, und ein breiter Strahl silbrigen Lichts fiel durch die weit geöffnete Tür. Der winzige Gartenschuppen war leer. John Vincent Omally hatte einfach aufgehört zu existieren.

Pooley bückte sich nach Omallys zu Boden gefallenem Rechen und stocherte damit in der Dunkelheit vor sich herum, während er behutsam vortrat. Der Mond schien noch immer hell, und inzwischen wurde über den nahegelegenen Dächern ein erster roter Streifen der hereinbrechenden Morgendämmerung sichtbar.

»Oh!« Die Spitze von Pooleys stocherndem Rechen sah mit einem Mal merkwürdig unscharf und verschwommen aus. Ein weiterer Schritt, und Pooley bemerkte zu seiner äußersten Verblüffung, wie der Rechen ganz verschwand. Als hätte sich die Spitze in Luft aufgelöst. Er zog den Stiel hastig zurück und tastete mit den Fingern über das Gerät. Es war vollkommen intakt.

Jim starrte den Rechen an und in den leeren Schuppen vor sich. Schließlich kratzte er sich zuerst am Kopf und dann am Kinn, während er das Gartengerät in der Hand wog und versuchte, einen Sinn hinter dessen seltsamem Verhalten zu erkennen.

Der Schuppen war ganz offensichtlich nicht das, was er zu sein vorgab. Eine geniale Tarnung ließ ihn als Schuppen erscheinen. Aber was war es, was sich dahinter verbarg, und noch wichtiger: Wo zur Hölle war John abgeblieben? Ganz ohne Zweifel lauerte hinter der simulierten Realität eines leeren Schuppens irgend etwas anderes, und ganz ohne Zweifel war es ein ganz und gar unheiliges Etwas, das nichts Gutes mit unvorsichtigen Golfern im Schilde führte.

Pooley näherte sich einmal mehr der weit geöffneten Tür und schob den Rechen hindurch. Er schwenkte ihn herum und hin und her, und es gab keinen spürbaren Widerstand. Jim zog den Rechen zurück und stand einen Augenblick lang da, während er sich erneut am Kopf kratzte. Das war wirklich eine sehr schlau eingefädelte Tarnung. Vielleicht war das der gleiche Trick, mit dem diese Burschen von der Stadtverwaltung sie schon zuvor hereingelegt und an der Nase herumgeführt hatten. Wahrscheinlich hatte der Typ im *Fliegenden Schwan* einfach irgendeinen 3D-Projektor aktiviert und das Bild einer leeren Toilette erzeugt, während er grinsend auf der Brille gesessen und sich über Pooley und Omally lustig gemacht hatte, denen der Schaum auf die Lippen getreten war. Wahrscheinlich standen die Typen jetzt im Schuppen und machten ganz genau das gleiche.

Pooley wich einen Schritt zurück. Er würde es den Burschen zeigen! Er schwenkte den Rechen so bedrohlich, wie er konnte, nahm einen tiefen, wenngleich betrunkenen Atemzug und stürzte sich auf das Bild des leeren Schuppens.

»Oooooohh!« machte er, als der Betonboden der Hütte sich unter seinen Füßen auflöste und er in die ewige Dunkelheit des sagenhaften bodenlosen Loches stürzte.

Wie tief Jim Pooley tatsächlich fiel, oder wie lange sein Sturz in die niederen Regionen der Unterwelt dauerte, muß für immer auf Mutmaßungen beruhen. Daß Jims Leben reichlich Zeit hatte, sich vor seinen Augen noch einmal abzuspielen, war ihm kein besonderer Trost, obwohl er dadurch Gelegenheit erhielt, sich in Erinnerung zurückzurufen, welche gigantischen Mengen Alkohol er in seinem Leben bereits konsumiert hatte. Und daß er – sollte er das hier überleben – jede Absicht hatte, noch eine Menge mehr zu konsumieren.

Schließlich jedoch, nach einem bis dahin ereignislosen, wenn auch stürmischen Fall in die Vergessenheit, vollzog Pooleys stürzende Gestalt einen schmerzhaften und unerwarteten Kontakt mit einer großen Fläche eisig kalten Wassers von offensichtlich unergründlicher Tiefe.

»Ooooooooh!« heulte der unglücklichste aller Menschen. »Ooooooooh!« und »Gluck!«

Nach mehreren verzweifelten Sekunden des Beinahe-Ertrinkens durchbrach er die Oberfläche, stieß genau im richtigen Moment passende und wohlerwogene Verwünschungen aus – und versank ein weiteres Mal in den unterirdischen Fluten.

»Ich vergebe allen!« schwor er, als sein Kopf das zweite Mal an die Oberfläche kam.

Möglicherweise hätte Jim noch eine ganze Weile so durchgehalten, während er ständig auf- und abtauchte. Wahrscheinlicher jedoch hätte er seinen letzten Atemzug getan, als er das berühmte dritte Mal unterging, wäre nicht aus einer höchst unerwarteten Ecke Hilfe aufgetaucht.

»Komm an Bord, Jim«, sagte eine Stimme, die eine merkwürdige Saite in Pooleys rapide taub werdendem Gehirn zum Schwingen brachte.

Jim schielte aus seinem wäßrigen Grab nach oben und erkannte zum ersten Mal, daß er nicht länger von Dunkelheit umgeben war. Über sich erblickte er den kapuzenbedeckten Kopf und die Schultern eines Mannes, der sich über den Rand eines Paddelbootes aus Haut und Rinde beugte und ihm ein robust aussehendes Paddel entgegenstreckte.

Ohne einen Augenblick zu zögern, klammerte sich Pooley an das Ding und ließ sich widerstandslos an Bord hieven. In einer Ecke des eigenartigen Bootes lag in dicke Decken gehüllt Jims Kumpan John Vincent Omally.

»Nett von dir, vorbeizuschauen«, sagte Omally mit klappernden Zähnen. Pooley startete einen vergeblichen Versuch, die durchnäßten Rockschöße auszuwringen, doch bald gab er seine Bemühungen auf und wartete auf den Tod durch Erfrieren.

»Wo sind wir hier?« fragte er und schielte in die Umgebung.

Fahles Licht entsprang einer Substanz, die sich allem Anschein nach in den Felsen selbst befand. Diese wiederum schwangen sich kuppelgleich in schwindelerregende Höhen und bildeten über ihnen die Decke einer monströsen Kaverne. Das schwarze Wasser des unterirdischen Sees erstreckte sich in jede Richtung, und das kleine Boot schwankte verloren in der großen Weite aus absolutem Nichts.

Das alles sah wirklich sehr besorgniserregend aus.

Jim erschauerte, nicht allein wegen der eisigen Kälte, die allmählich jeden seiner Muskeln erstarren ließ. Es war die schier betäubende Dimension dieses Ortes sowie die Tatsache, daß ein solcher tatsächlich tief unter der Erde existierte, unter den Straßen, über die er täglich lief. Und dieses Wasser ... was mochte darin verborgen lauern? Der Gedanke war beinahe unerträglich. Jim wandte sich zu seinem Retter um.

»Ich spreche Ihnen meinen herzlichen Dank aus, Sir«, sagte er. »Aber verraten Sie mir doch ...« Er verstummte, als sich die dunkle Gestalt vom Ruder abwandte, das sie sorgfältig wieder durch die Ducht geschoben hatte, und den tropfnassen Brentforder ansah.

»Soap?« fragte Jim ungläubig. »Soap, bist du das?«

Der Ruderer warf die Kapuze zurück, die seinen

Kopf bedeckt hatte, und grinste wölfisch. »Habe ich mich denn seit damals so sehr verändert, Jim Pooley?« erkundigte er sich.

Pooley musterte die dunkel gekleidete Gestalt. Die schwarze Kleidung stand in einem geisterhaften Kontrast zu den bleichen Gesichtszügen. Das Haar war wasserstoffblond, Augenbrauen und Wimpern nichts als weiße Borsten. Soap Distant war weiß wie das sprichwörtliche Laken.

Pooley erinnerte sich deutlich an den rotgesichtigen, grünäugigen Theoretiker von der Hohlen Erde, der sie ununterbrochen mit seinen Geschichten von Rigdenjyepo und den Bewohnern der Unterirdischen Welten unterhalten hatte. Er erinnerte sich außerdem nur zu gut an jene entsetzliche Nacht, in der Soap ihn und Omally in ein phantastisches Tunnelsystem unter seinem Haus eingeladen hatte, um der Öffnung von etwas beizuwohnen, von dem Soap geglaubt hatte, es handele sich um das Portal zur Inneren Erde*.

Pooley und Omally hatten einen raschen Abgang von der Szene vorgezogen, und Soap hatte allein weitergemacht und geöffnet, was sich als Stopfen der Brentforder Flutschleusen herausgestellt hatte. Ein ganzer Abschnitt des Grand Union Kanals hatte sich in Soaps unterirdische Grabung ergossen, und das war das letzte gewesen, was Brentford von seinem

* Vgl. Band 24246, Der Antipapst; zur Theorie der Hohlen Erde siehe auch Band 24210, Die größte Show jenseits der Welt, beide erschienen im Bastei-Lübbe-Verlag, dem wundersamsten Verlag, der jemals existierte. (Dazu vergleichen Sie bitte wiederum Band 24216, Der wundersamste Mann, der jemals lebte.) Ach, und wenn Sie gerade dabei sind, lesen Sie doch auch Band 24201, Das Buch der Allerletzten Wahrheiten, Band 24204, Jäger des verlorenen Parkplatzes und Band 24225, Der Garten unirdischer Gelüste. (Befehl des Lektors)

Jünger der Hohlen Erde gesehen hatte. Pooley starrte Soap Distant voller Unglauben an. »Du hast dich wirklich sehr verändert«, sagte er vorsichtig, während er Soap in die Augen starrte, die so rosa waren wie die eines Albinos und von innen heraus zu fluoreszieren schienen.

»Fünf Jahre hier unten können einen Mann verändern«, erwiderte Soap Distant und setzte die Kapuze wieder auf. »Ich habe Dinge gesehen hier unten, die würden den stärksten Mann umhauen. Ich habe Dinge gesehen, die den Verstand schneller aus deinem Kopf entweichen lassen als Luft aus einem geplatzten Ballon.«

Nach und nach erinnerte sich Pooley auch, daß er und Omally stets geglaubt hatten, Soap Distant sei ein gefährlicher Irrer.

»Ja«, sagte Jim. »In der Tat. Ah. Nun, dann ... noch einmal meinen Dank, daß du mich gerettet hast und alles, und wenn du jetzt so freundlich sein könntest, uns den Weg nach draußen zu zeigen? Ich spüre, daß die Zeit für mein Frühstück allmählich näher rückt.«

Omally schloß sich auf der Stelle an: »Ich habe noch jede Menge Schweinebraten, falls du Lust hast, mit uns zu kommen, Soap, alter Kumpel.«

Die kapuzenbedeckte Gestalt gab keine Antwort, sondern setzte sich vorsichtig auf die Bank und fing an zu rudern. Das eigenartige kleine Boot mit seiner ungewöhnlichen Besatzung schob sich langsam durch das pechschwarze Wasser. Woher Soap Distant wissen konnte, in welche Richtung er mußte, war eine Sache reinster Mutmaßung. Vielleicht waren Stunden vergangen, vielleicht auch nur Minuten; Zeit schien hier unten keine Rolle zu spielen. Pooleys Piaget-Armbanduhr hatte ihr Ticken eingestellt und sich in ein verdrießliches Schweigen gehüllt. Der hohe Felsendom schien immer an der gleichen Stelle, und Omally fragte sich mehr als einmal, ob sie überhaupt vorankamen. Irgendwann jedoch tauchte am Horizont eine schmale weiße Linie auf.

»Land voraus«, meldete Soap Distant und grinste seine bis auf die Knochen durchgefrorenen Passagiere an.

»Besteht Aussicht auf Licht am Ende dieses langen Tunnels?« murmelte Pooley. »Ich spreche von Nahrung oder möglicherweise sogar dem einen oder anderen wärmenden Schluck Ale respektive Weingeist.«

Soap tippte sich in einer Geste an die Nase, die Pooley und Omally nur zu bekannt vorkam. »Man wird sich um euch kümmern«, sagte er. »Ihr werdet längst erwartet.« Auf diese zweifelhafte Bemerkung hin versank er erneut in Schweigen und ruderte dem Land entgegen.

Die Insel, denn darum handelte es sich allem Anschein nach, war ein durch und durch eigenartiger Ort, wie man es auch drehte oder wendete. Soap ruderte das Boot ans Ufer und half seinen beiden Passagieren beim Aussteigen. Pooley musterte seine Umgebung mit den ernsthaftesten Bedenken. Ringsum leuchtete ein unheilvolles Licht. Wenn das schwarze Wasser schon unheimlich war, dann war diese Insel hier noch schlimmer.

Das Eiland war langgestreckt, grob sichelförmig und zum größten Teil von gewaltigen Stalagmiten bedeckt, die ihm das Aussehen eines halb untergetauchten Kieferknochens irgendeiner lange toten Riesenbestie verliehen. Pooley spürte sogleich, daß es nur ein Fehler sein konnte, den Fuß auf ein Ding wie dieses zu setzen, und Omally teilte seine Besorgnis. Und doch, beide waren naß, hungrig, durchgefroren und demoralisiert, und ohne sich groß zu beschweren, folgten sie Soap Distant entlang einem knochenweißen Sandstrand bis zu einem zerklüfteten Felsen, der der höchste Punkt des bleichen Eilands zu sein schien.

»Würdet ihr euch freundlicherweise für einen Augenblick umdrehen?« bat Soap Distant höflich.

Pooley beäugte seinen Freund Omally, und der blaugesichtige Ire zuckte unter seiner Decke die Schultern. Soap agierte kurze Zeit hinter ihrem Rücken, und als die beiden Männer sich wieder zu ihm umwandten, gähnte ein gewaltiger Durchgang in dem konturlosen Felsen. Dahinter wartete ein behaglich aussehender Raum von ganz beträchtlicher Größe.

»Tretet ein, und beeilt euch bitte, ihr zwei«, sagte Soap Distant. »Ich möchte den Eingang nicht länger geöffnet lassen als unbedingt erforderlich. Hier unten gibt es überall verborgene Augen.«

Pooley schüttelte in neuerlicher Verwunderung den Kopf. Die beiden Männer beeilten sich, einzutreten, gefolgt von ihrem genauso liebenswürdigen wie rätselhaften Gastgeber. Die Tür schwang zu, und wie vorauszusehen gewesen war, wies nichts mehr auf ihre Existenz hin.

»Und jetzt«, begann Soap, »möchtet ihr vielleicht eine Tasse Tee?«

Ein dünnes Lächeln spielte flüchtig um Omallys arktische Mundwinkel. »Nur Soap Distant bringt es fertig, tief unter der Erde Tee zu servieren!«

»Das haben vor mir schon andere getan«, entgegnete Soap und zeigte auf die Initialen A. S., die jemand in den Fels einer der Wände geritzt hatte. »Doch das ist eine ganz andere Geschichte.«

Pooley sah sich neugierig um. Der Raum sah aus wie ein ganz gewöhnliches Brentforder Wohnzimmer: die plüschbezogene dreiteilige Garnitur, der Nylonteppich, der Beistelltisch, der erst noch beigestellt werden mußte, die Einbaubücherregale und der allgegenwärtige Fernseher. Wären nicht die Wände aus behauenen Felsen und die fehlenden Fenster gewesen, hätte man sich tatsächlich in dem Glauben wiegen können, in einem stumpfsinnigen Vorstadtwohnzimmer zu sitzen.

»Der Empfang hier ist bestimmt ziemlich verschneit?« erkundigte sich Jim und deutete auf den Fernseher.

»Eine Erinnerung an mein früheres Leben«, erwiderte Soap Distant. »Reine Nostalgie, weiter nichts. Aber ich spüre, daß die Reaktion auf eine hübsche heiße Tasse nicht sonderlich positiv ausfällt. Ich habe einen guten Riesling in meinem Keller, oder was haltet ihr von einem Bordeaux? Soll ich eine oder vielleicht doch lieber gleich zwei Kisten aufmachen?«

»Das wäre mal ein Ding«, erwiderte Pooley mit neu erwachender Begeisterung. »Die Ereignisse haben sich in letzter Zeit nämlich nicht gerade in unserem Sinn entwickelt.«

Soap Distant verschwand aus dem Zimmer und eilte eine in den Fels gehauene Treppenflucht hinab, die der Autor bisher zu erwähnen vergaß.

Pooley und Omally blieben einen Augenblick schweigend sitzen, bevor der große Mann aus Irland die Stimme bemühte:

»Wenn ich das so sagen darf, Jim«, sagte er, »dann war dein Vorschlag, in unsere gemütlichen Betten zu verschwinden und morgen früh frisch und ausgeschlafen weiterzumachen, ein Vorschlag, den ich wirklich hätte aufgreifen sollen, bevor die Dinge aus dem Ruder liefen.«

»Ich mache niemandem einen Vorwurf«, erwiderte der Ehrenmann Jim, »aber ich möchte doch mit allem gebotenen Ernst die Frage aufwerfen, was wir im Namen aller Heiligen in diesem gottvergessenen Loch zu suchen haben und wie wir unsere Flucht bewerkstelligen können?«

Soap kehrte aus seinem Keller zurück. Er trug mehrere Weinflaschen im Arm. »Der Tag ist doch noch gerettet«, sagte er unter grauenhaftem Grinsen. »Der Keller ist randvoll mit Jahrgangsweinen aller Couleur. Ich habe eine Auswahl mitgebracht.«

Omally, in der sicheren Gewißheit, daß der Tag weit davon entfernt war, gerettet zu sein, rieb sich nachdenklich die Hände. »Warum sind wir eigentlich hier, Soap?« erkundigte er sich.

»Nun ja, das ist eine eindeutige Frage, kein Zweifel«, erwiderte Distant. »Manche neigen der Theorie eines göttlichen Wesens zu, das seine eigenen Gründe hat für die Dinge, die es tut. Andere wiederum bevorzugen die darwinistische Theorie von einer natürlichen Auslese und bemerken, daß wir Menschen nichts weiter sind als ein Unfall der DNS. Ich hingegen hänge einer viel radikaleren Überzeugung an.«

»Ganz eindeutig«, sagte John säuerlich. »Aber du weißt sehr wohl, daß ich etwas anderes gemeint habe. Warum befinden wir, das heißt Pooley und ich, uns hier an diesem Ort und sitzen auf diesen abscheulichen Plüschsofas, während wir uns langsam, aber sicher zu Tode frieren?«

Soap zog die Korken von zwei Flaschen seines Sammelsuriums und reichte jedem seiner Gäste eine davon.

»Um es mit einem Wort zu sagen«, erklärte er dabei, »ihr befindet euch in einem verdammt großen *Schtuck*. Vielleicht solltet ihr besser den einen oder anderen Schluck nehmen, bevor ich euch die Einzelheiten erkläre.«

Die beiden unterirdischen Golfer ließen sich nicht zweimal einladen, und innerhalb weniger Sekunden war der Inhalt der beiden Flaschen Rheinweins in den niederen Regionen zweier Bäuche verschwunden.

»Also schön, dann fang an«, sagte Omally und wischte sich über das Kinn. »Hast du noch mehr davon?«

Soap reichte ihnen zwei weitere Flaschen und ließ sich anschließend in würdevoller Haltung vor der gemauerten Feuerstelle nieder.

»Wie ihr euch sicher erinnern werdet«, begann er, »habe ich euch in der Vergangenheit mehr als einmal von der Überzeugung meiner Familie berichtet, daß hier unten, tief unter der Erdoberfläche, eine ganze Welt existiert. Daß diese Welt von gutmütigen, wohlwollenden Überwesen bevölkert wird, die bereit sind, den großen Schatz ihres Wissens jedem Menschen anzuvertrauen, der in Frieden von oben zu ihnen kommt, um mit ihnen zu sprechen.« John und Jim nickten nachdenklich. »Nun«, fuhr Soap Distant fort, »ich habe mich geirrt.«

»Das ist Pech«, bekundete Omally. »Tel Aviv, wie der Franzose zu sagen pflegt.«

»Bist du sicher?« erkundigte sich Pooley. Soap hatte immer mit derart inbrünstiger Überzeugung gesprochen, daß Jim, obwohl er Soap Distant für glattweg durchgedreht hielt, in seinen romantischsten Augenblicken gezweifelt hatte, ob an Soaps Geschichten nicht vielleicht doch etwas Wahres sein konnte.

»Ganz sicher bin ich sicher«, sagte Soap Distant. »Das genaue Gegenteil ist der Fall. Es gibt zwar Wesen hier unten, aber sie sind alles andere als gütig oder wohlwollend, nämlich faul und böse, und sie haben nur eine einzige Sache im Sinn: Diese Welt aus Dunkelheit zu verlassen und die sonnendurchfluteten Reiche an der Oberfläche zu erobern.« Soaps rote Augen richteten sich nach oben, und Jims und Johns Augen folgten ihnen.

»Aber, aber!« sagte Omally. »Ich kann das einfach nicht glauben! Wenn es stimmt, was du da erzählst, wären diese Burschen sicherlich schon vor einer Ewigkeit nach oben gekommen! Sie hätten sich einen eigenen Weg nach draußen gegraben. Wie sind sie überhaupt her gekommen?«

»Ah«, sagte Soap Distant und tippte sich bedeutsam an die Nase. »Das ist allerdings eine Geschichte. Falls ihr genügend Zeit habt, erzähle ich sie euch.«

»Mir scheint«, erwiderte John, »als hätten wir alle Zeit der Welt, es sei denn, du fühlst dich geneigt, uns nach oben zurückzuführen.«

»Sicher, ihr seid sozusagen eine gefesselte Zuhörerschaft. Aber ich kann nicht deutlich genug sagen, wie wichtig das alles ist und wie dringend eure Hilfe benötigt wird. Ich verspüre keinen Wunsch, an die Oberfläche zurückzukehren. Meine Welt ist hier unten. Aber ich möchte auch nicht, daß diese Kreaturen, die Gott gesandt hat, um mich heimzusuchen, die Menschheit vernichten oder gar Schlimmeres.«

John zog einen seiner Stiefel aus und leerte den Inhalt in einen nahebei stehenden Topf mit *Aspidistra*.

»Erzähl weiter«, forderte er Soap Distant auf. »Wir wollen alles hören.«

Soap zog eine glänzende Scheibe aus der Innentasche und hielt sie seinen Gästen hin. »Ihr erkennt diese Scheibe wieder, nicht wahr?«

Pooley schielte auf das Objekt und nickte. »Das Symbol gehört zur gleichen Sorte wie die oben in den Schrebergärten. Du weißt nicht rein zufällig, was sie zu bedeuten haben, was?«

»Doch, das weiß ich. Genau wie Professor Slocombe.«

»Nun, der Professor hielt es jedenfalls nicht für nötig, uns einzuweihen. ›C, der Fünfte von Zehn‹, mehr hat er uns nicht verraten.«

»Ich war im Zimmer, als er es euch gesagt hat«, gestand Soap Distant. »Der Professor und ich wissen bereits seit einiger Zeit von den Symbolen und den geheimen Plänen der Cereaner. Wir kamen überein, daß wir Hilfe benötigen, um sie zu vernichten. Männer mit Unternehmungsgeist, beschlossen wir, Männer, die aus dem rechten Stoff bestehen, die treu und ergeben sind, Männer mit Herzen wie Eichen, mutige Männer mit großen ...«

»Ja, ja«, sagte Omally. »Selbstverständlich habt ihr an uns gedacht.«

»Ehrlich gesagt, nein«, widersprach Soap Distant. »Wir hatten gehofft, daß der Kleine Dave uns hilft, aber als ihr dann aufgetaucht seid ...«

»Na, schönen Dank auch«, sagte Omally.

»Ich wäre fast ertrunken«, sagte Jim.

»Nur ein Witz«, beschwichtigte Distant die beiden und grinste anzüglich. »Der Professor sagte sofort, daß ihr beide die besten Männer wärt.«

Pooley stöhnte pathetisch.

»Mir scheint, John«, sagte er, »man hat uns shanghait.«

Omally nickte düster. »Davonlaufen kommt ganz offensichtlich nicht in Frage, deswegen schlage ich vor, wir verschwenden keine weitere Zeit. Erzähl deine Geschichte, Soap.«

»Danke sehr, John. Ich hatte wenigstens einen oder zwei Schläge gegen den Kopf erwartet. Ich bin froh, daß ihr es so gelassen aufnehmt. Was ich euch jetzt erzähle, mag vielleicht unglaublich klingen, aber ich versichere euch, jedes einzelne Wort ist wahr.«

»Ganz ohne Zweifel«, sagte Omally.

»Das Symbol auf dieser Scheibe ...«, Soap Distant hielt den glänzenden Gegenstand in die Höhe, »... bedeutet ganz genau das, was der Professor euch erzählt hat. ›Ich bin C, der Fünfte von Zehn.‹ Es ist das Symbol des Planeten Ceres, der früher einmal der zehnte Planet unseres Sonnensystems war, der fünfte, von der Sonne aus gesehen. Ceres war die Heimatwelt einer höchst fortgeschrittenen Rasse von Wesen, die genauso selbstverständlich zwischen den Planeten wandelten, wie du oder ich auf der Ealing Road in die Fünfundsechzig einsteigen. Ihre Welt war klein und die Bevölkerung groß. Sie benötigten einen weiteren Planeten, der dem ihren ähnlich war, um neuen Platz für ihre Zivilisation zu gewinnen. Verständlicherweise fiel ihnen die Erde ins Auge, eine Welt, die zur damaligen Zeit nur eine primitive Bevölkerung aufzuweisen hatte, welche einer derart weit fortgeschrittenen Rasse nichts entgegensetzen konnte. Die Cereaner schickten ihre Erkundungstrupps aus, und diese stellten angenehm überrascht fest, daß die Erdlinge sie als Götter begrüßten. Ganz ohne Zweifel würden die Cereaner noch immer über die Erde herrschen, hätte nicht ihre kriegerische Natur die besten von ihnen hinweggerafft. Ein großer Krieg brach auf Ceres aus, und während eine nicht unbeträchtliche Menge dieser Burschen auf der Erde weilte, um alles zu ihrer Zufriedenheit zu arrangieren, wurde ihr Heimatplanet vollkommen zerstört, und sie waren auf der Erde gestrandet.

Die überlebenden Cereaner verloren nie die Hoffnung, obwohl sie nur wenige waren und die Jahrhunderte vergingen und die Menschen sich zu etwas entwickelten, das ihrer eigenen Rasse sehr nahe kam. Sie warteten und warteten und schmiedeten Pläne und Verschwörungen, denn es gab etwas, worauf zu warten und dessentwegen Pläne zu schmieden sich lohnte.

Kurz vor der Zerstörung hatten die Bewohner von Ceres eine große Flotte von Schiffen zu anderen Sonnensystemen und anderen Welten gesandt. Sie wußten, daß diese Flotte eines Tages zurückkehren und kein Ceres mehr finden würde. Der Kommandant würde zwei und zwei zusammenzählen und der Erde einen Besuch abstatten.

Und so blieben die Cereaner hier, warteten und warteten und bereiteten alles für die Rückkehr ihrer Flotte vor. Das tun sie noch heute, und ihre Zeit ist fast gekommen. Während ich mit euch rede, ist die cereanische Flotte durch den halben Kosmos unterwegs zur Erde. Und die Cereaner haben nur eins im Sinn.«

Soap beendete seinen phantastischen Monolog, und Pooley und Omally starrten ihn betäubt und mit weit offen stehenden Mündern an.

»Bitte faß das nicht als Beleidigung auf, was ich dir jetzt sage«, ergriff John nach einer Weile das Wort, »und konstruiere bitte auch keinen Vorwurf gegen dich oder deinen Charakter daraus, aber das ist das absurdeste Stück Unsinn, das ich jemals mir anhören zu müssen das Unglück hatte.«

»Und ich habe die Verfilmung gesehen!« fügte Pooley hinzu. »Das ist alles von einem gewissen japanischen Original geklaut!«*

»Und was ist mit den Lichtern in den Schrebergärten?« erkundigte sich Soap Distant. »Woher kommen die eurer Meinung nach?«

»Da steckt die Gemeindeverwaltung dahinter«, sagte Omally entschlossen. »Eine Verschwörung, um ehrenhafte Golfer zu entmutigen.«

Soap erlitt einen heftigen Lachkrampf. Tränen kullerten über seine bleichen Wangen, und er umklammerte heftig seinen Bauch.

»Hör schon auf«, brummte Pooley. »Die Sache ist wirklich nicht zum Lachen. Diese Burschen haben uns aufs Korn genommen.«

»Sie ... haben ... euch ... aufs ... Korn ... genommen?« ächzte Soap Distant zwischen konvulsivischen Zuckungen hindurch. »Ihr werdet Zeugen eines Testlaufs von laserbetriebenen Gravitationslandestrahlen, dem Produkt einer Technologie, die weit über unser Verständnis hinausgeht, und ihr meint, es handele sich um das Werk der Brentforder Gemeindeverwaltung?«

»Du wirst uns schon entschuldigen müssen«, entgegnete Pooley nicht wenig beleidigt. »Falls es sich tatsächlich um das Produkt einer Technologie handelt, die sich unserem Verständnis entzieht, dann kannst du uns ja wohl nicht verübeln, wenn wir die Gemeindeverwaltung verdächtigen, oder?«

* Findet man auch in Bastei-Lübbe-Büchern.

»Genau!« sagte Omally.

»Und eure Reise hierher durch den festen Betonboden einer leeren Schrebergartenhütte hindurch?«

»Ich wollte gerade danach fragen«, sagte Omally.

»Nichts weiter als ein Hologramm«, stellte Pooley nüchtern fest.

»Ah, sicher. Ein Hologramm«, sagte Omally.

»Ich muß mich für euren raschen Abstieg entschuldigen«, erklärte Soap Distant. »Ich hatte meine liebe Mühe, die Tür lange genug geöffnet zu halten, bis ihr beide drin wart. Allerdings konnte ich die Cereaner nicht daran hindern, mit ihrem Lift nach unten zu fahren.«

»Jetzt komm schon, Soap!« sagte Pooley, der eine gute Geschichte stets zu schätzen wußte. »Sei ehrlich. Das ist ein wenig zu stark aufgetragen.«

»Nichtsdestotrotz entspricht es der Wahrheit. So wahr wie die Tatsache, daß ihr hier bei mir sitzt, eineinhalb Meilen unter Penge, und hundertfünfzig Jahre alten Rheinwein trinkt.«

»Penge?« Pooley schüttelte einmal mehr den Kopf. »Wo zur Hölle soll dieses Penge liegen?«

»Das weiß ich selbst nicht so ganz genau, aber man hat mir erzählt, daß es dort sehr hübsch sein soll.«*

John und Jim tranken ihre zweiten Flaschen aus und saßen schweigsam da, während sie angestrengt überlegten, was als nächstes zu tun wäre. Omally funkelte den Teppich an. Pooley zog seine Jacke aus, die an den Schultern zu dampfen angefangen hatte.

»Also schön«, sagte er nach einer Weile. »Wir glauben dir.«

»Ich glaube ihm kein Wort!« begehrte Omally auf.

* Kann also nicht im Saarland liegen (Anm. d. Übers.)

»Angenommen, wir würden dir glauben. Was sollten wir deiner Meinung nach unternehmen? Wie können wir ...«, er deutete auf sich und seinen neuerlich beschwipsten Kompagnon, »... wir beide uns mit einer galaktischen Streitmacht anlegen? Ich für meinen Teil besitze nichts außer meinem Barlowmesser, mit dem man ganz gut schnitzen kann, und Omally hat eine Luftpistole. Könntest du vielleicht ein paar SAM-Raketen und Wasserstoffbomben beisteuern?«

»Unglücklicherweise nicht, nein«, gestand Soap. »Ich bin offen für eure Vorschläge.«

»Ich hätte da einen zu unterbreiten«, begann John Vincent Omally, und Jim Pooley hielt sich die Ohren zu.

Kapitel 14

Der Kleine Dave lag für einige Tage in seinem Krankenhausbett, bevor die Ärzte ihn hinauswarfen. Physisch schien er gesund, zwar ein wenig verbrannt an den Extremitäten, doch das war auch schon alles. Es war eher sein mentaler Zustand, der den Krankenhausstab zur Verzweiflung trieb.

Der Postbote redete ununterbrochen mit sich selbst. Natürlich gab es kein Gesetz, das ihm seine Selbstgespräche verboten hätte, und Privatpatient war er auch nicht. Also setzte man den zwergenhaften Zusteller auf die Straße und überließ ihn seinem Schicksal.

Schließlich kehrte der Kleine Dave zu dem abgebrannten Gemäuer zurück, das generationenlang der Sitz seiner Familie gewesen war. Als er vor dem rußgeschwärzten Mauerwerk stand und nach oben schielte, war in seinem koboldhaften Gesicht kaum eine Gefühlsregung zu erkennen.

Mit einem gleichgültigen Schulterzucken, einem kurzen Handwedeln und ein oder zwei Worten zu einem unsichtbaren Begleiter machte er auf dem Absatz kehrt und schlurfte in Richtung Ealing Road davon.

Neville beobachtete ihn aus dem Eingang seiner Salonbar. »Kleiner, hinterlistiger, mißmutiger Bastard« war denn auch alles, was der Teilzeitbarmann zu sagen hatte.

Der Zwerg verschwand in der Ferne, und Neville bemerkte zu seinem Entsetzen eine tänzelnde, hüpfende Gestalt mit limonengrünem Haarschnitt und einer schicken, hautengen Hose, die sich rasch näherte.* Die Hosentaschen waren ausgebeult mit der gewissen Sorte Münzen, und der rechte Zeigefinger zuckte bereits in einem gewissen Rhythmus. Es war, bei genauerer Betrachtung, genau der gleiche Rhythmus wie das nervöse Zucken, das der Barmann seit kurzem im rechten Augenlid verspürte.

»Verdammt«, stöhnte Neville, als Raffles Rathbone ihn mit einem fröhlichen Winken begrüßte.

Der hüpfende Zeitungsjunge quetschte sich an Neville vorbei in die Salonbar und joggte geradewegs zur Captain Laser Alien Attack Maschine.

»Guten Morgen«, sagte er zu dem Ding. »Bist du bereit?«

Mit einer fließenden Bewegung riß er das »Außer Betrieb-Schild ab, das Neville mit Tesafilm** auf den Bildschirm geklebt hatte, und schleuderte es achtlos zu Boden.

»Kaputt«, sagte der Teilzeitbarmann, ohne sich nach dem Jüngling umzudrehen. »Eine Münze hat sich im Schlitz verklemmt. Der Apparat funktioniert nicht mehr.«

Voller Mißtrauen beäugte Nick die hintere Partie des Barmanns. »Ich versuch's trotzdem. Nur um sicherzugehen«, sagte er langsam.

»Die Brauerei meint, wir sollen die Maschine in Ruhe lassen. Sie könnte in die Luft fliegen, wenn irgend jemand an ihr herumfummelt.«

Der Bursche schielte in den Münzschlitz. »Ich kann nichts entdecken«, sagte er.

* Die hüpfende Gestalt, nicht die Hose. Herr Merz, Herr Merz ...! (Anm. d. Lektors)

** Klebestreifen! Schleichwerbung? Herr Merz, Herr Merz ...! (Anm. d. Lektors)

»Ich habe meine Anweisungen. Ich muß warten, bis der Techniker dagewesen ist.«

»Wirklich?« Nicks schlecht koordinierte Augen zuckten zwischen dem Rücken des Teilzeitbarmanns und der summenden Maschine hin und her. Er hielt einen Florin einwurfbereit zwischen Daumen und Zeigefinger, und Unentschlossenheit legte seine junge Stirn in Falten.

Plötzlich wandte sich Neville zu ihm um. »Besser, du läßt die Finger davon. Klar?«

Die Münze schwebte kaum einen Zoll vor dem Schlitz, und die Hand des Jünglings fing an zu zittern. Mit einem Mal lag eine ganz bestimmte elektrische Spannung in der Luft und mit ihr das deutliche Jammern einer Mundharmonika, als Archie Karachi im Hinterhof seines nebenan liegenden *Star of Bombay* Currygartens eine zum aktuellen Geschehen passende Version von *Do Not Forsake Me Oh My Darling* darbot. Nicht, daß er die leiseste Ahnung von dem Drama gehabt hätte, das sich in der Salonbar des *Fliegenden Schwans* zuspitzte, im Gegenteil. Die Bar-Mizwa seines Sohnes näherte sich, und er wollte nichts weiter, als eine gute Schau abliefern.

Nevilles nervöse Zuckung beschleunigte sich einen Tick, doch er fixierte den jungen Burschen mit der Sorte von durchbohrendem Blick, den Kobras bevorzugen, während sie ihre vierfüßige Mahlzeit taxieren.

Nick für seinen Teil war einer derartigen geistigen Auseinandersetzung nicht gewachsen. Er tat sein Bestes, entschlossen dreinzublicken, doch auf seiner hohen Stirn bildete sich unübersehbar eine Schweißperle, dann noch eine, und zusammen mit einer kleinen Menge grünen Farbstoffs setzten die beiden sich über seine Nasenwurzel hinweg nach unten in Bewegung, wobei sie eine unvorteilhafte grünliche Spur zurückließen.

»Laß die Finger davon, eh?« wiederholte Neville.

»Ich ... ja.« Der Bursche blies die grüne Schweißperle von der Nasenspitze. Eine Minute verging. Eine lange, lange Minute. Im *Fliegenden Schwan* rührte sich nichts, bis auf ein zuckendes Augenlid und ein dazu synchroner zuckender rechter Zeigefinger. Nicks Gesicht war jetzt streifig und verlieh dem Burschen das Aussehen eines Heckenschützen, der durch hohes Gras hindurch späht.

Nevilles scharfer Blick verschwamm in Tränen. Er würde nicht als erster nachgeben.

»Gib mir bitte ein halbes Pint Radler«, sagte der Junge schließlich und atmete tief durch. Neville grinste breit und drehte sich nach den Zapfhähnen um.

Ein plötzliches metallisches Klick, ein Klackern, und *Ptttou ...! Ptttou ...! Ptttou ...! Ptttou ...!* machte die Captain Laser Alien Attack Maschine.

»Sie funktioniert wieder!« sagte Raffles Rathbone zuckersüß. »Sie ist repariert! Du kannst die Brauerei anrufen und ihnen sagen, daß der Techniker nicht mehr kommen muß.«

Neville knirschte vor Wut mit den Zähnen und klammerte sich mit weißen Knöcheln an seinem Tresen fest. Er war so dicht davor gewesen. So verdammt dicht.

Der Alte Pete betrat den *Fliegenden Schwan*, sein Hund Chips dicht auf den Fersen. »Einen schönen Tag auch, Neville!« wünschte der Alte. »Einen großen braunen Rum hätte ich gerne.«

Neville erledigte die Bestellung, abgezähltes Geld wechselte die Hand, und der Teilzeitbarmann tippte den nächsten Nullbon in die Kasse.

Der Alte Pete beäugte den Spieler an der Maschine voller Verachtung und stöpselte sein Hörgerät aus. »Entschuldige mich bitte, aber ich ziehe eine Welt der Stille vor«, sagte er zu Neville.

»Hast du was von Pooley und Omally gehört?« erkundigte sich der Teilzeitbarmann.

»Verzeihung?« fragte der Alte Pete.

»Pooley und Omally!« brüllte Neville. »Schalt das Ding wieder ein, du alter Trottel!«

Pete stöpselte das Kabel wieder ein. »Nein, hab' nichts von ihnen gesehen«, sagte er und nippte an seinem Rum.

»Sie sind seit über einer Woche verschwunden«, sagte Neville mit mehr als einer Spur von Bitterkeit in der Stimme. »Sie hatten noch einen Auftrag für mich zu erledigen. Ich fürchte, die beiden haben sich einfach aus dem Staub gemacht.«

Der Alte Pete schüttelte sein schneeweißes Haupt. »Vielleicht sind die *Vier Reitersmänner* mit den Preisen heruntergegangen, oder der Rote Löwe hat eine Stripperin eingestellt.«

Ptttou ...! Ptttou ...! Ptttou ...! Ptttou ...! machte die Captain Laser Alien Attack Maschine.

Ptttou ...! Ptttou ...! Ptttou ...! Wappp ... »W-w-was?« Raffles Rathbone drehte sich zu Neville um. »Du warst schon wieder an der Maschine!« sagte er und kräuselte die Lippen. »Die Sequenzen haben sich schon wieder geändert! Das ist nicht fair!«

»Verpiß dich«, erwiderte Neville.

»Aber das läßt einem keine Chance!« klagte der jugendliche Sportschütze. »Das ist das zweite Mal, daß sich die Sequenzen geändert haben.« Er stapfte steifbeinig zum Tresen. »Gib mir ein helles Bier«, verlangte er tapfer.

Neville pfiff durch die ruinierten Zähne hindurch. »Ein ganzes halbes Pint, ohne jede Limonade?«

»Genau«, lautete die Antwort.

Der Alte Pete beäugte den Jungen mit offensichtlicher Abscheu. Jung Chips leckte sich die Lefzen und betrachtete die Waden des Burschen. Neville zapfte ein halbes Helles, und Raffles Rathbone warf eine Handvoll Silber auf die Theke. Neville gab ihm entgegenkommenderweise Wechselgeld heraus.

»Was gibt's Neues?« erkundigte sich der Alte Pete bei dem Teilzeitbarmann, nachdem der schrillköpfige Hooligan sich einmal mehr zu seiner summenden Maschine verzogen hatte.

»Kaum der Rede wert«, entgegnete Neville. »Ich hab' eine weitere Postkarte von Archroy bekommen. Abgeliefert, wie ich mich hinzuzufügen beeile, von einem Ersatzpostboten mit Charme und ehrlichem Charakter, der darauf verzichtet, die Post fremder Leute zu lesen.«

Der Alte Pete kicherte. »Zwerg Dave wird also noch immer in der Gummizelle vom Cottage Hospital festgehalten?«

»Nein, er ist draußen, aber zum Glück hat er seinen Posten noch nicht wieder angetreten.«

»Kleiner, hinterlistiger, mißmutiger Bastard«, sagte der Alte Pete. »Und was ist mit Archroy? Wie ergeht es dem Burschen auf seinen Reisen?«

»Er behauptet, auf dem Dschebel Ararat die Arche Noah entdeckt zu haben«, verkündete Neville mit Stolz in der Stimme. »Auf seiner letzten Karte teilt er mit, daß er eine Bande Kurden eingestellt hat, um den unteren Bereich des gewaltigen Schiffes aus dem Gletschereis zu graben. Eine schwere Aufgabe, alles, was recht ist.«

»Das denke ich mir.« Der Alte Pete unterdrückte ein Kichern.

Neville zuckte die Schultern. »Die ganze Geschichte ist seltsam«, sagte er. »Ich muß gestehen, daß ich nicht so recht weiß, was ich davon halten soll. Wenn Archroys Behauptungen zutreffen, wäre das ein richtiges Ding. Ich kann nicht anders, ich glaube immer wieder, daß ein Haken an der Geschichte ist und daß ich noch dafür bezahlen werde, und zwar nicht wenig.«

»Nun«, sagte der Alte Pete im Tonfall größter Ernsthaftigkeit, »versteh mich nicht falsch, ich bin nämlich kein Kirchengänger. Aber ich muß dir etwas Merkwürdiges erzählen. Während des Krieges gegen Hitler diente ich als Luftschutzwart in einem Flüchtlingslager in Südlondon. Eines Abends kam ich mit einem jungen Russen ins Gespräch, und er zeigte mir vier Photographien, die angeblich die Arche Noah darstellten.« Nevilles Augen weiteten sich. »Es waren alte körnige Sepiaphotos, weit herumgekommen und in schlechtem Zustand, aber er behandelte sie wie heilige Reliquien. Sein Truppentransporter war torpediert worden, und er behauptete, die Bilder hätten ihm das Leben gerettet. Es scheint, als hätten die Menschen, die in der Nähe des Dschebel Ararat leben, schon immer von der Existenz der Arche gewußt. Sie ist anscheinend nur ein oder zwei Mal im Verlauf eines Jahrhunderts zu sehen, und dann auch immer nur für ein paar kurze Monate. Während dieser Zeit unternehmen alle möglichen heiligen Männer Pilgerfahrten zum Berggipfel, um Pech von der Schiffshülle abzukratzen. Daraus fertigen sie Amulette, die gegen das Ertrinken schützen.«

Neville war fasziniert. »Aber wie kam dieser Russe an die Photographien?«

Der Alte Pete klapperte mit seinem leeren Glas auf dem Tresen und täuschte Taubheit vor. Neville riß ihm das Pintglas aus der Hand und füllte es nach. Der Alte Pete setzte seine Geschichte fort:

»Er erzählte, daß sein Vater sie von einer russischen Forschergruppe hätte, die das Ding während der Zarenzeit wiederentdeckt hätte.«

»Und du glaubst, diese Photos waren echt?«

»Das weiß niemand. Die Bilder zeigten definitiv ein sehr altes und sehr großes Schiff, das halb in einem Gletscher versunken war. Ich muß gestehen, daß ich sie mir damals nicht genauer angesehen habe. Wir wurden nämlich zu diesem Zeitpunkt bombardiert.«

»Und was ist aus dem jungen Russen geworden?«

»Er wurde von einer Bombe erwischt«, antwortete der Alte Pete maliziös. »Scheint, daß die Photos dagegen keinen Schutz geboten haben.«

»Das hast du dir alles nur ausgedacht!« schnarrte Neville wütend und griff nach einem Glas und seinem Poliertuch.

Der Alte Pete zog seine abgerissene Brieftasche hervor und legte sie feierlich auf den Tresen. »Und was, wenn ich dir verrate, daß er mir eine der Photographien geschenkt hat und ich sie seit über vierzig Jahren mit mir herumtrage? Was würdest du dazu sagen, du Ungläubiger Thomas?«

Nevilles Augenzucken, das vorübergehend ausgesetzt hatte, meldete sich mit verstärkter Wucht zurück. »Hat er das? Du hast doch nicht ...?«

Der Alte Pete nahm seine Brieftasche auf und schob sie in die Innentasche zurück.

»Selbstverständlich habe ich nicht!« sagte er triumphierend. »Du glaubst aber auch immer jeden Scheiß, was, Neville?«

Der Teilzeitbarmann biß die Füllungen zusammen. Das war bereits das zweite Mal an diesem Mittag, und allmählich hatte er genug davon. Insgeheim schwor er einen großen und unheiligen Eid zu seiner heidnischen Gottheit, daß er dem nächsten, der ihn auf den Arm zu nehmen versuchte, unweigerlich auf Lebenszeit Lokalverbot erteilen würde. Ganz egal, wer das war. Und um den Eid noch bindender zu machen, stach er sich in den Finger und zog eine blutige Linie über seinen Knüppel. Aus einem Eid wie diesem kam man nicht wieder heraus.

»Gib mir bitte noch einmal das gleiche, Neville«, bestellte der kichernde Alte.

Norman betrat den *Fliegenden Schwan*. Er sah recht bleich aus. Neville hatte ihn seit einiger Zeit nicht mehr gesehen, und er wunderte sich über die fehlenden Augenbrauen und die allem Anschein nach handgeschnitzten hölzernen Zähne. Möglicherweise irgendein neuer Modetick der Kioskbesitzerinnung, dachte er.

»Gib mir einen davon«, sagte Norman und gestikulierte in Richtung Scotch.

»Hast du wegen Inventur geschlossen?« erkundigte sich Neville. »Oder hat das Gesundheitsamt sich wieder einmal deine Süßigkeiten angesehen?«

»Gib mir einfach meinen Drink, ja?«

Neville tat wie geheißen.

Plötzlich versteifte Norman sich und schielte durch die Bar. »War der Kleine Dave zufällig in letzter Zeit bei dir?« fragte er.

»Nein«, antwortete Neville. »Aber er käme mir jetzt gerade recht.«

»Käme er nicht«, stöhnte Norman. »Glaub mir, käme er nicht.« Und da er seinen Scotch bereits gekippt hatte, füllte Neville sein Glas nach. »Er war bei mir im Laden, und irgend etwas stimmt nicht mit ihm. Absolut nicht.«

»Das ist doch nichts Neues.«

»Das meine ich nicht.« Norman spähte über die Schulter, um sicherzugehen, daß niemand ihm in den *Fliegenden Schwan* gefolgt war. »Der Kleine Dave weiß plötzlich Dinge.«

»Selbstverständlich weiß er Dinge. Er hat schon immer anderer Leute Post gelesen und durch Briefkastenschlitze gespäht. Dieser elende kleine, hinterlistige, mißmutige Bastard ...«

»Ja, ja, das weiß ich alles selbst! Aber hör mir zu!« Norman bemühte sich sichtlich um Fassung, und Neville nutzte die Gelegenheit, die Bezahlung für die beiden Drinks zu kassieren.

»Er kommt in meinen Laden«, sagte Norman, »um seine *Psychic News* abzuholen. Ist noch nicht da, antworte ich. Er murmelt einen Augenblick vor sich hin, dann starrt er mich an und sagt: ›Es ist die dritte Zeitschrift von unten in diesem Stapel dort.‹ Sicher, sage ich, und wahrscheinlich steht sie hochkant. Nein, sagt er, sie liegt nur verkehrt herum.«

»Nein! Das hat er gesagt?«

»Dürfte ich vielleicht fortfahren?«

Neville nickte, und Norman winkte ihn näher zu sich heran, bevor er mit leiser, verschwörerischer Stimme weiterredete.

Der Alte Pete drehte sein Hörgerät auf und legte es auf den Tresen.

»Ich blättere durch den Papierstapel, und da ist sie tatsächlich! Die dritte von unten, verkehrt herum, ganz genau, wie er gesagt hat! Hier, bitte schön, sage ich zu ihm. Und dann noch fünf Woodbines, sagt er. Ich geb' ihm eine Packung, er murmelt wieder vor sich hin und sagt dann, die Zigaretten wären vertrocknet. Ohne die Packung auch nur aufzumachen! Mir bricht der Schweiß aus, aber ich öffne die Packung, um höflich zu sein, und ich will verdammt sein, wenn die Dinger nicht trocken waren wie Staub!«

Neville blickte zum Alten Pete, doch der zuckte nur mit den Schultern.

Sein Hund Chips verfolgte die Vorgänge mit wachsamen Blicken.

»Jedenfalls«, fuhr Norman fort, »jedenfalls zeigt er dann auf eine andere Packung im Regal und meint, die wären in Ordnung und die wolle er. Als wäre das nicht genug, dreht er sich beim Rausgehen noch einmal um und meint, daß meine falschen Zähne unter der Ladentheke verschimmeln.«

»Und tun sie das?« erkundigte sich dann der Alte Pete.

Norman zog ein pelziges Set ›Nationaler Gesundheitsfürsorge‹ aus der Tasche und warf es auf die Theke. »Ich hab' sie vor über einer Woche verloren. Er kann unmöglich gewußt haben, wo die Zähne liegen.«

»Eigenartig«, sagte Neville und kratzte sich am Kopf.

»Aber das ist noch nicht einmal das Schlimmste!«

»Du meinst, die Geschichte ist noch nicht zu Ende?«

»Ganz genau.« In Normans Stimme hatte sich ein kaum zu kontrollierendes Beben geschlichen. »Er sagt: ›Wir müssen jetzt gehen.‹ Wir, sagt er! Ich hab's ganz genau gehört! ›Aber wir kommen wieder.‹ Dann geht die Tür vor ihm wie von Geisterhand auf, er marschiert nach draußen, und die Tür schließt sich hinter ihm wieder. Ganz von allein!«

»Norman«, sagte Neville mit kalter, tonloser Stimme, »Norman, du hast Lokalverbot. Bis an dein Lebensende. Verschwinde bitte aus meiner Bar, und laß dich nie, nie wieder hier blicken!«

Kapitel 15

Professor Slocombe saß an seinem Schreibtisch und war mit seinen Büchern beschäftigt, als zwei verschmutzte und bärtige Landstreicher vor seinen Verandafenstern auftauchten.

»Nur herein, Jungs«, sagte der Professor fröhlich. »Ich muß euch ja wohl nicht erst verraten, wo ihr die Karaffe findet?«

»Wissen Sie eigentlich, wie weit es bis nach Penge ist?« erkundigte sich John Omally.

»Ich habe mir nie die Mühe gemacht, nachzusehen, obwohl die Leute sich erzählen, es sei sehr schön dort.«

»Oh, das ist es in der Tat«, sagte Pooley. »Aber es ist wirklich sehr weit von Penge bis nach Brentford.«

»Das tut mir leid«, sagte der alte Mann, nachdem die beiden Männer Platz genommen hatten und ihre randvollen Gläser umklammerten. »Aber versteht mich richtig: Ich wollte euch nicht zwingen, bei dieser Geschichte mitzumachen. Ich war nicht einmal sicher, ob ihr mir Glauben schenken würdet, wenn ich euch rundheraus mit der Wahrheit konfrontiere. Statt dessen überlegte ich, daß eure natürliche Neugier euch vielleicht von alleine dazu bringen würde, euch mit dieser Angelegenheit zu beschäftigen. Ich mußte die Dinge einfach so laufen lassen, wie sie liefen. Meine Überlegungen waren offensichtlich richtig.«

»Wie immer«, sagte Pooley.

»Die Bärte stehen euch gar nicht schlecht.«

»Soap Distant besitzt keinen Rasierapparat.«

»Und ihm ist in den letzten fünf Jahren kein einziges Haar im Gesicht gewachsen.«

»Ein interessanter Mann«, sagte Professor Slocombe. »Wenn auch ein wenig exzentrisch.«

Omallys Aufmerksamkeit wurde von einem kunstvoll gearbeiteten Messingapparat angezogen, der auf einem Podest in der Mitte des professoralen Studierzimmers thronte.

»Ist das neu?« fragte er.

»Ein Planetarium«, erklärte der alte Gentleman. »Ich dachte mir, daß es euch vielleicht interessieren würde.«

»Außerordentlich«, sagte Omally. »Es gibt nur wenige Dinge im Leben, die ich interessanter finde als ein Planetarium.«

Professor Slocombe hob eine tadelnde Augenbraue, doch nach einem kurzen Moment des Überlegens, welche Entbehrungen seine Gäste in den letzten Tagen über sich hatten ergehen lassen müssen, senkte er sie wieder.

»Wartet, ich zeige euch, wie es funktioniert«, sagte er und deutete auf das Instrument.

Die beiden Männer erhoben sich widerwillig aus ihren gemütlichen Sesseln, ohne die Gläser aus der Hand zu stellen.

»Es ist ein mechanischer Apparat von gewaltigem Alter«, erklärte der Professor. »Er zeigt die Bewegung der Planeten um unsere Sonne und ihre relative Position zueinander während ihrer endlosen Reise.« Slocombe lenkte Pooleys und Omallys Aufmerksamkeit auf eine messingne Kugel. »Das dort ist die Erde«, fuhr er fort. »Und das dort ist der legendäre Planet Ceres. Wie ihr seht, liegt seine Bahn genau zwischen Mars und Jupiter. Von der Sonne aus betrachtet an fünfter Stelle. Ich möchte nicht weiter auf diese Tatsache eingehen, aber ich sollte vielleicht noch erklären, daß Ceres trotz seiner geringen Größe genügend Masse und Dichte besaß, um bei seiner Zerstörung eine Kettenreaktion im gesamten Sonnensystem auszulösen, die auf der Erde zu ernsthaften Konsequenzen führte.«

»Das haben wir gehört.«

Der Professor machte sich daran, das erstaunliche Instrument mit der Hand zu drehen, und die Messinggloben pirouettierten in einer hübsch anzusehenden danse ronde um die Sonne.

»Hier befindet sich ein kleiner Datumszähler. Darauf könnt ihr den zeitlichen Verlauf der jährlichen Umdrehungen verfolgen.«

Pooley und Omally beobachteten, wie die Jahre vergingen, während die winzigen Planeten auf ihren Kreisbahnen voranschritten.

»Und jetzt«, sagte der alte Mann und hielt den Apparat an, »sind wir an der Stelle, wo die Katastrophe eintrat. Wie ihr seht, sind sämtliche Planeten in einer fast geraden Linie ausgerichtet. Bei der Zerstörung von Ceres entstanden vernichtende Gravitationswellen.«

Pooley bemerkte das Datum auf dem winzigen Messingzähler. »Die Zeit der biblischen Flut!« bemerkte er.

»Ganz genau. Ich persönlich glaube fest an die Theorie, daß Ceres existiert hat und irgendwann zerstört wurde«, sagte Professor Slocombe. »Sie liefert eine Menge Antworten auf ungeklärte historische Fragen und noch einiges mehr. In der Bibel heißt es, daß Gott seinen Bogen in den Himmel setzte, nachdem die Flut sich zurückgezogen hatte, als Zeichen, daß so etwas niemals wieder geschehen würde. Meiner Meinung nach ist die herkömmliche Ansicht, es hätte sich um einen Regenbogen gehandelt, unzutreffend. Sicher hat man auch schon in der Zeit vor der Flut Regenbögen gesehen. Meiner Meinung nach ist es wahrscheinlicher, daß es sich um den Mond handelte, den der Allmächtige zeigte, und die bogenförmige Bahn seiner Scheibe, die man jede Nacht am Himmel verfolgen kann.«

»Das hat etwas für sich«, stimmte Pooley dem Professor zu. »Was mich vielmehr verwirrt, ist die Frage, warum diese Cereaner ausgerechnet Brentford als Landeplatz ausgesucht haben sollen. Nach dem, was Soap uns von Gravitationslandestrahlen erzählt hat, nehme ich doch an, daß das tatsächlich zutrifft?«

»In der Tat. Brentford wurde als Landestelle ausgesucht. Ursprünglich dachte ich, Soap Distants Netzwerk von Tunnels hätte ihre Aufmerksamkeit angezogen, doch dann fand ich heraus, daß das cereanische Tunnelsystem viel, viel größer ist. Es erstreckt sich unter einem Gutteil der gesamten Erde. Mein zweiter Gedanke war, daß in der Vergangenheit vielleicht ein großes Zentrum an dieser Stelle existiert hat. Vielleicht ein Raumflughafen oder etwas in der Art, aber ich war bisher außerstande, einen Beweis für diese Theorie zu entdecken.«

»Aber was dann?«

»Ich schätze, es ist das Brentford-Dreieck!« sagte der Professor.

»Das Brentford-*Was*?« erwiderten die beiden Männer unisono.

Der Professor schenkte sich einen Scotch aus seiner Kristallkaraffe aus und nahm in seinem Ohrensessel neben dem Kamin Platz, während er sich die größte Mühe gab, den Sachverhalt zu erklären:

»Die Gegend, die zur Gemeinde von Brentford

gehört«, sagte er, »bildet ein riesiges Dreieck. Die Seiten dieser geometrischen Figur werden vom Grand Union Kanal, der Great West Road und der Themse gebildet. Sie verlaufen entlang dreier größerer Kraftlinien. Wie ihr vielleicht wißt, handelt es sich dabei um unterirdische Felder, die auf bisher ungeklärte Weise einen Einfluß auf das Geschehen an der Erdoberfläche ausüben. Ich marschiere jeden Tag die Grenzen der Brentforder Gemeinde ab, und ich habe diese Linien häufig mit meiner Wünschelrute abgetastet. Sie liegen immer an der gleichen Stelle.

Unsere Ahnen wußten von ihrer Existenz und richteten ihre Grabhügel und Hügelgräber und Menhire und Steinkreise entlang dieser Felder aus. Offensichtlich glaubten sie, auf diese Weise die Kräfte einfangen zu können. Leider haben die Menschen diese Kraftfelder im Verlauf der Jahrhunderte überbaut, ihren Fluß unterbrochen und ihre Kraft so neutralisiert.«

»Also wirklich, Professor«, sagte Pooley. »Wenn die Kraft dieser Felder verloren ist, warum messen Sie dann dieser Brentforder Dreiecksgeschichte* irgendwelche Bedeutung bei?«

Der Professor tippte sich an die Nase, und zum ersten Mal wurde Pooley und Omally bewußt, woher Soap Distant diese Angewohnheit hatte. »Die Tatsache, daß die Menschen nichts mehr von diesen Kraftlinien wissen, bedeutet noch lange nicht, daß das für andere Wesen gilt. Einige sind noch immer empfäng-

* honi soit qui mal y pense ... Gemeint ist auch nicht die berühmte, vielfach ausgezeichnete Brentford-Triologie, deren zweiten Teil Sie gerade lesen und die inzwischen auf fünf Bände angewachsen ist (werden alle bei Bastei-Lübbe erscheinen, sofern die Cereaner keinen Erfolg haben mit ihren finsteren Plänen. Also, Daumen drücken, Leute!)

lich dafür, am offensichtlichsten von allen unsere gefiederten Freunde.«

»Etwa Dartspfeile?« erkundigte sich Pooley. Der Professor ignorierte ihn.

»Ich habe eine Monographie über dieses Thema verfaßt. Die Zugvögel fliegen jedes Jahr auf exakt den gleichen Routen, und diese Routen verlaufen entlang der großen, den gesamten Globus durchziehenden Kraftlinien.«

»Das alles kommt mir ein wenig weit hergeholt vor«, bemerkte Omally. »Wollen Sie vielleicht andeuten, daß die Cereaner sich ganz ähnlich wie Vögel anhand von Kraftfeldern orientieren?«

»Ich behaupte lediglich, daß eine fortgeschrittene Zivilisation wie die ihre sicherlich von diesen Kraftfeldern gewußt hat. Und hier auf der Erde waren sie zur damaligen Zeit noch ungestört. Da sich die Linien offensichtlich niemals verschieben, bieten sie eine ideale Hilfe bei der Navigation. Zweifelsohne besitzen die Cereaner Karten von der Erde, die in ihren Computern verstauben. Aber innerhalb einer Sekunde griffbereit.«

»Vermutlich könnten Sie recht haben«, gestand Omally. »Aber selbst wenn – warum Brentford? Warum nicht Aveburry oder Glastonburry oder Stonehenge oder was weiß ich?«

Der Professor erhob sich aus seinem Ohrensessel und durchquerte das Arbeitszimmer. Vor einer kunstvollen viktorianischen Staffelei, die mit einem grünen Vlies abgedeckt war, blieb er stehen. Er zog das Vlies zur Seite, und darunter kam eine große Karte des Bezirks zum Vorschein. Die Linien des Brentforder Dreiecks waren deutlich erkennbar rot eingezeichnet.

»Beeindruckend«, sagte Omally.

»Aber wie bereits festgestellt, als Beweis kaum ausreichend. Es wäre viel logischer, wenn die Cereaner sich eines der besser bekannten Kraftfeldzentren dieses Landes ausgesucht hätten. Nein, es muß noch etwas anderes in dieser Gegend geben, irgendein inneres Muster, das sich mir verschließt. Ich bin sicher, es starrt mir förmlich ins Gesicht, aber ich weiß einfach nicht, was es sein soll. Irgend etwas leuchtet wie eine Signalboje in den Weltraum hinaus und führt diese Wesen direkt zu uns.«

Pooley und Omally folgten dem alten Mann zu der Karte und spähten über seine Schultern. Sie wandten die Köpfe zur einen, dann zur anderen Seite, setzten an, etwas zu sagen, überlegten sich's anders, folgten dem Verlauf der Straßen und deuteten willkürlich mal hierhin, mal dorthin. Nach einer ganzen Weile blickten sie sich an und zuckten die Schultern.

»Ich kann nichts entdecken«, gestand Jim. »Nichts als Straßen und Häuser, Geschäfte und Kneipen.« Und mit der Erwähnung der letzteren richteten sich zwei Augenpaare simultan auf die große bronzierte Kaminuhr, die gehorsam fünf Uhr schlug.

»Der Fliegende Schwan macht gleich auf«, sagte Omally. »Ich habe seit einer ganzen Woche kein Large mehr gehabt. Könnten wir unsere Unterhaltung nicht bei ein oder zwei Erfrischungsgetränken fortsetzen, Professor?«

Professor Slocombe lächelte nachsichtig und nahm eine gefaltete Straßenkarte von Brentford aus dem Schreibtisch. »Selbstverständlich habt ihr euch etwas zu trinken verdient«, sagte er, »und hier ...«, er zog eine nagelneue Fünf-Pfund-Note hervor, »ich lade euch ein.«

Pooley nahm sowohl die Karte als auch den Geldschein entgegen. »Danke sehr«, sagte er. »Das ist äußerst freundlich von Ihnen. Wollen Sie uns nicht auf ein oder zwei Bier Gesellschaft leisten?«

»Ich denke nicht«, sagte der alte Mann. »Studiert die Karte sorgfältig und strengt euren Verstand an. Ich bitte euch nur um einen Gefallen: Bitte bringt mir ein Pfund Wechselgeld aus der Registrierkasse des *Fliegenden Schwans* mit zurück. Von dort und nirgendwo sonst, habt ihr verstanden?«

»Das verstehe ich nicht.«

Der alte Mann lächelte und tippte sich einmal mehr an die Nase.

»Eine Frage noch, Professor«, sagte Omally, während er und Jim sich zum Gehen wandten. »Angenommen – wirklich nur angenommen –, wir entdecken dieses geheimnisvolle Muster. Was können wir damit anfangen?«

Der Professor zuckte die alten Schultern. »Wissen ist niemals überflüssig. Ihr kennt doch alle beide meine Methoden. Ich unternehme niemals einen Schritt, ohne daß ich vorher alle zugänglichen relevanten Informationen eingeholt habe.«

»Ja, aber ...« Jim raschelte mit der Fünf-Pfund-Note.

»Wir bleiben in Verbindung«, sagte John.

»Viel Glück«, wünschte ihnen der Professor und wandte sich wieder seinem Schreibtisch zu. »Ich erwarte, bald von euch zu hören.«

John und Jim wanderten in Richtung des *Fliegenden Schwans* davon.

»Wenigstens eine gute Sache ist dabei herausgekommen«, sagte Jim nach einer Weile.

»Dann sei doch so freundlich und erkläre mir, was

das sein soll, weil es mir in der Hitze des Augenblicks völlig entgangen ist.«

»Nun«, sagte Pooley, »wir wissen jetzt, daß die Fremden in den Schrebergärten keine Spione der Gemeinde sind. Wir können unbesorgt weiter Golf spielen.«

»Du bist wirklich ein Schlaumeier!« sagte Omally und versetzte seinem Kumpan einen gefühlvollen Schlag an den Hinterkopf.

Kapitel 16

Neville saß ganz allein an einem Nebentisch in seiner dunklen Lieblingsecke der leeren Salonbar. Er hörte die Uhr der Memorial-Bücherei in der Ferne schlagen und seufzte tief und schicksalsergeben.

Es war eine der schönsten Tageszeiten für den Brentforder Teilzeitbarmann, wenn er mit polierten Gläsern, geputzten Hähnen und aufgefüllten Meßzylindern die kurze halbe Stunde vor dem Öffnen allein dasitzen und über vergangene Tage und solche, die möglicherweise noch vor ihm lagen, sinnieren konnte.

An jenem Nachmittag jedoch verspürte der Teilzeitbarmann eine merkwürdige innere Unruhe. Irgend etwas ging in der Gegend vor, etwas Unheimliches, und er konnte es förmlich riechen. Ja, obwohl es sich stets knapp außerhalb seiner bewußten Wahrnehmung bewegte, konnte Neville es tatsächlich riechen. Und was er da roch, das gefiel ihm definitiv nicht die Bohne – oder den Rosenkohl, wie ein gewisser Brentforder Zusteller es ausgedrückt hätte. Es war ein staubiger, grabähnlicher Geruch, durchsetzt mit dem schwefelhaltigen Aroma des legendären Höllenlochs, und es machte Neville irgendwie unruhig und regte ihn auf.

Die lange dünne Hand des Teilzeitbarmanns schob sich aus der Dunkelheit und ergriff einen Tumbler mit Scotch, der vor ihm auf dem Tisch stand. Hand und Tumbler verschwanden wieder, und ein glucksendes Geräusch erklang, gefolgt von Lippenschnalzen und einem weiteren schicksalsergebenen Seufzer. Neville beugte sich vor und stellte das Glas zurück, und seine lange Nase erschien im Licht: ein bleiches, weißes Dreieck.

Er schüttelte heftig den Kopf in dem vergeblichen Bemühen, die trübe Stimmung zu vertreiben, die ihn bedrückte. Doch die Stimmung ließ sich nicht so einfach abschütteln. Neville nahm einen tiefen, tiefen Atemzug wie ein Betrunkener in dem irrigen Glauben, er würde davon wieder nüchtern. Die Anstrengung war natürlich verschwendet, und Neville lehnte sich wieder in die Dunkelheit zurück und nahm seinen Scotch mit sich.

Irgend etwas ging in Brentford vor. Er wußte es einfach. Irgendein mächtiges, unheilverkündendes Damoklesschwert hing über der Gemeinde und wartete nur darauf, sich zu senken. Seine Nase verriet es ihm, und seine Nase hatte sich noch nie geirrt. Sicher, Nevilles Gäste machten sich über seine übersinnliche Nase lustig, aber er wußte, was in der Luft lag, wenn er einen tiefen Atemzug getan hatte. Es war eine Gabe, die in der Familie lag, hatte sein verrückter Onkel Jim ihm verraten, als Neville noch ein ganz kleiner Junge gewesen war. Der gesamte Clan besaß sie, in unterschiedlicher Ausprägung, und er besaß diese Gabe seit Menschengedenken, seit den heidnischen Urzeiten, der Morgendämmerung der Menschheit. Sie hatte sich durch all die Jahrhunderte hindurch vom Vater auf den Sohn weitervererbt und war immer wieder aufgetaucht. Ein großartiges, wundervolles Talent, ein Segen der alten Götter, das niemals zum eigenen Vorteil oder aus Gewinnstreben eingesetzt werden durfte.

»Aber was genau ist es eigentlich?« hatte der junge Neville seinen verstaubten alten Onkel gefragt.

»Keine Ahnung«, hatte Onkel Jimmy geantwortet.

»Ich bin mit deiner Mutter verwandt, nicht mit deinem Vater.«

Neville besaß eine lückenlose Erinnerung an seine Kindheit. Er erinnerte sich mit seelenzerstörender Klarheit an jeden einzelnen öden Augenblick. Er, der schlaksige, hochgeschossene Knabe, stets einen Kopf größer als seine Klassenkameraden und immer am Schnüffeln. Solche Kinder haben keine leichte Zeit. Und mit dem Teenageralter war es nicht besser geworden. Obwohl er sexuell hervorragend ausgestattet und begierig gewesen war, die Bekanntschaft anziehender junger Damen zu machen, hatte Nevilles hagere, schlaksige Gestalt mit der leicht unmännlichen Affektiertheit die Aufmerksamkeit der falschen Sorte von Personen angezogen. Dicke große Mädchen, manche mit kurzgeschorenen Haaren und Tätowierungen, hatten danach getrachtet, ihn in ihrer Zuneigung zu ertränken. Junge Burschen von der falschen Fakultät hatten ihn immer und immer wieder bei sich zu Hause zum Kaffee eingeladen, um ihm bei ausgeschaltetem Licht ihre Miles-Davis-Platten vorzuspielen. Neville erschauerte. Das waren schlimme Zeiten gewesen, waren das.

Er hatte früh jede Hoffnung aufgegeben, ein junger Hüpfer und Liebling der Damen zu werden, und in der Folge war er in die Rolle des Ästheten* gefallen. Pflichtbewußt hatte er einen Kinnbart aus sechs Haaren gepflegt und den Hosenboden seiner Jeans durchgescheuert. Er hatte das gesamte Programm absolviert: die Aldermaston-Märsche, denen er sich für die letzte halbe Meile angeschlossen hatte, um inmitten einer jubelnden Menge auf dem Trafalgar-Square einzutreffen; die langen Nächte in irgendwelchen Kaffeebars, um bei kalten Espressos über Jack Kerouac und René Magritte zu diskutieren; die langen Regenmäntel und Jesuslatschen; die abendlichen Kunstkurse in der Schule. Doch er war nie um sein Schicksal herumgekommen.

Er hatte zahllose dickbrüstige, nach Räucherstäbchen riechende Frauen in weiten Pullovern kennengelernt, die von freier Liebe und davon gesprochen hatten, daß jede Erfahrung wertvoll sei. Aber sie waren immer auf dem Sofa des Kunstlehrers gelandet und Neville zu Hause bei seiner Mutter.

Er hatte nie zu ihnen gehört, und das war sicher nicht allein seine Nase schuld.

Er war einfach ein Außenseiter. Und die Rolle des Individualisten und Originals bedeutete einem Knaben nur wenig, dessen Unterleibsabteilung sich heftig zu Wort meldete.

Neville erhob sich von seinem Stuhl und trottete über den ausgetretenen Teppich zur Whiskyflasche. Sicher war alles gar nicht so schlimm gewesen, wie es ihm jetzt schien. Klar, seine Kindheit und die Jahre der Pubertät waren nicht gerade aus dem Stoff gewesen, aus dem die Träume sind, aber es hatte auch fröhliche Augenblicke gegeben, Augenblicke der Freude, oder nicht?

Nevilles vollkommene Erinnerung erinnerte sich an keinen einzigen. Wenigstens ging es ihm heute nicht ganz schlecht. Er war der Vollzeit-Teilzeitbarmann des *Fliegenden Schwans*, und das war ein Beruf, der ihn so glücklich machte, wie es unter den Umständen nur möglich war.

Hätte er mit fünfzehn gewußt, daß seine Zukunft diese Stellung für ihn bereithielt, hätte es ihm beileibe

* oder so ähnlich

nicht so viel ausgemacht, daß er kein einziges Wort von Bob Dylans »Gates of Eden« verstand.

Aber wie war er eigentlich an diese Stellung geraten?

Es war eine merkwürdige Geschichte gewesen, alles, was recht ist. Nevilles vollkommene Erinnerung erinnerte sich an die Anzeige im *Brentforder Merkur*. »Teilzeitbarmann gesucht«, hatte es dort geheißen. »Arbeitszeit und Bezahlung Verhandlungssache. Persönliche Vorstellung erbeten.« Unterschrift: »Der Fliegende Schwan.«

Neville war bereits Ende Zwanzig und hatte sich auf eine Karriere als Arbeitsloser eingerichtet. Er hatte die Anzeige gelesen, seine Jutehosen ausgezogen und sich in seinen einzigen Anzug gezwängt, hatte seine Bordelltreter poliert und war zum *Fliegenden Schwan* gestapft, um sich dort vorzustellen. Der damalige Teilzeitbarmann hatte ihn von oben bis unten gemustert, ihn gefragt, ob er meine, ein Pint zapfen zu können, und ihn auf der Stelle eingestellt. Kurze Zeit später war der alte Teilzeitbarmann mit den Einnahmen eines Monats und mehreren Kisten Scotch verschwunden.

Neville hatte nicht die geringste Ahnung, wer eigentlich der Besitzer der Salonbar war. Die Farbe vom Inhaberschild an der Tür war längst abgeblättert, und diejenigen, die Stein und Bein schworen, den Mann wie einen Bruder zu kennen, gaben widersprüchliche Beschreibungen betreffend seines Äußeren ab. Man hatte Neville die Schlüssel in die Hand gedrückt, ihm gesagt, sich seinen Lohn aus der defekten Registrierkasse zu nehmen, und ihn dann seinem Schicksal überlassen.

Es war eine rechte Herausforderung gewesen, aber

Neville hatte sie gemeistert. Er hatte nicht gewußt, wie man eine Kneipe führt, doch er hatte schnell gelernt, und die Tricks der verschlagenen Einheimischen hatten bei ihm stets nur einmal funktioniert. Er hatte den *Fliegenden Schwan* eigenhändig von einem heruntergekommenen Spuckloch in eine heruntergekommene Salonbar verwandelt, die sogar Profit abwarf. Er hatte die siegreiche Darts-Mannschaft organisiert, die seit fünf Jahren ununterbrochen die Brentforder Meisterschale hielt. Er hatte die zahlreichen Veranstaltungen organisiert und überwacht, hatte als Orakel und Beichtvater seiner betrunkenen Stammgäste gedient und war zu einem anerkannten Bestandteil der Brentforder Szene geworden.

Er war hier zu Hause, und er war glücklich.

Nevilles Grinsen wurde ein wenig breiter, doch ein grimmiger Gedanke verdrängte es wieder. Die Brauerei. Sie hatten zwar nichts an seiner Art der Geschäftsführung auszusetzen, denn er war im Grunde genommen ehrlich, und er führte einen hübschen Gewinn ab, doch sie ließen ihn einfach nicht in Frieden. Andauernd schlugen sie spezielle Veranstaltungen vor oder redeten von Modernisierung und installierten Dinge ... Seine Augen schweiften unwillkürlich zu den wuchtigen Konturen des summenden Monsters in der Ecke, das er inzwischen mit einer Plane abgedeckt und mit Verpackungsdraht gesichert hatte.

Neville kippte seinen Scotch hinunter und blickte zur Guinness-Uhr hinauf. Es war fast halb sechs, und er mußte den Laden aufschließen. Er richtete seine gekrümmte Gelehrtengestalt zur vollen Größe auf und atmete ein weiteres Mal tief durch. Neville würde sich einfach zusammenreißen müssen. Positiver Aktionismus war das Stichwort. Freundlich sein zu den Gästen, tolerant gegenüber ihren Spleens, nachsichtig gegenüber ihren Marotten. Er würde lächeln und positive Gedanken denken, Friede auf Erden und Ehre, wem Ehre gebührt. Und so weiter. Er war sicher, daß der üble Geruch sich verziehen und dem süßen Duft des Frühlings weichen würde, wenn er sich nur angestrengt genug bemühte.

Die Uhr der Memorial-Bücherei schlug die halbe Stunde, und Neville der Teilzeitbarmann schaltete die Beleuchtung ein. Er schleppte sich zur Tür und schob die Riegel zurück. Draußen auf den Stufen warteten bereits zwei bärtige Gestalten.

»Guten Abend, Herr Wirt!« sagte Jim Pooley.

»Gott segne alle hier«, sagte John Omally.

Neville geleitete die beiden wortlos in seine Bar. Jetzt war jetzt, und was jetzt geschah und später geschehen würde konnte ja wohl nicht nur schlecht sein, oder? Die beiden bärtigen Gestalten brachten einen höchst außergewöhnlichen Geruch mit sich. Neville kniff sich die Nase zu und setzte mühsam ein angestrengtes Lächeln auf.

»Was darf's denn sein, die Herrschaften?« erkundigte er sich, während er sich hinter dem Tresen in Position brachte und seine beiden Stammgäste auf den Hockern Platz nahmen, die über eine Woche auf die Freude der bekannten Hinterteile hatten verzichten müssen.

Pooley nahm vorsichtig die Hand mit der klammen Fünf-Pfund-Note aus der Tasche. Der Geldschein hatte seine ängstliche Hand nicht mehr verlassen, seit er in seinen Besitz gelangt war.

Nevilles Augenbrauen schossen zu einem gotischen Bogen hinauf, als er den Schein auf dem Tresen erkannte. Er hatte zwar gehofft, daß die Dinge einen guten Lauf nehmen würden, wenn er nur positiv genug dachte, aber das hier? Das überstieg selbst seine kühnsten Erwartungen. Jim Pooley und eine Fünf-Pfund-Note?

Es kam noch schlimmer. »Zwei Pints Large, bitte, Neville«, sagte Pooley und grinste fast so grauenhaft wie der Teilzeitbarmann. »Und für dich auch eins!«

Neville spürte, wie sich seine Nackenhaare aufzurichten begannen. Jim Pooley hatte ihn eingeladen? Er hatte in Taschenbuchromanen* über derartige Sitten bei den Gästen fiktiver Kneipen und Salonbars gelesen, aber es war ihm im wirklichen Leben noch nie widerfahren.

»Verzeihung«, sagte der Teilzeitbarmann, »aber ich habe nicht richtig verstanden.«

»Du bist eingeladen«, erläuterte Pooley.

Neville tastete nach seinem Puls. Konnte das wahr sein? Oder war er vielleicht gestorben und in eine Art Walhalla oder Oktoberfest für Teilzeitbarmänner geraten? Das nervöse Augenzwinkern legte den sechsten Gang ein.

Omally, der zunehmend durstig wurde, unterbreitete den Vorschlag, daß Neville das amateurhaft theatralische Gebaren doch besser sein ließe, falls er von Pooleys unerwarteter Spendierfreude profitieren wolle, und der Teilzeitbarmann war augenblicklich zu Diensten.

»Danke sehr, Jim«, sagte er. »Ich weiß gar nicht, was da gerade in mich gefahren ist. Vielen Dank noch einmal. Ich weiß es zu schätzen, ganz ehrlich.«

Er zapfte zwei Pints vom Besten, das der Fliegende Schwan zu bieten hatte, und murmelte dabei ununter-

* Natürlich vom Bastei-Lübbe-Verlag

brochen »Du bist eingeladen« vor sich hin. Während er mit dem Zapfen zugange war, beobachtete er die beiden Männer, deren Augen wie von unsichtbaren Ketten gefesselt an dem steigenden Flüssigkeitsspiegel in den Gläsern hingen. Die Bärte von Pooley und Omally waren an sich schon seltsam genug, doch die Tatsache, daß Pooleys Hemd um mindestens zwei Nummern eingelaufen schien und daß die Farbe von Omallys Regimentsbinde auf seinem Hals abgefärbt hatte ... das wirkte alles sehr befremdlich. Waren die beiden vielleicht von einem plötzlichen Wolkenbruch überrascht worden? Neville konnte sich gar nicht erinnern, daß es im Verlauf der letzten Woche geregnet hätte. Dann also der Tauchstuhl? Irgendein wildgewordener Mob, der ein mittelalterliches Rachezeremoniell vollzogen hatte? Das erschien durchaus im Bereich des Möglichen.

Der Barmann schob die beiden meisterlich gezapften Pints über den Tresen und ergriff von der magischen blauen Banknote Besitz, die er gewohnheitsmäßig ins Licht hielt. Er wartete respektvoll, bis Pooley und Omally die ersten Schritte zur Stillung ihres gewaltigen Durstes eingeleitet hatten, bevor er sagte: »Nun, Gentlemen, wir hatten seit mehr als einer Woche nicht mehr das Vergnügen eures Besuchs. Ich hoffe doch, daß ihr nicht krank in den Betten gelegen habt oder durch tragische Umstände anderwärtig beschäftigt wart?«

Pooley schüttelte den Kopf. »Wir waren in Penge«, sagte er.

»Genau«, sagte Omally. »In Penge.« Er nickte heftig.

»Ah«, sagte Neville nachdenklich. »Ich für meinen Teil war noch nicht dort, aber man erzählt sich, es wäre sehr schön.«

»Wunderschön«, bestätigte Pooley.

»Wirklich wunderschön«, pflichtete ihm sein Kumpan bei. »Es würde dir gefallen.«

Neville zuckte die Schultern und wandte sich ab, um den traditionellen Nullbon in die Kasse zu tippen und das Wechselgeld zu entnehmen. Pooley beobachtete den Teilzeitbarmann, und die Bitte des Professors fiel ihm wieder ein.

»Könnte ich vielleicht ein Pfund in Silberstücken haben, wenn du schon dabei bist?« fragte er höflich.

Neville erstarrte zur Salzsäule. *Ein ganzes Pfund in Silber? Das war es also, wie?* Das »Du bist eingeladen« war nichts weiter als ein Ablenkungsmanöver gewesen. Ein Judaskuß. Pooley wollte an der verfluchten Videomaschine spielen.

»Du Bastard!« kreischte Neville und machte Anstalten, sich auf den Trinkenden zu stürzen.

»Wie bitte?« fragte Jim.

»Ein Pfund Wechselgeld, nicht wahr? Ein Pfund Silbermünzen. Du verräterischer Bastard!«

»Nun komm schon«, sagte Jim. »Beruhig dich wieder.«

»Mich beruhigen? *Mich beruhigen*? Du bist eingeladen, Barmann, und ein Pfund Wechselgeld, wenn du schon dabei bist, *und ich soll mich beruhigen*? Für was hältst du mich eigentlich?«

»Die Bitte erschien mir eigentlich ganz vernünftig.« Pooley blickte zu Omally, der sein Glas schützend zudeckte. »Was geht hier eigentlich vor, John?« fragte er.

Omally war kein Mann, der langsam begriff, und er erklärte seinem Kumpan die Situation. »Ich schätze, unser guter Wirt hier glaubt, du willst das Geld, um an der Videomaschine zu spielen.«

Bei Pooley, dessen Gedanken um ganz andere Dinge als Videospiele gekreist waren, machte es plötzlich *Klick*.

»Oh«, sagte er. »Gute Idee! Gib mir bitte noch dreißig Schilling zusätzlich, Neville.«

»Aaaaaargh!« machte der Teilzeitbarmann und griff nach seinem Schlagstock.

Pooley sah die Hand unter dem Tresen verschwinden und wußte, daß das ein verdammt schlechtes Zeichen war.

»Komm schon!« flehte er und wich von der Theke zurück, »sei vernünftig! Ich habe eine ganze Woche lang nicht an der Maschine gespielt, und ich war gerade dabei, den Kniff herauszufinden! Meinetwegen, dann gib mir eben nur das eine Pfund, und die Sache ist erledigt.«

Neville brachte den Knüppel zum Vorschein. »Mir reicht's!« brüllte er und hob die bebende Faust mit dem Stock darin. »Du Verräter! Pack dieses Ding an, und du hast für den Rest deines Lebens Lokalverbot. Ich habe heute schon einem Stammgast Lokalverbot erteilt, und ein zweiter macht auch nichts mehr.«

»Und wer ist der unglückliche Bursche?« erkundigte sich Omally, der sich in dem sicheren Wissen, an der bevorstehenden Auseinandersetzung keinesfalls teilhaben zu wollen, nicht von seinem Hocker gerührt hatte.

»Norman«, grollte Neville. »Draußen. Lebenslanges Lokalverbot. Ende. Basta!«

Omally gab sich die größte Mühe, ruhig zu bleiben. »Norman?«

»Norman.«

»Du meinst den Norman? Norman Hartnell vom Kiosk an der Ecke?«

»Genau den, jawohl.«

»Norman Hartnell, den besten Dartsspieler auf dieser Seite der Themse? Norman, den Kapitän der Darts-Mannschaft des *Fliegenden Schwans*? Der gleichen Mannschaft, die seit fünf Jahren den Meistertitel innehat? Der gleichen Mannschaft, die am neunundzwanzigsten hier zu Hause die Meisterschaft austrägt? *Diesem* Norman hast du lebenslanges Lokalverbot erteilt?«

Was an Farbe noch nicht aus Nevilles von Natur aus anämischen Gesicht gewichen war, nutzte diese Gelegenheit, um den Abgang durch die Leisetreter des Teilzeitbarmanns zu machen.

»Ich ... ich ... ich ...«, Der Wirt des *Fliegenden Schwans* schwankte auf den Absätzen. Sein rechtes Augenlid stellte die nervösen Zuckungen ein, und das Auge wurde glasig, als es auf eine Stelle starrte, die anscheinend weit jenseits der Mauern des *Fliegenden Schwans* lag. Er hatte das Darts-Turnier völlig vergessen! Das wichtigste sportliche Ereignis des gesamten Jahres! Ohne Norman bestand für die Mannschaft kaum Hoffnung, ihren Titel ein weiteres Mal zu verteidigen. Was hatte er angerichtet?

Die Einheimischen würden ihn lynchen! Sie würden ihn teeren und federn und zur Stadt hinausjagen! Darts war in Brentford mehr als ein Spiel, es war eine Religion, und der Fliegende Schwan war ihr Heiliger Tempel.

Eine Schweißperle bildete sich in der Mitte von Nevilles Stirn und blieb dort in angemessen religiöser Weise haften wie ein kristallenes Kastenabzeichen »... ich ... ich ... ich ...«, fuhr er fort.

Der Alte Pete betrat den *Fliegenden Schwan*. Chips folgte ihm wie stets dicht auf den Fersen. Pete war von Natur aus mißtrauisch, und er bemerkte augenblicklich die außergewöhnliche Verfassung des Wirtes.

»'n Abend, Omally«, sagte er und klopfte dem Iren auf den Arm. »Ich hab' doch nichts verpaßt, oder?«

»Wwwas?« Omally, ein Mann, den so leicht nichts aus der Fassung brachte, war ernsthaft erschüttert von der furchterregenden Enthüllung Nevilles.

»Die Pantomime«, sagte der Alte Pete. »Ich bin ziemlich gut im Erraten. Vor ein paar Tagen erst habe ich Normans Quasimodo erkannt und eine Unze Tabak gewonnen. Das hier scheint mir ganz einfach zu sein. Was gibt es diesmal zu gewinnen?«

Omally kratzte sich den Bart. »Wovon redest du da?« fragte er.

Der alte Spinner legte nachdenklich den Kopf auf die Seite und strich sich über das Kinn. »Ist es aus dem Kino oder aus dem Fernsehen?« fragte er. »Gibst du mir einen Tip?«

»Es ist ein Buch«, sagte Pooley und nutzte die Gelegenheit, sein Pintglas von der Theke zu schnappen, bevor er sich in sichere Entfernung zurückzog.

». . . ich . . . ich . . . ich . . .«, machte Neville.

»Dann muß es sich um die Bibel handeln!« sagte der Alte Pete. »Nicht, daß ich sie je gelesen hätte, aber nach dem Knüppel zu urteilen kann es sich nur um Moses handeln, der das Rote Meer teilt. Oder um Samson beim Erschlagen der Phillipinos mit dem Kieferknochen eines Esels.«

Der junge Hund Chips hatte ein feineres Gespür als sein Herr, und er vermutete, daß es sich eher um Lobsang Rampas Das Dritte Auge handelte, wegen dem Kastenabzeichen auf der Stirn, dem glasigen Blick des Teilzeitbarmanns und dem monotonen *Ich . . . ich . . .*

ich, das ganz offensichtlich zu einem Mantra der Selbstfindung gehörte.

Neville legte langsam den Knüppel zurück und wandte sich zur Kasse, wo er Pooleys Wechselgeld entnahm, einschließlich der dreißig Schilling in Zehnern. Die Gäste am Spielen mit der Maschine zu hindern schien mit einem Mal nicht mehr von Bedeutung.

»Viel Spaß«, sagte er und überreichte dem zusammenzuckenden Jim das Wechselgeld.

Der Alte Pete schüttelte den Kopf. »Ich kann diese Entscheidung nicht widerspruchslos hinnehmen«, sagte er. »Ich hab's gleich erraten, oder nicht? Was ist mit meiner Belohnung? Ich hab' doch gesagt, daß ich gut bin darin.«

Neville hatte sich zum anderen Ende des Tresens zurückgezogen, wo er geistesabwesend ein imaginäres Glas mit dem unvermeidlichen, wenngleich unsichtbaren Tuch polierte.

»Und wie steht's mit einem Drink?« wandte der Alte Pete sich zu Pooley und Omally um, doch die beiden hatten sich an einen Tisch verzogen und saßen leise murmelnd vor einer ausgebreiteten Karte.

»Ich habe fair und ehrlich gewonnen!« beschwerte sich der alte Idiot bei seinem Hund.

Chips zuckte die Schultern. Er hatte ein schlechtes Gefühl bei dieser ganzen Sache und zog es wie üblich vor, unverbindlich zu bleiben.

Jim Pooley fuhr mit dem Finger über die kartographische Repräsentation Brentfords und stülpte die Unterlippe so weit vor, daß man sich die Hände darin hätte waschen können.

»Das ist alles sehr, sehr unheilverkündend«, sagte er. »Weltraummänner in den Schrebergärten, Raumschiffe, die kurz vor dem Angriff stehen, und das Darts-Team des *Fliegenden Schwans* ohne Kapitän. Träumen wir das alles nur oder ist es tatsächlich wahr?«

Omally befingerte seinen Bart und untersuchte die Schmutzränder seiner Manschetten.

»Es ist leider nur allzu wahr«, sagte er schließlich, »und ich denke, wir tun gut daran, uns mit dem Problem auseinanderzusetzen, in der Hoffnung, daß uns eine Lösung einfällt.«

»Wir müssen etwas wegen Neville unternehmen.« Pooley spähte über die Schulter zu der niedergeschlagenen Gestalt. »Ich ertrage es nicht, ihn so zu sehen.«

»Alles zu seiner Zeit«, erwiderte Omally und tippte sich an die Nase. »Ich bin sicher, daß mir ein Kompromiß einfällt, der beide Seiten befriedigt und uns ein oder zwei freie Runden einbringt. Für den Augenblick wollen wir uns auf diese Karte konzentrieren.«

Jim hatte seine Zweifel, doch er folgte Omallys Aufforderung. »Wonach suchen wir eigentlich?« fragte er kurze Zeit später.

Omally zog seinen Asprey Füllfederhalter hervor, der durch seine außerordentliche Qualität die Wassertaufe mit bemerkenswerter Standfestigkeit ertragen hatte.

»Falls ein Muster existiert, dann werde ich es finden«, erklärte er stolz (Omally, nicht der Federhalter). »Wenn es darum geht, ein Rätsel zu lösen, fangen wir Omallys dort an, wo die Burschen mit den Kalebassen und die Sherlock Holmesse dieser Welt aufhören. Sei doch so nett und dreh die Karte in meine Richtung, ja?«

»Während du den rätselhaften Fall der Cereanischen Geheimschrift löst«, erwiderte Pooley sarkastisch, »werde ich zum Tresen eilen und eine weitere Runde Large bestellen. Das wenigste, was ich von meinem neu erlangten Wohlstand erwarten kann, ist ein wenig Freude.«

Die amtliche topographische Karte hatte bei Pooleys Rückkehr mehr als nur ein wenig Aufmerksamkeit empfangen. »Sieht hübsch aus«, kommentierte er Omallys Bemühungen. »Ich wußte gar nicht, daß in dir ein verkappter William Morris schlummert, John. Bist du jetzt dazu übergegangen, Wandtapeten zu entwerfen?«

»Sei still«, sagte Omally. »Wenn es da ist, werde ich es finden.«

Jim nuckelte an seinem Pint. »Was bedeuten diese Linien?« erkundigte er sich und zeigte auf ein Gewirr von Schnörkeln.

»Das ist das Abwassersystem der Gemeinde.«

»Sehr gut. Und diese hier?«

»Alle Häuser, deren Dächer in letzter Zeit isoliert worden sind.«

»Du bist wirklich verdammt gründlich, das muß man dir lassen. Und diese Schnörkel hier?«

»Das ist eine persönliche Sache. Ich will schließlich nichts dem Zufall überlassen.«

Pooley unterdrückte ein Kichern. »Du glaubst doch wohl nicht im Ernst, daß eine Alien-Streitmacht die Häuser deiner weiblichen Eroberungen als strategische Punkte für ihren Angriffsplan festgelegt hat?«

»Das kann man bei Aliens nie wissen.«

»In der Tat.« Pooley beobachtete, wie sein irischer Freund Kreuze entlang einer nahegelegenen Seitenstraße einzeichnete. »Dürfte ich fragen, was du jetzt schon wieder tust?«

»Morris Minors«, erwiderte Omally lapidar.

Jim strich sich nachdenklich über den Bart. »John«, sagte er dann, »ich denke, du gehst falsch an diese Geschichte heran. Der Professor meinte doch, wir sollten nach irgendwelchen auffälligen Erkennungszeichen suchen, oder?«

»Also schön.« Omally reichte Jim seinen heiligen Füllfederhalter. »Wenn du so genau weißt, was der Professor meint, dann kannst du ja danach suchen.«

Pooley schob seine Unterlippe einmal mehr hervor, doch er nahm die Herausforderung an.

»Meinetwegen«, sagte er. »Dann wollen wir mal. Auffällige Erkennungszeichen also. Was hätten wir denn da? Ah ja. Das Kriegerdenkmal.« Pooley zeichnete ein Kreuz in die Karte. »Und die Memorial-Bücherei.« Pooley zeichnete ein weiteres Kreuz ein.

Zwanzig Minuten später war die Karte nicht mehr wiederzuerkennen.

»Mir sind die Ideen ausgegangen«, gestand Pooley schließlich.

»Genau wie die Tinte«, sagte Jim und nahm seinem Freund das leergeschriebene Utensil wieder ab. Die beiden beugten sich über die verwüstete Karte. »Ein einziges großes Durcheinander«, sagte Jim. »Man kann absolut gar nichts mehr erkennen.«

»Die Kreuze scheinen zufällig verteilt.«

»Ich dachte fast, wir hätten es, als ich die Abonnenten der Angler Times eingezeichnet hatte.«

»Ich könnte ein Large vertragen.«

»Wir haben diese hier noch nicht einmal leer.«

Omally legte die Hände an die Schläfen. »Es gibt nicht genügend Tinte im Land, um jeden Trinker in Brentford einzuzeichnen.«

»Geh und hol zwei.« Pooley reichte Jim eine der professoralen Pfundnoten. »Ich bleibe am Ball.«

Omally blieb einige Zeit an der Theke. Der schmerbäuchige Küchengehilfe Croughton sah sich plötzlich der überwältigenden Verantwortung ausgesetzt, den Schankbetrieb zu managen, während Neville göttlichen Ratschlag suchte. Unter der Belastung verlor Croughton rasch den Überblick und geriet zunehmend in Panik. Der Fliegende Schwan quoll aus allen Nähten, überall entbrannten hitzige Diskussionen über schaumiges Bier und zuwenig Wechselgeld, und Omally erkannte die Sorte von Gelegenheit, die sich nur einmal im Leben bietet. Wütend behauptete er, mit einem Fünfer bezahlt zu haben, und der nervöse Küchengehilfe gab ihm ohne Zögern das Wechselgeld heraus.

Omally steckte die vier wohlverdienten Ein-Pfund-Stücke ein, in dem Bewußtsein, daß die Nachricht von einem derartigen Ereignis den sensiblen Pooley durchaus aus der Fassung zu bringen vermochte und seiner Konzentration bei der Karte schadete. Als er zum Tisch zurückkehrte, die Biere in der Hand, stellte er zu seiner großen Überraschung fest, daß der Gesichtsausdruck seines Freundes Jim Pooley exakt dem von Neville dem Teilzeitbarmann entsprach.

»Jim?« fragte er. »Jim, ist alles in Ordnung?«

Pooley nickte langsam. »Ich hab's«, sagte er mit geistesabwesender Stimme.

Omally schielte auf die Karte. Im Füller war keine Tinte mehr, und so hatte Pooley die seiner Meinung nach interessanten Stellen mit abgebrannten Streichhölzern durchbohrt ... Und die interessanten Stellen bildeten deutlich ein nicht zu übersehendes Muster, das augenblicklich als die himmlische Konstellation des *Ursa major* zu erkennen war, bei Freund und Feind besser als der Große Wagen bekannt.

»Was ist das?« erkundigte sich Omally und starrte auf die durchlöcherte Karte.

»Die Kneipen«, sagte Pooley mit bebender Stimme. »Jedes einzelne Haus, das diese Brauerei besitzt.«

Omally untersuchte die Markierungen. Pooley hatte recht. Jedes einzelne Pub der Brauerei lag auf einem Punkt der septentrionalen Sternkonstellation. Das *New Inn*, das *Princess Royal*, die *Vier Reitersmänner*, der ganze Rest. Und so wahr er John Vincent Omally hieß, es konnte keinen Irrtum geben: an der Stelle, die den Polarstern markierte, den Nordstern von *Ursa minor*, lag – der Fliegende Schwan!

»Du heiliger Bimbam!« flüsterte John Vincent Omally.

»Meinetwegen sollen die Mistkerle landen«, sagte Jim. »Ich bin nicht dafür, daß wir jedes halbwegs vernünftige Pub von Brentford zerstören.«

»Ganz deiner Meinung, alter Freund«, sagte John, »aber was hat das zu bedeuten? Der *Fliegende Schwan* genau im Brennpunkt! Was mag das bedeuten?«

»Ich erschauere bei dem bloßen Gedanken.«

»Roll die Karte zusammen«, sagte John. »Wir müssen so schnell wie möglich mit dem Professor darüber reden.« Pooley hatte noch mehrere Biere ausstehen und zögerte deswegen nicht wenig. Er meinte, daß vielleicht noch ein wenig Zeit sei. Der Professor könne wohl kaum erwarten, daß seine beiden Helfer das Rätsel so rasch lösen würden. Vielleicht sollten sie vorher zur Feier ihres Erfolgs ein oder zwei Pints zu sich nehmen.

»Eine hervorragende Idee«, sagte Omally von Herzen. »Und weil du dich so ausgezeichnet geschlagen hast, schlage ich vor, wir lassen die Pints aus und gehen augenblicklich zu Kurzen über.«

»Prima Vorschlag«, sagte Jim. »Ich werde ein paar Goldene trinken.« Und indem er dies sagte, erhob er sich von seinem Stuhl und machte sich auf den Weg zum Tresen.

Inzwischen herrschte ein ausgesprochenes Gedränge, und selbst Pooleys geübte Ellenbogen hatten alle Mühe, ihn in eine günstige Position zu lavieren. Als er schließlich an der Theke stand und mit einer Pfundnote in den Händen winkte, verspürte er mit einem Mal ein eiskaltes Frösteln zwischen den Schulterblättern. Im ersten Augenblick tat er das Gefühl als Nachwirkung seiner Entdeckung ab. Er erschauerte kurz und bemühte sich weiter, die Aufmerksamkeit des Wirts zu erlangen, doch zu seinem Entsetzen mußte er feststellen, daß seine Stimme ihren Dienst versagte. Und genau in diesem Augenblick bemerkte er auch, daß ein starker Gestank nach Holzschutzmittel in der Luft lag.

Pooley griff sich mit den Händen an den Hals und würgte heftig. Und während er das tat, packte eine entschlossene und unnachgiebige Hand seinen Ellbogen und hielt ihn mit der Kraft eines Schraubstocks fest.

Jim wandte sich zu seinem Peiniger um und starrte in ein Gesicht, das nur eine Mutter lieben konnte. Es besaß mehr als nur einen Hauch von Orient an sich, war leicht gebräunt, mit hohen Wangenknochen und schwach leuchtenden Augen. Es war ein Gesicht, das eine verblüffende Ähnlichkeit mit dem jungen Jack Palance aufwies. Die Gestalt unterhalb des Gesichts war in einen makellosen schwarzen Anzug gekleidet und von einer Aura kaum zu ertragender Sterilität umgeben.

Pooleys Gehirn nahm all diese Einzelheiten in sich

auf, doch es dauerte eine Weile, bis er imstande war, sie verbal weiterzugeben. Einstweilen steuerte der schreckliche Klon eines legendären Hollywoodstars den stummen Jim durch die Menschenmenge und in Richtung Ausgang.

Pooley, dem bewußt wurde, daß das Schicksal vielleicht nichts wirklich Schlimmeres als den Tod für ihn bereithielt, wenngleich genau diesen, fing an, sich mit aller Kraft zur Wehr zu setzen. Er wirbelte zu seinem Kidnapper herum und stieß ihm mit tödlicher Präzision und Wucht das Knie in den Unterleib. Hätte er sich auch nur halbwegs in cereanischer Anatomie ausgekannt, wäre er sofort auf die linke Achselhöhle von Jung Jack Palance losgegangen, doch so erwischte sein Tritt lediglich eine der Nebenhöhlen des Cereaners.

Pooley näherte sich unaufhaltsam dem Ende des Tresens, und die Tür des *Fliegenden Schwans* kam gefährlich nahe. Er öffnete und schloß in einem fort den Mund und leistete schweigenden Tribut an Edward Munchs berühmtes Gemälde. Die Gäste des *Fliegenden Schwans* hatten, wie es schien, keine Augen für Pooleys Not; jedenfalls beachteten sie ihn nicht im geringsten.

Am Ende des Tresens stand Neville und starrte noch immer ins Leere. Pooley griff verzweifelt nach der Teilzeitbarschürze des Teilzeitbarmanns. Selbst in blinder Panik war er geistesgegenwärtig genug, Neville nicht am Schlips zu packen. Es war das erste, was jeder Betrunkene versuchte, wenn es zum Streit kam, und Neville, durch und durch professionell, trug aus diesem Grund immer einen Schlips zum Aufklippsen. Pooley erwischte die Schürze, und was dabei herauskam, war durchaus keine angenehme Sache.

Nevilles Genitalien, an der richtigen Stelle für einen

männlichen Erdenbewohner, wurden plötzlich und gewaltsam und schmerzhaft gegen den Zapfspund einer der besten und handgezapften traditionellen Alemarken des *Fliegenden Schwans* gezerrt.

»Aaaaaargh!« machte Neville der Teilzeitbarmann, als der durchdringende Schmerz ihn unerwartet aus seiner vertikalen Katalepsie riß.

Der Schrei hallte durch das Lokal, und schlagartig kam jede Unterhaltung in der Salonbar zum Erliegen. Jeder einzelne Kopf wirbelte zu Neville herum. Omally, der genau wie alle anderen von Nevilles plötzlichem Schrei aufgeschreckt worden war, sprang von seinem Stuhl hoch und erkannte augenblicklich die schlimme Lage, in der sein Kumpan Pooley sich befand.

Der Cereaner zerrte erneut an Pooleys Ellbogen, und Jim, der nicht einmal mit allen *Lapsang Souchongs** südlich des Gelben Flusses imstande gewesen wäre, sich aus Jung Jack Palances Griff zu befreien, zerrte den Teilzeitbarmann ein zweites Mal gegen den Alespund.

»Aaaaaaargh!« wiederholte Neville seinen Schrei, als seine empfindlichsten Teile erneut in Mitleidenschaft gezogen wurden. Alle Gedanken an Darts-Mannschaften und Mannschaftskapitäne mit Lokalverbot auf Lebenszeit waren mit einem Schlag aus seinem Kopf verschwunden. Neville heulte voller Schmerzen und tat sein Bestes, um sich aus Pooleys panischem Griff zu befreien.

Die Gäste des *Fliegenden Schwans*, vorübergehend betäubt durch Nevilles ersten Schrei, wurden durch den zweiten nachgerade ermutigt. Im Verlauf des

* geschweige denn Oolong Ti Kuan Yins oder China Pai Mu Tans

Abends waren die Wellen höher und höher geschlagen, und diese Notlage des Wirts bot eine prima Gelegenheit, aufgestauten Emotionen freien Lauf zu lassen. Die Menge rückte gegen die Dreifaltigkeit vor, und Omally war bei der Vorhut. Mit einem gaelischen Kriegsruf, bei dessen Klang sich wahrscheinlich selbst König Billy höchstpersönlich in die Hosen gemacht hätte, stürzte er sich auf den Cereaner.

Die dunkel gekleidete Gestalt schüttelte ihn ab wie Schuppen von der maßgeschneiderten Schulter. Omally ging taumelnd zu Boden und fluchte und spuckte. Mehrere Mitglieder der trinkenden Elite des *Fliegenden Schwans* ergriffen Pooley mit aller Macht und zerrten an ihm, mit dem Ergebnis, daß Nevilles Augen sich einmal mehr überkreuzten und er jeden Gedanken an eine zukünftige Vaterschaft sausen ließ.

Das darauffolgende Handgemenge war gleich in mehrfacher Hinsicht bemerkenswert, nicht zuletzt wegen des außergewöhnlichen Anblicks gespaltener Loyalitäten. Eine Fraktion war definitiv auf Nevilles Seite, in dem festen Glauben, Pooley hätte den Teilzeitbarmann angegriffen und der Bursche im schwarzen Anzug wäre bemüht, Pooley im Zaum zu halten. Die andere ging davon aus, daß Neville, dessen Benehmen an diesem Abend alles andere als beispielhaft gewesen war, sich auf Pooley gestürzt hatte und der Mann in Schwarz einer der dunklen Typen von der Brauerei war, der Neville dabei half, den treuen Stammgast aus seinem Lokal zu entfernen. Die dritte Fraktion, die nur ein einziges Mitglied zählte, einen tapferen Sohn Irlands, vertrat eine vollkommen andere Meinung.

Es darf nicht verschwiegen werden, daß auch noch andere Fraktionen existierten. Da waren zum einen die Burschen, die meinten, die Zeit sei günstig, um irgendwelche persönlichen Rachefeldzüge auszutragen, oder diejenigen, die von Natur aus jede nur denkbare Situation falsch interpretieren. Sie beteiligten sich hauptsächlich wegen der begeisterten und offensichtlich unterschiedslosen Gewalttätigkeiten an dem Gemenge. Der junge Chips, der selbst mit bandagierter Nase einen faulen Apfel in einem Misthaufen gerochen hätte, machte sich augenblicklich daran, die Knöchel des Cereaners zu bearbeiten.

Pooley hatte inzwischen unter der Wucht der auf ihn niedergehenden Schläge die Schürze Nevilles losgelassen und fand sich, während der Teilzeitbarmann dankbar hinter seinem Tresen in Ohnmacht sank, einmal mehr in Richtung Ausgang gezerrt.

In Richtung des nämlichen Ausgangs, vor dem inzwischen John Vincent Omally Stellung bezogen hatte und drohend eine Bierflasche schwang.

»Laß ihn auf der Stelle los!« brüllte der Ire.

Pooleys Mund öffnete und schloß sich unablässig, und ein Lippenleser hätte angesichts der Obszönitäten die Hände vor das Gesicht geschlagen.

Der Cereaner baute sich vor dem Hindernis in seinem Weg auf und hob die linke Hand, um damit zuzuschlagen. Omally schwang die Flasche, und mit mehr Glück als Verstand traf er den Schurken mit einem vernichtenden Schlag an der linken Achselhöhle.

Während der Mann in Schwarz Pooley losließ, machten sich mehrere Parteigänger Nevilles voller Freude über den Cereaner her. Er stolperte auf Omally zu, der mit dem Vorteil, auf eigenem Territorium zu kämpfen, elegant zur Seite auswich und ihn durch die geöffnete Tür auf die Straße hinausstieß.

Vor dem *Fliegenden Schwan*, dicht am Bordstein geparkt, stand ein Automobil, von dem jeder Sammler geträumt hätte. Es war von pechschwarzer Farbe und glänzte, als käme es direkt aus dem Ausstellungsraum. Nach dem Katalog handelte es sich um einen achtundfünfziger Cadillac Sedan in Luxusausführung. Auf dem Fahrersitz saß ein Mann mittlerer Größe in einem makellosen schwarzen Anzug. Er sah dem jungen Jack Palance verblüffend ähnlich, und sein Aftershave roch entschieden nach Holzschutzmittel. Es dauerte nur einen Augenblick, bis er den Wagen verlassen und auf den Bordstein gesprungen war, doch da ergoß sich das Chaos aus fliegenden Fäusten, das inzwischen vom *Fliegenden Schwan* Besitz ergriffen hatte, bereits auf die Straße.

Die Pro-Pooley-Fraktion, die einen Handlanger der Brauerei erkannte, wenn sie einen vor sich sah, und die sich gegenwärtig die Zeit damit vertrieb, den anderen Handlanger zu vermöbeln, der sich achselhöhlenhaltend auf dem Boden wälzte, erspähte ein neues Opfer und verschwendete keine Zeit, ihrer Stimmung Luft zu verschaffen.

Archie Karachi, der den *Star of Bombay Currygarten* direkt neben dem *Fliegenden Schwan* betrieb, war ein Mann, der einen Rassenaufstand erkannte, wenn er einen sah. Er schob einen curryfleckenübersäten Finger in die Wählscheibe seines Telefons und wählte eine schnelle Neun-neun-neun. Archie war außerdem ein Mann, der nicht viele Worte verlor, und wenn, dann in Hindi, und so war seine Nachricht kurz und treffend: »Ein Aufstand im *Fliegenden Schwan*«, bellte er über den beständig anwachsenden Lärm. »Viele Verletzte und Tote.«

Die Sergeanten der Brentforder Wache ließen sich

nicht lange Zeit, um auf Archies Anruf zu reagieren. Die Wache war stark überbesetzt, wie das in Bezirken mit wenig Kriminalität häufig der Fall ist, und die Beamten sehnten sich nach ein wenig richtiger Polizeiarbeit. Wie Schlagstockschwingen und Schlüsselbeinbrechen und In-die-Zelle-werfen und Geständniserpressen. Richtige Polizeiarbeit eben.

Innerhalb weniger Minuten jagten mehrere Einsatzwagen und ein Gefangenentransporter unter Sirenengeheul auf der falschen Seite der Brentforder Hauptstraße entlang, über die Kreuzung hinweg, obwohl die Ampel rot zeigte, und entgegen der vorgeschriebenen Fahrtrichtung auf den *Fliegenden Schwan* zu. Im Innern der mit quietschenden Reifen durch die Gemeinde rasenden Fahrzeuge warfen sich die Konstabler in ihre Fliegerjacken, fummelten an den Halterungen ihrer Schutzschilde und trommelten mit steigender Erregung auf die CS-Gas-Patronen, die sie in den Händen hielten.

Was als eine lokal begrenzte Gasthausschlägerei begonnen hatte, entwickelte sich in Windeseile zu einer ausgewachsenen Straßenschlacht. Die Zahl der in das Handgemenge verwickelten Personen stieg beträchtlich, nachdem eine Bande von Yobbos aus den Mietskasernen auf der gegenüberliegenden Straßenseite in das Geschehen eingriff. Die kahlgeschorenen Liebhaber der stählernen Stiefelspitze wurden geradewegs von den Studenten des Brentforder Dimac- Tempels der Gesellschaft für martialische Künste empfangen, die nach einem Fünfzehn-Meilen-Lauf zu ihrem abendlichen Training humpelten. Keiner dieser Krieger hatte auch nur die leiseste Ahnung, worum es bei der ganzen Sache ging oder welche der Fraktionen vorzugsweise unterstützt werden sollte, und so gab man sich damit zufrieden, seine jeweiligen martialischen Künste aneinander auszuprobieren. Das trug zwar nicht zur Entspannung der Situation bei, doch für die Zuschauermengen, die sich zwischenzeitlich auf dem gegenüberliegenden Bürgersteig eingefunden hatten und sich hinter jedem Fenster drängten, bedeutete es das gewisse Etwas, das einen Aufstand erst zu einem wirklich sehenswerten Erlebnis macht.

Mit eingeschalteten Sirenen und Blaulicht kamen die Einsatzwagen schlitternd hinter einem schwarzen, sichtlich von Kriegswirren gezeichneten achtundfünfziger Cadillac in Luxusausführung zum Stehen. Diese Wendung wurde von den Zuschauern mit sichtlicher Freude und lautem Applaus begrüßt. Viele von ihnen hatten daran gedacht, Stühle und Hocker mitzubringen, um das Schauspiel besser genießen zu können.

Während Hot-Dog-Verkäufer und Eiskremwagen, die ein beinahe magisches Gespür für unerwartete Ereignisse besaßen, sich zwischen den Zuschauern hindurch bewegten, gingen die Brentforder Bobbys zielstrebig an die Arbeit und knüppelten Freund und Feind ohne Unterschied nieder. Mit jeder neuen Gehirnerschütterung ging ein Johlen durch die Menge, und Daumen richteten sich nach unten wie bei den Saisonkartenbesitzern des *Circus Maximus* einer längst vergangenen Epoche.

Ganz hinten im kämpfenden Gewühl drückten sich zwei bärtige Golfergestalten dicht an die Hauswand des *Fliegenden Schwans* und beobachteten das Gemetzel mit vollkommener Fassungslosigkeit.

»Nimm die Karte«, sagte John Vincent Omally. »Ich habe das dumpfe Gefühl, daß woanders dringende Geschäfte auf uns warten.«

Mit so wenig Wirbel wie möglich schoben sie sich

durch den Eingang des *Fliegenden Schwans* und betraten die inzwischen verlassene Salonbar. Verlassen, bis auf einen gewissen Teilzeitbarmann, der schmerz- und bewußtlos in Fetusposition zusammengerollt hinter dem Tresen lag, und einen alten Gentleman mit seinem jungen Hund, die an einem Nebentisch saßen und Domino spielten.

»Gute Nacht euch beiden, Pooley und Omally«, sagte der Alte Pete. »Ich schätze, ihr werdet durch den Hinterausgang verschwinden, wie?«

Pooley griff nach der Karte und schob sie in seine Innentasche.

»Richte Neville bitte mein herzliches Beileid aus«, sagte er. »Ich schätze, es ist wahrscheinlich übertrieben, zu erwarten, daß er mit einer Amnesie zu sich kommt?«

»Das kann man nie wissen«, erwiderte der Alte und wandte sich wieder seinem Spiel zu. »Grüßt Professor Slocombe vielmals von mir.«

Kapitel 17

Professor Slocombe schielte mit profundem Interesse auf die tintenverschmierte, streichholzdurchbohrte topographische Karte der Gemarkung Brentford. Nach einer Weile lehnte er sich zurück und starrte eine nicht unbeträchtliche Zeitlang ins Leere.

»Und?« fragte John, der das Gefühl hatte, eine Ewigkeit unruhig von einem Fuß auf den anderen getreten zu sein. »Hat Pooley recht oder was?«

Der Professor erhob sich aus seinem Stuhl und durchquerte den Raum zu einem seiner Bücherregale. Er zog einen überdimensionierten Folianten hervor und wuchtete ihn auf seinen Schreibtisch.

»Ganz ohne Zweifel«, sagte er mit tonloser Stimme. »Wenn ihr meinen professoralen Stolz entschuldigen mögt, dann will ich euch verraten, daß ich ein wenig eingeschnappt bin. Ich suche seit Wochen nach dem Muster, und ihr beide entdeckt es im Verlauf weniger Stunden.«

»Ich schätze, wir hatten einen natürlichen Vorteil«, erwiderte Omally.

Pooley, dessen verletzte Körperteile allmählich höllisch zu schmerzen anfingen, lag zusammengesunken in einem Lehnstuhl und umklammerte kraftlos den Hals der Whiskykaraffe.

»Ich hoffe, es hilft uns ein Stück weiter« sagte er matt. »Diese Burschen sind eindeutig hinter John und mir her, und ich bin heute abend nur um Haaresbreite dem Tod entronnen.«

»Wir sind noch lange nicht in der Nähe einer Lösung«, erwiderte der Professor mit bleierner Stimme. »Aber wir sind auf dem richtigen Weg.«

Omally spähte dem alten Mann über die Schulter, während Slocombe durch seinen riesigen Folianten blätterte. »Nach was suchen Sie jetzt schon wieder?«

»Dieses Buch ist das Brentforder Grundbuch«, erklärte der Professor. »Die Pubs, die ihr eingezeichnet habt, wurden alle im Verlauf der letzten hundert Jahre gebaut. Bestimmt ist es höchst aufschlußreich, zu erfahren, was vor dem Bau der Häuser dort gestanden hat.«

»Ah«, sagte John. »Ich glaube, ich kann Ihrem Gedankengang folgen.«

»Ich glaube, mein rechter Ellbogen ist gebrochen«, stöhnte Pooley.

Der Professor blätterte einige Seiten vor und zurück. »Ja«, sagte er schließlich. »Hier ist es. Die *Vier Reitersmänner*, errichtet an der Stelle, wo früher eine Viehtränke und der Dorfbrunnen gestanden haben.« Er blätterte ein paar Seiten weiter. »Und hier, das *New Inn*. Dort hat mehrere hundert Jahre lang eine Kutschenstation gestanden, die sich eines exzellenten Kellers und einer natürlichen Frischwasserquelle rühmte. Und 1898 wurde der *Nordstern* errichtet, ein bedeutungsschwangerer Name, wie ihr mir sicher zustimmen werdet. Er steht über dem tiefsten Brunnen von ganz Brentford.« Der Professor schlug krachend das Buch zu. »Ich brauche wohl nicht fortzufahren«, sagte er. »Ich denke, wir alle wissen jetzt, was das zu bedeuten hat.«

»Mein Schlüsselbein ist mindestens dreimal gebrochen«, sagte Pooley.

»Aber es kann sich unmöglich um die Wasserreservoirs handeln«, sagte Omally. »Das ist einfach lächerlich! Aliens fahren doch nicht mit den Brentforder Wasservorkommen als Leuchtfeuer durch das Weltall!

Außerdem hat inzwischen jedes Haus in Brentford fließendes Wasser, jedes Haus im ganzen Land, oder irre ich mich?«

»Du verstehst nicht«, sagte der Professor. »Was wir hier vor uns sehen, das ist ein sorgfältig geplanter unterirdischer Wasserlauf mitsamt der begleitenden elektrischen Felder, die alle unterirdischen Wasserläufe natürlicherweise umgeben, und er kulminiert in einer Reihe von Knotenpunkten. Diese Knotenpunkte kanalisieren die unterirdischen Kraftfeldlinien durch das gesamte System, und sie enden im *Fliegenden Schwan*. Wenn du einen Blick auf die Karte wirfst, wirst du erkennen, daß der Schwan auf exakt einem Drittel der Höhe der von der Themse gebildeten Basislinie des Brentford-Dreiecks liegt. Exakt die gleiche Position wie die Königskammer in der Großen Pyramide. Eine in der Tat sehr mächtige Position.«

»Das alles erscheint mir doch ein wenig überumständlich«, sagte Omally. »Warum stellen sie nicht eine Reihe von Landescheinwerfern auf? Wenn diese Cereanerburschen tatsächlich so gescheit sind, wie Sie behaupten, Professor, dann können sie doch sicherlich das Energieversorgungsnetz anzapfen und ein großes Kreuz aus Lichtern über der Insel schaffen?«

»Möglicherweise«, gestand der Professor. »Vielleicht wären sie imstande, dies für eine Stunde zu tun, vielleicht auch für einen Tag, aber dieses Muster hier strahlt schon seit hundert Jahren in den Weltraum, ohne daß die Menschen es bemerkt oder angerührt hätten. Der Schutz wird durch die Gebäude, die man darüber errichtet hat, sogar noch verstärkt: die Pubs, die gut besuchten Pubs. Wir leben in Brentford, mein Junge, und in Brentford reißt kein Mensch ein Pub ab!«

»Zugegeben«, gab Omally zu, »wir haben keinen Platz für Ikonoklasten hier in Brentford.«

»Dieses Leuchtfeuer könnte noch tausend Jahre lang Energie in den Weltraum abstrahlen. Die schiffbrüchigen Cereaner konnten schließlich nicht wissen, wie lange sie auf ihre Rettung warten mußten.«

»Diese Rippe hier ist ohne jeden Zweifel gebrochen«, sagte Pooley und betastete seinen Brustkorb.

»Dann ist wahrscheinlich alles verloren«, sagte Omally.

»Ich sagte nicht, daß ich tödlich verletzt bin!« entgegnete Pooley. »Aber ein oder zwei geschickte Chirurgen könnte ich schon gebrauchen.«

Professor Slocombe strich sich über das Kinn. »In diesem Augenblick«, sagte er, »ist die Streitmacht der Cereaner irgendwo dort draußen in der Milchstraße und unterwegs zu ihrer Heimatwelt. Und wenn sie keine mehr vorfindet, wird sie sich der Erde zuwenden, angelockt von den Nachkommen ihrer gestrandeten Vorfahren. Wenn sie nicht zerstört oder anderweitig abgelenkt werden, landen sie ohne Zweifel in diesem Gebiet. Ich glaube nicht, daß wir Worte wie: ›Wir bringen Grüße von einem fernen Stern‹ von ihnen erwarten können, wie sie eine kosmische Superrasse ansonsten ohne Zweifel bei ihrer Ankunft überbringen würde. Wir müssen an dieser Sache arbeiten; ich glaube nicht, daß es keinen Ausweg gibt.«

»Mein Knöchel ist ebenfalls hinüber«, sagte Pooley. »Ich werde den Rest meines Lebens humpeln.«

»Steck dir eine Socke in den Mund, Pooley«, sagte Professor Slocombe.

»Aber ich bin verwundet!« beschwerte sich der verwundete Pooley. »Irgend jemand könnte ruhig ein wenig Mitleid zeigen!«

»Ich glaube, du begreifst nicht den Ernst unserer Lage.«

»Ganz im Gegenteil«, sagte Jim und wackelte mit einem rechten Handgelenk, das ganz offensichtlich Arbeit für die chirurgische Klinik bedeutete. »Ich habe noch nie eine Folge von ›Akte-X‹ verpaßt. Zugegeben, ich war während des Vorspanns meistens auf dem Lokus oder bin in den letzten fünf Minuten eingeschlafen, aber ich weiß trotzdem, wovon ich rede. Nichts von alledem erscheint mir wie Science Fiction. Sachen wie diese passieren einfach nicht im Schatten der Gasometer. Aliens, die die Erde erobern wollen und von denen wir alle wissen, daß sie grüne Hautfarbe besitzen und auf der Titelseite des Eagle abgebildet sind, fummeln nicht an der Wasserversorgung von Brentford herum oder stellen sich Pubs in bequeme Reichweite. Ich möchte diese Gelegenheit nutzen, meine Meinung kundzutun und die ganze Idee als Spinnerei zu bezeichnen. So etwas wie die Akte Brentford gibt es einfach nicht.* Meine Knie gehören in einen Breiumschlag, und ich spüre ganz genau, daß mehr als eine Füllung locker ist.«

* Obwohl es ein Buch dieses Titels gibt und Pooley sich gerade darin befindet. An dieser Stelle könnte man einige philosophische Betrachtungen über Fiktion und Realität einflechten, da die Handlung aber so spannend ist, verzichten wir darauf (im Augenblick) – und wer weiß, vielleicht sind auch Sie, der *Die Akte Brentford* gerade liest, ja auch nur ein Gespinst, eine Wunschvorstellung des Lektors sozusagen. Vielleicht existieren Sie nur in meiner Vorstellung. Vielleicht existiert alles nur in meiner Vorstellung. Vielleicht hat A. Merz diesen Roman gar nicht übersetzt, Robert ihn gar nicht geschrieben. Ja, vielleicht existiert gar der Bastei-Lübbe-Verlag nicht, der wundersamste Verlag, der jemals existierte – und wenn, ist das dann ein Widerspruch? ... Ach, lesen Sie doch alleine weiter. Mir dreht sich alles. Ich geh' jetzt erst mal einen trinken. In den Fliegenden Schwan ... falls der überhaupt existiert. (Anm. des Lektors (nach Niederschrift geflüchtet))

»Einer meiner Onkel hat Verbindungen zu den Provos«, sagte Omally. »Wenn Sie gestatten, daß der *Fliegende Schwan* stehen bleibt, kann ich es vielleicht einrichten, daß die anderen Läden von Brentford dem Erdboden gleichgemacht werden.«

Professor Slocombe lächelte nachsichtig. »Das ist vielleicht ein wenig zu extrem«, sagte er. »Ich bin sicher, wir finden eine weniger drastische Lösung.«

»Kein Schwein hört auf mich!« jammerte Pooley und schmollte.

»Wie ich die Sache sehe«, sagte Slocombe, »bildet der *Fliegende Schwan* das Epizentrum der gesamten Konfiguration. Er ist so angeordnet, daß er genau im Brennpunkt steht. Die abgeschirmten Erdfelder fließen durch die Konstellation und kulminieren im *Schwan*. Irgendwo in der Bar oder darunter muß es etwas geben, in das die Energie fließt. Irgend etwas, das als lokatives Zentrum oder Kommunikationsboje für diese Wesen fungiert. Aber ich habe nicht die leiseste Ahnung, was das sein könnte.«

»Vielleicht die Darts-Mannschaft«, sagte Pooley. »Wir sind seit fünf Jahren im Besitz der Meisterschale. Vielleicht haben Ihre Außerirdischen die Mannschaft infiltriert und führen ihre Kameraden durch eine Reihe von sorgfältig geplanten Double-Tops hierher?«

»Du hast nicht vor, dich querzulegen, Jim?« erkundigte sich der Professor.

»Wer, ich? Mit einem eingefallenen Lungenflügel und einer verletzten Hirnrinde? Nicht die Spur, Professor.« Pooley nahm das Glas mit einer zerkratzten Faust auf und füllte es nach.

»Jetzt, da wir wissen, wo wir suchen müssen«, sagte der Professor, »kann es doch sicher nicht so schwer sein, es zu finden?«

»Aber nach was suchen wir?« fragte Omally. »Wir haben nichts außer dem Brentford-Dreieck und dem Sternbild des Großen Wagens.«

»Ich werde es finden«, sagte Pooley.

»Pooley wird es finden«, sagte Omally. »Eins führt zum andern, doch wir bewegen uns immer nur im Kreis. Nach was suchen wir?«

»Ich schätze, ich kann halbwegs beschreiben, was es sein muß«, sagte der Professor. »Wir suchen nach einem Produkt hochentwickelter Technologie. Etwas, das die gewaltigen Energiemengen nutzt, die hineingespeist werden, und letzten Endes als kosmisches Leuchtfeuer dient. Es muß im Verlauf des letzten Jahres oder so in den *Fliegenden Schwan* geschafft worden sein, denn erst zu diesem Zeitpunkt erlangten die hier gestrandeten Cereaner Kenntnis von der heimkehrenden Flotte und wollten ihre Anwesenheit auf der Erde kundtun.«

Pooley zuckte die Schultern. »Ein Produkt hochentwickelter Technologie also, was? Etwas, das mit seiner eigenen Energieversorgung arbeitet und erst seit kurzer Zeit im *Fliegenden Schwan* steht. Ich wüßte nicht, worauf diese Beschreibung zutreffen könnte. Es müßte schon verdammt gut getarnt ...« Er verstummte mitten im Satz. Ein Bild war plötzlich in seinem Gehirn entstanden, so deutlich und kristallklar, daß es alles andere überstrahlte. Es war das Bild eines großen, sperrigen Objekts, das mit einer Plane abgedeckt und mit Verpackungsdraht gesichert war und das summte und summte und summte.

»Bei den Feuern aller brennenden Märtyrer!« entfuhr es John Omally. »Es hat uns seit Monaten ins Gesicht gestarrt, und wir hatten nicht die geringste Ahnung!«

»Was ist es?« erkundigte sich der Professor. »Ihr wißt es, gebt es zu!«

»O ja«, sagte Jim Pooley. »Wir wissen es, und wir kennen es ganz genau. Aber glauben Sie mir, Professor, dieses Ding wird nicht so leicht abzuschalten sein. Wir werden einen Elektronikspezialisten mit dem Verstand eines Einstein benötigen, um es auseinanderzunehmen, und wo sollen wir in Brentford so jemanden finden?«

Norman Hartnell war nicht gerade das, was man einen glücklichen Mann nennen konnte. Neben der Tatsache, daß er Lokalverbot im *Fliegenden Schwan* erhalten hatte und die nächste Darts-Nacht rasch heranrückte, neben dieser Tatsache, die allein ausreichte, um eine empfindsame Seele wie Norman in den Selbstmord zu treiben, bereitete ihm auch sein schwereloses Kamel nicht eben wenig Kopfzerbrechen. Es war noch immer sicher in seiner Mietgarage angebunden und wurde zwar von seinem ausgedehnten Kohlkonsum ständig dicker, doch es machte keinerlei Anstalten, wieder auf den Boden der Tatsachen zurückzukehren. Über diese beiden unlösbaren Probleme hinaus verursachten dem Kioskbesitzer auch die frühzeitige Entlassung des Kleinen Dave aus dem Brentforder Hospital und seine beunruhigenden Beobachtungen einige Bauchschmerzen. Er mußte zusehen, daß er das Kamel schleunigst loswurde. Es war ein belastender Beweis gegen Norman, wie man es auch drehen und wenden mochte, und er hatte das ungute Gefühl, daß der Kleine Dave hinter ihm herspionierte. Der kleine, widerliche, hinterhältige, mißmutige Bastard schien jede seiner Bewegungen zu überwachen. Falls Norman je die Große Pyramide von Cheops aus ihrer gegenwärtigen Verankerung zu ihrem geplanten neuen Standort auf dem Brentforder Fußballplatz schaffen wollte, dann durfte er auf keinen Fall zulassen, daß der zwergenhafte Postbote andauernd hereinplatzte und alles zunichte machte, bevor das Projekt vollendet war.

Norman ließ sich in seinen Küchenstuhl sinken und dachte angestrengt nach. Die Kaminuhr schlug sieben, und einmal mehr war es an der Zeit, das Kamel zu füttern.

Norman blickte sich um, und Verzweiflung drohte ihn zu übermannen. Vielleicht sollte er die Garage einfach in die Luft jagen. Das Dumme war nur, daß er sich in der Zwischenzeit ziemlich an den alten Vierbeiner gewöhnt hatte.

Als Junge hatte er nie ein Haustier halten dürfen, und Hunde hatten es ihm auch nicht sonderlich angetan. Aber Simon, nun, Simon war anders. Er biß einen nicht in die Waden und kletterte nicht auf die Sitzmöbel. Zugegeben, er tat überhaupt nicht viel mehr, als in seinem Pferch zu schlafen und laut nach Futter zu brüllen, wenn er hungrig war, aber das Viech hatte etwas an sich, das Norman berührte. Vielleicht war es seine Hilflosigkeit, die Tatsache, daß es in jeder nur denkbaren Hinsicht auf ihn angewiesen war. Vielleicht war es die Tatsache, daß er Simon für sich ganz alleine hatte, daß keine andere Menschenseele ihn streicheln oder ihm Süßigkeiten geben konnte. Was auch immer. Simon war in Ordnung. Er war preiswert im Unterhalt, da er vom Kohl des Kleinen Dave lebte, und seine Losung war hervorragender Dung für die Rosen. Norman fragte sich einen hellen Augenblick lang, ob man Kamele vielleicht dazu erziehen konnte,

Zwerge zu fressen; der Kleine Dave würde kaum mehr als einen oder zwei Bissen hergeben. Eine Schande, daß Kamele ausschließlich vegetarisch lebten.

Norman erhob sich aus seinem Stuhl, zog den heruntergekommenen Mantel an und schaltete die Küchenbeleuchtung ab. Leise ging er durch den dunklen Laden nach vorn, trat zur Glastür und spähte auf die Ealing Road hinaus. Draußen schien alles ruhig, bis auf das Geräusch der Polizeisirenen in der Ferne.

Der Kleine Dave war nirgendwo zu sehen.

Der Eckladenbesitzer schob den Riegel zurück und schlüpfte in die Nacht hinaus. Er huschte durch die Albany Road davon und blieb im Schatten, wann immer möglich.

Er eilte durch die menschenleere Straße und warf immer wieder verstohlene Blicke um sich, um sicherzugehen, daß er nicht verfolgt wurde.

Der junge Chips, auf dem Heimweg vom Hundeäquivalent einer Jägerversammlung, beobachtete den Ladenbesitzer ein paar Augenblicke.

Was hat Norman denn so spät noch vor? fragte er sich, *und wer ist dieser kleine Bursche in der viktorianischen Tracht, der ihm so dicht auf den Fersen folgt? Wäre ich nicht der Halbhund, der ich zu sein glaube, würde ich behaupten, daß das niemand anderes als der berühmte amerikanische Schriftsteller ist, dieser Edgar Allan Poe.* Geistesabwesend kratzte er sich ein ungezieferverseuchtes Ohr, hob das Hinterbein am Morris Minor eines Nachbarn und setzte schließlich seinen Heimweg fort.

Norman erreichte das Tor zur Schrebergartenkolonie und blickte sich suchend um. Er hatte das unheimliche Gefühl, verfolgt zu werden, doch da niemand zu sehen war, führte er es auf seine angekratzten Nerven zurück und den Dietrich in das Schlüsselloch.*

Ein fahler Mond schien auf die Gärten herab, und kein lebendiges Wesen sah ihn mit seiner Beute davongehen, nachdem Norman mit dem bereits stark dezimierten Kohlbeet vom Kleinen Dave fertig war.

Die Reihe verschlossener Mietgaragen lag in tiefer Dunkelheit. Norman schob das Tor in seiner gut geölten Führung nach oben. Nichts rührte sich in der Brentforder Nacht.

»Simon«, sagte er mit verlockender Stimme. »Happi-Happi.«

Er schloß das Tor hinter sich und betätigte den Lichtschalter, und Helligkeit überflutete den winzigen Schuppen. Simon starrte ihn von seinem ungemütlichen Horst herab an, und Norman suchte nach einer Spur von Gefühlsregung in dem grotesken Gesicht der Kreatur.

»Ham-Ham«, sagte er freundlich. »Essenszeit.«

Falls Kamele überhaupt imstande sind, Emotionen zu zeigen, außer dem langweiligen Auskeilen, wenn sie in die Ecke gedrängt werden, dann war Simon jedenfalls merkwürdig zurückhaltend damit. Das große häßliche Vieh tat nicht viel mehr, als in der Luft zu hängen, ein wenig zu sabbern und hin und wieder zu furzen.

»Du frecher Bengel«, sagte Norman. »Ich hab' dir dein Lieblingsfutter mitgebracht.«

Hinter Norman schob sich Edgar Allan Poe durch das verschlossene Garagentor und stand im Schatten,

* Wow! Ein echtes Zeugma (oder eine semantische Syllepse, wenn Sie so wollen). Wer hätte das Herrn Merz zugetraut? (Anm. des Lektors, der soeben von seinem solipsistischen Ausflug in den Fliegenden Schwan zurückgekehrt ist.)

von wo aus er Norman dabei zusah, wie er einen Narren aus sich machte. Simon erblickte Edgar sofort, und Simon mochte den Anblick dieses Burschen nicht im geringsten.

»Waaaaaaark!« machte Simon, das Null-G-Kamel.

»Na komm schon«, sagte Norman und fuchtelte beruhigend mit den Händen. »Du mußt keine Angst haben. Es ist nur Kohl. Dein Lieblingsgemüse.«

»Waaaaaaark!« fuhr die untröstliche Bestie unbeeindruckt fort.

»Schschscht!« sagte der Kioskbetreiber. »Nun beruhige dich bitte wieder!«

»Waaaaaaark!« machte Simon und zappelte an der Decke zwischen den Dachbalken.

»Jetzt hör schon auf! Hör auf damit!« Norman fuchtelte hektisch mit den Kohlblättern vor Simons Nase. »Du weckst noch die ganze Nachbarschaft auf!«

Edgar Allan Poe war fasziniert. Die Zeiten hatten sich eindeutig geändert, seit er über die Erde gewandelt war. Der Kleine Dave hatte viel Zeit damit verbracht, ihm einzuhämmern, wie wichtig es sei, ein Kamel zu finden. Aber die Entdeckung, daß Menschen jetzt tatsächlich Kamele als Haustiere hielten und daß sie obendrein nicht länger durch Gravitation an den Planeten ihrer Geburt gefesselt waren ... Das war nicht schlecht, wirklich nicht.

»Ich will verdammt sein«, sagte Edgar Allan Poe.

John und Jim nahmen einen Umweg nach Hause. Nach dem Zwischenfall am frühen Abend im *Fliegenden Schwan* verspürten sie nicht die geringste Lust, durch die Schrebergärten zu laufen. Die Nacht war kühl und wolkenlos. Sie schlichen durch die Straßen und teilten sich eine letzte Woodbine, als sie von lauten, entsetzlich klagenden Schreien aufgeschreckt wurden.

»Was ist das?« Pooley hielt mitten im Schleichen inne.

Omally spähte die verlassene Straße hinauf und hinunter und über die Schulter in die Richtung, wo die Schrebergartenkolonie an eine Gegend von äußerster Schwärze stieß.

»Der klagende Gesang der Weißen Frau«, sagte er und bekreuzigte sich. »Zuhause in meiner Heimat hätte niemand fragen müssen, was für ein Geräusch das ist. Jeder hätte sich still und heimlich davongestohlen und mit dem Kopf in der Familienbibel und den Füßen in der Asche des Kaminfeuers geschlafen.«

»Ich habe die Iren nie ganz verstanden«, sagte Jim und bekreuzigte sich ebenfalls, für alle Fälle und so. »Allerdings bin ich überzeugt, daß sie schon immer ein Volk mit gesundem Menschenverstand waren, weswegen ich denke, daß auch wir uns jetzt besser still und heimlich davonstehlen sollten.«

Ein weiterer entsetzlicher Schrei hallte durch die Nacht und ließ die Haare auf zwei ungewaschenen Hälsen zu Berge stehen. Pooleys Zähne klapperten laut.

Diesmal jedoch wurde der Schrei beinahe augenblicklich beantwortet, und zwar mit einer merkwürdig beruhigenden Serie von Flüchen und Beschimpfungen, die nur aus einer einheimischen und sehr lebendigen Kehle entsprungen sein konnten.

»Ist das das, was ich denke, daß es ist?« erkundigte sich Pooley.

»Falls du einen gewissen Elektronikexperten mit dem Gehirn dieses Albert E. Neum … Einstein meinst, auf den du vorhin angespielt hast, dann denke ich, es könnte sich in der Tat um denselben handeln.«

Die beiden Männer strengten ihre Ohren an und lauerten auf ein weiteres Geräusch, doch es kam keines mehr.

Langsam setzten sie sich wieder in Bewegung, bis sie vor einer Reihe abgesperrter Mietgaragen erneut stehenblieben.

»Würdest du einmal einen Blick dorthin werfen?« bat Omally seinen Kumpan und deutete auf einen schmalen orangefarbenen Lichtstreifen, der unter einem der Garagentore hindurch nach draußen fiel. »Für was würdest du das halten?«

»Ich würde es für eine weitere Falle halten«, antwortete Jim. »Ich habe erst vor kurzem eine sehr unangenehme Erfahrung gemacht, was das ungebetene Betreten fremder Schuppen anbelangt.«

Omally erschauerte. Die Erinnerung an das eisige schwarze unterirdische Meer war noch frisch in seinem Kopf. »Also rätst du zur Vorsicht?« fragte er und schlich näher an das Tor, um mit angelegtem Ohr zu lauschen.

Und das war genau der Augenblick, in dem ein gewisser amerikanischer Schriftsteller eines vergangenen Jahrhunderts, erschüttert vom Anblick eines schreienden Null-G-Kamels, seinen Abgang aus Normans Garage machte. Er schob sich mitten durch das Holz des massiven Garagentors und landete im lauschenden Omally. Einen schrecklichen Sekundenbruchteil lang verschmolzen die beiden Gestalten, eine davon fest und mit einem starken Alkoholgeruch behaftet, die andere ektoplasmisch und wahrscheinlich unfähig, sich mit irgendeinem Geruch zu behaften.

»Heilige Maria, Mutter Gottes!« kreischte Omally und umklammerte seinen Schädel. »Der Teufel persönlich hat mir seinen kalten Finger ins Ohr gesteckt!«

»Ist da jemand?«

Norman wirbelte in der Garage herum und starrte auf die Tür. Simon war verstummt, seit er einen Kartoffelsack wie eine Falkenhaube über dem Kopf trug.

»Die Nachtwächter«, sagte Pooley wenig überzeugend. »Hört ihr Leut' und laßt euch sagen, unsere Uhr hat zwölf geschlagen ... und alles ist in Ordnung. Gute Nacht, Fremder.«

»Pooley, bist du das etwa?«

»Norman?«

Das Garagentor hob sich ein paar Fuß, und Normans Gesicht tauchte auf. Er spähte unter dem Tor hindurch nach draußen.

»Ist der Kleine Dave bei dir?« erkundigte sich der geplagte Ladenbesitzer.«

»Du meinst diesen kleinen hinterlistigen mißmutigen Bastard? Ganz bestimmt nicht.«

Norman kletterte unter dem Tor hindurch nach draußen und zog es rasch hinter sich zu.

»Ich hab' nur mal eben meinen alten Morris Minor inspiziert«, sagte er.

»Das klingt in meinen Ohren wenig glaubwürdig«, entgegnete Omally.

»Ich hatte Schwierigkeiten beim Einlegen der Gänge, weiter nichts.«

»Komm, ich werfe rasch einen Blick darauf.« Omally grinste über das ganze Gesicht. »Ich kenne die alten Morris-Motoren wie meine Westentasche.« Er streckte die Hand nach dem Griff des Garagentors aus, doch Norman verstellte ihm hastig den Weg.

»Mach dir keine Mühe«, sagte er. »Es ist nichts, womit ich nicht zurechtkäme.«

»Ich versichere dir, es macht keine Mühe. Ich habe keine abendlichen Verabredungen mehr, und die Nacht ist noch jung. Laß mir einfach den Garagenschlüssel da, und ich werfe ihn bei dir in den Briefkasten, sobald ich mit deinem Wagen fertig bin.«

»Du bist die Hilfsbereitschaft in Person«, sagte Norman. »Aber ich kann das wirklich nicht von dir verlangen. Mein Gewissen würde es mir nicht gestatten. Warte, ich schließe nur eben ab, und dann gehen wir zusammen nach Hause.« Er beeilte sich, den Schlüssel ins Schloß zu schieben und umzudrehen.

»Vielleicht solltest du das Licht ausmachen, bevor wir gehen«, bemerkte Jim Pooley.

Normans Hand schwebte über dem Garagentorgriff. Ein Ausdruck quälender Unentschlossenheit überschattete sein Gesicht.

»Erlaubst du?« fragte John Omally und schob den Kioskbesitzer zur Seite. Er packte den Griff fest mit beiden Händen. »Ich sollte wirklich rasch einen Blick auf deinen Wagen werfen, bevor wir gehen.«

»Bitte ... nicht!« jammerte der Ladenbesitzer, doch es war zu spät. Das Tor flog nach oben, und das Licht aus der offenen Garage flutete auf die Straße. Normans Geheimnis war für alle Welt zu sehen.

Pooley wich einen Schritt zurück.

»Mein Gott«, flüsterte er heiser. Mehr hatte er nicht zu sagen.

Omally bestand da aus ganz anderem Holz. »Na, das ist ja wirklich ein Ding!« sagte er und stieß dem geduckt dastehenden Norman den Ellbogen in die Rippen. »Das ist allerdings ein Ding!«

Normans Gehirn überschlug sich, doch er gab sein

Bestes, nach außen hin gelassen und nichtssagend aufzutreten.

»So, jetzt wißt ihr es«, sagte er. »Zufrieden? Und jetzt, wenn es euch nichts ausmacht? Es ist schon spät.«

Omally trat in die Garage und deutete nach oben. »Norman«, sagte er leise, »da oben schläft ein Kamel auf deinen Dachbalken.«

»Ein Kamel?« erwiderte Norman. »Ein Kamel? Ich sehe kein Kamel.«

»Doch, doch! Es handelt sich ganz definitiv um ein Kamel«, sagte John. »Wäre es ein Dromedar, hätte es nur einen Höcker.«*

»Du hast getrunken, was?« fragte Norman. »Ich versichere dir, hier gibt es nichts außer meinem alten Morris Minor mit dem hakeligen Getriebe. Ich habe schon von Leuten gelesen, die an solchen Halluzinationen litten, wenn sie zuviel getrunken haben. Kommt, laßt uns von hier verschwinden. Reden wir einfach nicht mehr davon.«

»Das ist definitiv ein Kamel!« sagte Jim Pooley.

»Ach du meine Güte!« sagte Norman und schüttelte den Kopf. »Ein weiteres Opfer von Bacchus, und noch so jung dazu!«

»Warum ist es oben zwischen den Dachbalken?« erkundigte sich Pooley. »Ich war bisher eigentlich immer der Meinung, daß Kamele ein Nest auf Bodenhöhe und in sonnigeren Regionen bevorzugen?«

»Vielleicht eine neue Züchtung?« vermutete Omally. »Vielleicht hat Norman eine neue Kamelrasse erschaffen, die er vor der Welt geheimhalten möchte?

* Simon hat zwei. Unser Titelbild-Illustrator Arndt Drechsler hat es extra ganz deutlich gemacht. Schauen Sie ruhig nach!

Ein derartiges Kamel würde das Reisen durch die Wüste ganz ohne Zweifel revolutionieren!«

Norman kaute auf seiner Unterlippe.

»Bitte sei vorsichtig, wo du stehst, Omally«, sagte er. »Die Motorhaube ist frisch lackiert, und die Grundierung ist noch nicht ganz trocken.«

Omally legte den Arm über die Schultern des Ladenbesitzers. »Warum hörst du nicht endlich auf damit?« fragte er. »Ich gestehe gerne, daß du in mentaler Hinsicht ein furchteinflößender Gegenspieler bist, aber du wirst doch sicher selbst bemerkt haben, daß das Spiel vorbei ist? Ich bitte dich, hör endlich mit dem Unsinn auf.«

»Verkratz mir nicht das Reserverad mit deinen Stiefelnägeln«, sagte Norman.

Pooley hob die Hand, um etwas zu sagen.

»Wenn ich einen Vorschlag machen dürfte«, begann er. »Ich denke, wir könnten die Angelegenheit ganz rasch mit einer praktischen Demonstration klären.«

»Aha?« erkundigte sich Norman zweifelnd.

»Nun, du bist der Meinung, Omally und ich würden an irgendeiner Art mentaler Aberration bezüglich dieses Kamels leiden, nicht wahr?«

»In der Tat.«

»Und wir sagen, dein Morris Minor fällt nur durch seine völlige und totale Unsichtbarkeit auf.«

»Hä?«

Pooley zog sein Feuerzeug aus der Tasche und zündete es an. »Du läßt deinen Morris an«, sagte er, »und ich toaste die Füße vom Kamel.«

»Nein, nein!« Norman wurde mit einem Mal hektisch. »Auf keinen Fall! Wage es nicht, die Füße von meinem Simon zu rösten!«

»Also Simon heißt es?« erkundigte sich Pooley.

Norman sank auf die Knie und fing erbarmungswürdig an zu schluchzen. Omally gestikulierte Pooley, das Garagentor herabzulassen, und Jim tat, wie ihm geheißen.

»Na, komm schon«, sagte Omally zu dem verzweifelten Ladenbesitzer. »Du mußt dich nicht so unter deine Würde begeben. Wir sind es, die sich in deine privaten Angelegenheiten gemischt haben. Wir werden bestimmt nichts sagen. Wir sind beide Männer äußerster Diskretion, oder nicht, Jim?«

»Wir sind nachgerade berühmt dafür.«

»Und wir gehören beide nicht zu der Sorte von Männern, die solche Situationen zu ihrem Vorteil auszunutzen suchen, nicht wahr, Jim?«

»Ganz gewiß nicht.«

»Obwohl diese Manifestation ganz ohne Zweifel von solcher Einmaligkeit ist, daß jeder Zeitungsreporter, der seinen Namen verdient, eine hübsche Summe für ein Exklusivinterview zahlen würde.«

»Halt, sag nichts mehr!« stöhnte Norman zwischen Schluchzern. »Nennt euren Preis. Ich bin ein armer Mann, aber wir können uns bestimmt einigen. Vielleicht räume ich euch höheren Kredit ein?«

Omally hob die Hand.

»Sir!« sagte er. »Wollen Sie damit vielleicht andeuten, daß ich mich zu erpresserischen Gemeinheiten hinreißen lasse? Daß ich tatsächlich fähig wäre, unserer langjährigen Freundschaft aus den niedersten Beweggründen die Basis zu entziehen?«

»Ganz genau das«, sagte Norman angewidert.

»Nun dann, mein Herr!« fuhr Omally fort und rieb sich die Hände. »Kommen wir also zum geschäftlichen Teil. Wir wollen dir nämlich einen Vorschlag unterbreiten, Norman.«

Kapitel 18

Nachdem er Normans Garage in den frühen Morgenstunden verlassen hatte, fand Pooley wenig Freude am Komfort seines behaglichen Betts. Er hatte staunend und nicht wenig entsetzt den unglaublichen Enthüllungen gelauscht, die Omally dem Kioskbesitzer geschickt entlockt hatte. Obwohl Jim immer wieder betont hatte, daß die Theorie von der erdbalancierenden Pyramide, die Norman bei einem lange zurückliegenden Mittagessen zufällig belauscht hatte, aus den Seiten eines alten Comicbuchs entliehen war, hatte wie üblich wieder einmal niemand auf ihn hören wollen. Und die kleinen, kurzen Schlafphasen, die er mühselig zustande brachte, waren mit Alpträumen von schwebenden Kamelen, materialisierenden Pyramiden und angreifenden Weltraumwesen ausgefüllt.

Gegen sechs Uhr morgens dämmerte Pooley die Erkenntnis, daß er in dieser Nacht wohl keinen erholsamen Schlaf mehr finden würde. Er zog sich einen Mantel über, setzte sich einen Klapphut auf und trottete in Richtung des professoralen Hauses davon.

Der alte Mann saß wie immer an seinem Schreibtisch und studierte in seinen Büchern, und es sah ganz danach aus, als bereite er sich wieder einmal auf das Schlimmste vor.

Ohne aufzublicken, winkte er Pooley in einen Lehnsessel und sagte dann: »Ich hoffe nur, du hast das Rätsel nicht in den paar Stunden gelöst, die du weggewesen bist?«

»Teilweise«, erwiderte Pooley ohne Begeisterung. »Aber diesmal ist es Johns alleiniger Verdienst, wie ich gestehen muß.«

Der alte Mann schüttelte den Kopf. »Hast du jemals das Gefühl, daß wir im großen und ganzen nicht die Herren unseres Schicksals sind?« fragte er.

»Nie«, antwortete Jim. »Nicht im geringsten.«

»Und was hast du mir zu berichten?«

»Es wird Ihnen nicht gefallen.«

»Hat es das jemals?«

Pooley schielte zu der Whiskykaraffe, die ihm eine Quelle steter Inspiration war, doch sein Magen gab ein unaussprechliches Geräusch von sich.

»Hast du nicht Lust, mit mir zusammen zu frühstücken, Jim?« fragte der Professor. »Ich pflege nämlich um diese Zeit eine Kleinigkeit zu mir zu nehmen.«

»Sehr gerne, Professor. Ehrlich gesagt, ich bin halb am Verhungern.«

Der Professor läutete eine kleine burmesische Messingglocke, und innerhalb weniger Sekunden ertönte ein Klopfen an der Tür des Arbeitszimmers und kündete die Ankunft von Professor Slocombes ältlichem Faktotum Gammon an.

Der Butler war mit einem übergroßen Tablett bewaffnet, das bis zum Rand mit einem üppigen Frühstück für zwei Personen beladen war.

Nun war Pooley an der Reihe, den Kopf zu schütteln. »Er konnte unmöglich wissen, daß ich hier bin!«

Professor Slocombe lächelte.

»Willst du mich dazu bringen, meine kleinen Geheimnisse zu verraten?« erwiderte er fröhlich. »Was wäre ich ohne meine kleinen Zauberkunststücke?«

»Sie besitzen genügend für zwanzig«, sagte Jim.

»Dann verrate ich dir dieses eine, weil es wirklich nichts Besonderes ist.«

Er klingelte erneut mit der kleinen Glocke, und Gammon blickte vom Kaffee auf, den er gerade in feinstes Dresdner Porzellan schenkte. »Sehr wohl, Sir«, sagte er. »Zwei Stück Zucker.«

»Es ist ein Klingelkode!« sagte Jim, als er begriffen hatte.

Das alte Haupt des Professors vollzog eine nickende Bewegung. »Du hast mich durchschaut«, sagte er. In Wirklichkeit war Pooley allerdings weit davon entfernt, den Professor zu durchschauen.

Auf ein telepathisches Kommando hin zog Gammon sich wieder zurück und schloß hinter sich die Tür. Pooley machte sich an die Vernichtung der dampfenden Ladung Proviant. Zwischen gewaltigen Bissen und hektischen Kaubewegungen gab er sich die größte Mühe, dem Professor alles zu berichten, was er in der vorangegangenen Nacht gesehen und gehört hatte.

Professor Slocombe stocherte geziert in seiner morgendlichen Mahlzeit herum und lauschte mit großem Interesse Pooleys Bericht.

Als Pooley seinen ausschweifenden, unzusammenhängenden und nicht wenig wirren Monolog beendet hatte, erhob der Professor sich und nahm eine türkische Zigarette aus der polierten Dose. Er zündete sie mit einem glühenden Span aus dem Kamin an und winkte Pooley durch den blauen Dunst hindurch zu. »Du willst dich ganz bestimmt nicht auf meine Kosten lustig machen, Jim Pooley, nicht wahr?«

»Ich schwöre!«

»Also: Norman Hartnell hat ein Kamel in seiner Mietgarage, das er aus dem Nildelta herbeiteleportiert hat und das ganz offen sämtliche Gesetze der Gravitation mißachtet?«

»Nicht offen, Professor. Norman hält sein Kamel in der Garage versteckt.«

»Und er will die Erdachse verschieben, indem er die Große Pyramide von Cheops auf den Brentforder Fußballplatz teleportiert?«

»Sie besitzt ungefähr die gleiche Größe.«

Professor Slocombe befingerte sein rechtes Ohrläppchen.

»Das sind wirklich sehr interessante Zeiten, in denen wir leben«, sagte er schließlich.

Pooley zuckte die Schultern und schob sich eine übriggebliebene Portion Toast in den Mund.

»Die Vorstellung besitzt selbstverständlich einen gewissen Reiz, wie ich zugeben muß«, sagte Professor Slocombe. »Ich sollte mich vielleicht sogar hinsetzen und mit einem Rechenschieber an die Aufgabe gehen. Für den Augenblick denke ich allerdings, es wäre besser, wenn wir ihn von seinem Vorhaben abbringen. Ich denke sogar, wir sollten seinen Plan im Keim ersticken.«

»Ich schätze, diese Aufgabe können John und ich in unserem engen Terminplan unterbringen«, erwiderte Pooley sarkastisch.

Der Professor hob eine Augenbraue, und Pooley verstummte toastkauend wieder.

»Wie weit ist Normans Projekt deiner Meinung nach fortgeschritten?«

Pooley zuckte erneut die Schultern. »Es dauert schon noch ein paar Tage, nach dem zu urteilen, wie er geredet hat. Omally hat in einem seiner üblichen genialen Augenblicke vorgeschlagen, daß er sich vielleicht nützliche Teile aus der Captain Laser Alien Attack Maschine ausbauen könnte, sobald er sie erfolgreich kaputtgemacht hat. Die Idee hat Norman augenblicklich begeistert. Vielleicht nicht gerade die dünne Aussicht, die Menschheit zu retten, wie wir sie kennen, sondern vielmehr die Sicherheit, wieder in den *Fliegenden Schwan* zu dürfen, und zwar rechtzeitig für das Darts-Turnier, wie Omally ihm versprochen hat.«

»Sicher, es wäre sehr schön, wenn wir das alles noch vor dem Turnierabend hinter uns bringen könnten«, sagte der Professor begeistert. »Ich habe nämlich einen Tisch im Schwan reserviert. Ich möchte mir das Turnier um nichts in der Welt entgehen lassen.«

»Wollen wir beten, daß es nicht soweit kommt«, sagte Pooley. »Besteht vielleicht die Aussicht auf ein paar weitere Toasts?«

Der Professor griff nach seiner kleinen Messingglocke.

»Ich weiß mit hundertprozentiger Sicherheit, daß Sie keine Klingel dazu brauchen«, sagte Jim.

»Der Toast ist unterwegs«, erwiderte der Professor und lächelte breit.

Neville humpelte voller Schmerzen die Stufen zu seinem Zimmer hinauf. Er hatte die dicke Mittwochsausgabe des Brentforder Merkur bei sich, die unerwartet durch den Briefkastenschlitz des *Fliegenden Schwans* geplumpst war. Er stellte die Zeitung vor seinen Marmeladentopf und ließ sich mit zusammengebissenen Zähnen auf den bunten Schwimmreifen nieder, der ein wenig unpassend auf seinem Eßtisch lag.

Während er seinen Kaffee trank, überflog er das Extrablatt des *Brentforder Merkurs*.

HOLOCAUST
IN BRENTFORD!

schrie die sechs Zoll hohe Headline mit typisch zurückhaltendem Konservatismus. ›Zahlreiche Festnahmen im Verlauf der Schlacht von Brentford, rivalisierende Straßenbanden prallen in offener Auseinandersetzung zusammen.‹

Neville schüttelte voller Verwunderung den Kopf. Wie hatte das alles nur angefangen? Er erinnerte sich nicht genau. Pooley und Omally waren in die Sache verwickelt, das schien sicher. Er würde ihnen ohne weiteres Aufheben Lokalverbot erteilen.

Neville stöhnte kläglich und umklammerte seine empfindlichen Körperteile. Er konnte es sich nicht leisten, weitere Stammkunden aus dem Lokal zu verweisen, und er mußte sich ganz dringend etwas einfallen lassen, um Norman dazu zu bewegen, wieder in den *Schwan* zu kommen. Und den Alten Pete; er war sicher, daß er auch ihm Lokalverbot erteilt hatte, genauso, wie er sicher war, daß er den alten Halunken in der vorangegangenen Nacht trotzdem im Laden gesehen hatte. Oder vielleicht auch nicht. Neville würde ihm trotzdem Lokalverbot erteilen, rein prophylaktisch sozusagen.

Er überflog die langen Spalten journalistischer Zügellosigkeiten, die das Titelblatt des *Brentforder Merkurs* zierten. Wie es schien, hatte es sich um eine Art politischer Versammlung gehandelt, entweder die Braunhemden oder die Liga von St. George. Offensichtlich waren diese Extremisten mit den martialischen Schülern des Brentforder Dimac-Tempels aneinandergeraten. Die Polizei hatte tapfer und gerecht eingegriffen, obwohl stark in der Unterzahl. Im

Präsidium redete man von Orden und Auszeichnungen.

Neville überflog die gedruckten Zeilen und suchte nach einem Hinweis auf den Anlaß des Ereignisses – vergeblich. Der *Fliegende Schwan* wurde mit keinem einzigen Wort erwähnt, genausowenig, wie der Name eines seiner Stammkunden auf der langen Liste der verhafteten Personen stand, die noch an diesem Morgen dem Haftrichter vorgeführt werden sollten. Mit dem Eintreffen der grünen Minna waren die Getreuen des Brentforder *Fliegenden Schwans* in den Schutz der Nacht verschwunden oder hatten sich in die Ruhe der Salonbar zurückgezogen, um dort Darts oder Domino zu spielen. Neville las den letzten Absatz. Die edlen Konstabler hatten sich, so stand dort zu lesen, eine haarsträubende Verfolgungsjagd mit einem schwarzen Fünfziger-Jahre-Cadillac geliefert, der in der Nacht des Aufstands mit brüllender Maschine vom Tatort weggerast war. Sie hatten den Wagen durch das Labyrinth der dunklen Seitenstraßen und Wege gejagt, bis er schließlich unerklärlicherweise in einer Sackgasse verschwunden war.

Neville faltete das Extrablatt und schleuderte es in den Kamin. Er würde den Dingen schon auf den Grund gehen, sobald er sich erst ein klares Bild verschafft hatte. Für den Augenblick zählten nur zwei Dinge: Erstens, daß Norman so schnell wie möglich auf eine Weise rehabilitiert wurde, bei der keine Seite das Gesicht verlor und die darüber hinaus nicht den Zorn von Nevilles heidnischer Gottheit heraufbeschwor, und zweitens, daß der Eisbeutel, den er zwischen die Beine geschnallt trug, möglichst schnell Nachschub aus dem Eisfach erhielt.

Der Kleine Dave saß am Abwasserauslaß am ehemaligen Dock, das nun sein Zuhause war. Auf seinem Gesicht stand jener irre Ausdruck, den es seit der Feuersbrunst trug und der mit jedem der vergangenen Tage ein wenig mehr zugenommen hatte. Der Kleine Dave hatte jeden Luxus wie Hygiene und ähnliche Dinge aufgegeben und lebte nur noch für ein Ziel.

Gnadenlose und blutige Rache!

Ein Stück weiter das Abwasserrohr hinauf schwebte in der Dunkelheit eine nebulöse Gestalt, sichtbar nur für den zu klein geratenen Postboten und ein oder zwei Tiere, einschließlich eines Null-G-Kamels (das im Augenblick jedoch nicht zugegen war).

Der Kleine Dave knirschte mit den Zähnen und spuckte den hellen Tag an. Also hatte Norman das Kamel in seiner Garage auf dem Butts Estate versteckt, wie? Der Kleine Dave hatte den Ladenbesitzer schon immer im Verdacht gehabt, und jetzt hatte Edgar all seine Vermutungen bestätigt.

»Wir haben ihn«, schnarrte der Zwerg und schüttelte eine winzige Faust gen Himmel. »Wir haben ihn genau da, wo wir ihn haben wollten.«

Er grinste das Gespenst an und entblößte zwei Reihen bösartig aussehender gelber Zähne. Edgar Allan Poe wand sich unbehaglich in der Finsternis. Er war gar nicht glücklich über den Lauf der Dinge. Es war ein großer Fehler gewesen, sich mit dem winzigen Zwerg einzulassen, und er sehnte sich danach, auf seine astrale Ebene zurückzukehren. Es war zwar eine graue, nebulöse Ebene, die nur wenig Ablenkungen bot, aber sie war diesem Irrenhaus unendlich vorzuziehen, das sich Tag für Tag vor seinen Augen abspielte.

Unglücklicherweise jedoch war er nicht imstande, sich aus seiner Zwangslage zu befreien. Die in derartigen Fällen maßgeblichen Übernaturgesetze besagten nämlich, daß allein das Wesen ihn entlassen konnte, dessen Machenschaften ihn heraufbeschworen hatten. Das gewaltige Feuer, dem das Haus des Kleinen Dave mitsamt Tausenden von Kopien von Edgar Allan Poes Büchern zum Opfer gefallen war, hatte gleichzeitig als eine Art Sakrifizialkatalysator fungiert, der den berühmten, wenn auch verstorbenen Dichter nun an die materielle Welt band.

Edgar Allan Poe saß gründlich fest, und er war deswegen in einer ausgesprochen schlechten Stimmung. Einer ausgesprochen verdammt schlechten Stimmung.

Kurz nach halb zwölf traf John Vincent Omally beim *Fliegenden Schwan* ein. Er hätte früher dort sein können, hätte ihn nicht die Traube von Reportern der gesamten nationalen Tagespresse unterwegs bedrängt. Und da John Vincent Omally ein Mensch von natürlicher Höflichkeit und Hilfsbereitschaft war, hatte er ohne Zögern gleich mehrere Exklusivinterviews gegeben.

Jawohl, er hatte mitten im dichtesten Schlachtgetümmel gestanden und Gummigeschossen wie Tränengas gleichermaßen getrotzt. Jawohl, er war der letzte Mann auf den Beinen gewesen, dank seiner Virtuosität in der tödlichen Kunst des Dimac. Nein, er hatte lediglich die Leben von drei seiner Begleiter gerettet, nicht vier, wie allgemein angenommen wurde. Und nein, es tat ihm ausgesprochen leid, aber er konnte nicht gestatten, daß man ihn photographierte. Die Bescheidenheit verbot, daß er sich größerer Taten brüstete, als er wirklich vollbracht hatte.

Omally klopfte auf seine prall gefüllten Taschen und betrat den *Fliegenden Schwan*.

Neville saß am Ende des Tresens, auf einem bunten Schwimmreifen, den er mit Klebeband auf seinem Barhocker fixiert hatte. Er war mit dem Lesen einer Ansichtskarte beschäftigt, deren Vorderseite das bekannte Brentforder Panorama zeigte. Beim Geräusch von Omallys Schritten legte er die Karte beiseite und betrachtete den Iren mit offenkundiger Abscheu.

»Du bist hier nicht mehr willkommen«, sagte er entschlossen. John grinste zuckersüß.

»Nun komm schon«, sagte er. »Laß uns nicht streiten. Du hast keinen Grund, mir böse zu sein. Außerdem komme ich als Überbringer guter Nachrichten. All deine Probleme sind gelöst.«

Neville riß die Augen auf.

»All meine Probleme sind gelöst?« brüllte er, doch die Anstrengung schickte Blut in gewisse Körperregionen, die für den Augenblick besser blutleer geblieben wären.

»Ich bin ein ruinierter Mann«, ächzte er heiser zwischen zusammengebissenen Zähnen hindurch.

»Eine bedauerliche Geschichte«, gestand Omally. »Wenn ich diesen Burschen in dem schwarzen Anzug jemals wieder vor Augen kriege, zahle ich ihm alles heim.«

Neville sagte: »Hm« und zapfte dem Iren ein Pint von seinem Vorzugsbier.

»Schenk dir auch einen ein«, sagte Omally.

Obwohl die tödliche Redewendung wie ein Brandeisen auf Nevilles Seele brannte, hütete er sich, die Einladung abzulehnen, und gestattete sich einen großen medizinischen Scotch.

»Und heute sollen all meine Probleme zu Ende

sein?« fragte er dann, nachdem er sich vorsichtig wieder auf seinem Schwimmreifen niedergelassen hatte. »Du wirst mir meinen Zynismus verzeihen, hoffe ich, aber als Überbringer guter Nachrichten kommst du mir eher vor wie der Todesengel, der die ersten Punkte bei der Schlacht von Armaggeddon verkündet.«

»Nichtsdestotrotz«, erwiderte Omally. »Wenn du mich anhörst, wirst du rasch bemerken, daß das, was ich zu sagen habe, nur zu deinem Vorteil gereicht.«

Neville seufzte tief und betastete seinen Unterleib.

»Ich glaube, ich werde allmählich alt«, gestand er Omally. »Weißt du, daß ich mich nicht mehr länger auf Weihnachten freue?« John schüttelte den Kopf. Das hatte er nicht gewußt, obwohl er sich angestrengt fragte, was das mit dem Thema zu tun hatte.

»Ich habe seit zehn Jahren keine Karte mehr zum Geburtstag bekommen.«

»Traurige Sache das«, sagte Omally.

»Manchmal frage ich mich, ob das alles normal ist. Ob das Leben den ganzen Ärger und die Schmerzen wert ist, die vielen Enttäuschungen und den Kummer.« Er bedachte Omally mit einem traurigen Blick aus großen Augen. »Die Menschen nutzen nur meine Gutmütigkeit aus.«

»Nein, ehrlich?« erkundigte sich Omally erstaunt. »So etwas tun sie?«

»Genau das tun sie. Ich schufte mich krumm, um anderen zu helfen, und was kriege ich dafür?«

Omally schüttelte ahnungslos den Kopf.

»Knüppel zwischen die Beine, das kriege ich dafür.«

»Ich kann dir wirklich und ehrlich helfen«, sagte Omally im Brustton der Überzeugung. »Ich schwöre.«

»Wenn es doch nur so wäre!« stöhnte Neville.

»Wenn ich doch nur einen Funken Hoffnung hätte! Einen Lichtstrahl am Ende des dunklen Tunnels. Einen dünnen Sonnenstrahl, der auf dem bleichen Angesicht meiner Existenz spielt, einen ...«

»Schon gut, schon gut!« sagte Omally. »Das reicht jetzt wirklich. Ich bin selbst schon mehr als einmal in die Eier getreten worden, und ich weiß, wie sehr das schmerzt. Willst du jetzt wissen, wie ich dir helfen kann, oder nicht?«

»Ja«, sagte Neville mißtrauisch.

»Ja was?«

»Ich will es wissen.«

»Ah.« Omally blickte sich unauffällig in der Bar um und winkte den Teilzeitbarmann näher zu sich heran.

»Du darfst keiner Menschenseele davon erzählen«, flüsterte er schließlich. »Das wissen nur wir beide ganz allein, sonst niemand. Solltest du im Anschluß an die Geschichte mit dem Gedanken spielen, deine Dankbarkeit auszudrücken, dann geht das nur dich und mich an.«

Neville nickte zweifelnd. Was auch immer Omally ihm vorzuschlagen hatte, er wußte, daß er am Ende draufzahlen würde.

»Dann sag jetzt, was du zu sagen hast, John«, antwortete er.

»Wie ich die Sache sehe«, begann Omally, »hast du zwei große Probleme am Hals. Fünf, wenn du deine verwundeten Stellen mitzählst. Erstens ist da der rasch näher rückende Termin für das Darts-Turnier und die denkbar schlimme Aussicht, daß der *Fliegende Schwan* den Titel verliert, sollte Norman nicht die Mannschaft führen.« Neville nickte ernst. »Und zweitens das dort.« Omally deutete auf die verhüllte Captain Laser Alien Attack Videomaschine, die selbst in ihrem verhüllten Zustand noch einiges an Aufmerksamkeit von einem grünhaarigen Jugendlichen mit langer Nase und einer Drahtschere erfuhr. Neville entblößte, was von seinen Zähnen übrig war.

»Wenn ich dir jetzt erzähle, daß ich beide Probleme auf einen Streich aus der Welt schaffen könnte, was würdest du dazu sagen?«

»Ich würde sagen: Freibier für ein ganzes Jahr«, erwiderte Neville und stemmte sich hoch. »Doch im Augenblick muß ich etwas anderes sagen. Verlaß bitte meine Salonbar und komm nicht wieder. Ich bin gegenwärtig außerstande, dich physisch anzugreifen, doch sei versichert, daß ich dich aufsuchen werde, sobald ich wieder völlig gesund bin. Du machst dich über mich lustig, und das, obwohl ich verletzt bin, und ich dulde das einfach nicht mehr.«

John tippte sich an die Nase. »Wir lassen die Angelegenheit für den Augenblick auf sich beruhen. Ich sehe, du bist zur Zeit nicht ganz auf dem Posten. Ach, da fällt mir ein – dürfte ich fragen, was auf der Postkarte zu lesen stand?«

»Dürftest du«, entgegnete Neville. »Das kann ich dir vor deinem Aufbruch noch verraten. Die Karte stammt von Archroy, und er schreibt, daß er die Arche Noah jetzt vom Dschebel Ararat geborgen hat und sie quer durch die Türkei nach Istanbul transportiert. Er hofft, daß es ihm gelingt, sie im Verlauf der nächsten ein oder zwei Wochen hierher nach Brentford zu schaffen.«

»So so«, sagte Omally und grinste breit. »Interessante Zeiten, in denen wir leben, nicht wahr?«

»Verschwinde jetzt bitte aus meinem Lokal«, grollte Neville mit neu erwachter Vehemenz. »Oder ich beschwöre trotz meiner Behinderung eine Pestilenz herauf und an dein Bein, wie sie noch keiner deiner sumpfwatenden Vorfahren in der gesamten Geschichte deiner Insel gesehen hat.«

»Dann wünsche ich allen noch einen schönen Tag«, sagte Omally.

»Verschwinde und bleib draußen!« knirschte Neville der Teilzeitbarmann.

Kapitel 19

Professor Slocombe legte ein maßstabsgetreues Modell der Großen Pyramide beiseite und lehnte sich in seinem Stuhl zurück.

»Nein«, murmelte er leise vor sich hin, »das kann nicht sein. Einfach lächerlich ... obwohl ..«

Er erhob sich hinter seinem Schreibtisch und ging zur Whiskykaraffe.

»Nein«, sagte er einmal mehr. »Das steht ganz außer Zweifel.«

Er schenkte sich einen Schluck Scotch in einen exquisiten Kristalltumbler ein, setzte den geschliffenen Stopfen wieder auf die Karaffe und sank in einen der ledernen Ohrensessel beim Kamin. Gedankenverloren drehte er den Tumbler zwischen Daumen und Zeigefinger und beobachtete die Lichtreflexe vom Kaminfeuer, die in der klaren, bernsteingelben Flüssigkeit glitzerten.

Seine Augenlider wurden schwer und sanken herab, und der alte Kopf nickte sanft nach vorn auf die ebenso alte Brust.

Für die graue Gestalt mit den orientalischen Gesichtszügen, die draußen vor den Verandafenstern in der Dunkelheit lauerte und den blühenden Garten mit einem ätzenden Gestank nach Holzschutzmitteln verpestete, sah es ganz danach aus, als sei der alte Mann nicht auf eine unangenehme Überraschung gefaßt.

Unnötig zu sagen, daß dem ganz und gar nicht so war und daß unter den greisen Augenbrauen zwei wachsam glitzernde Augen eine rasche Bewegung hinter den schweren Samtvorhängen wahrnahmen und sofort als das Eintreffen eines höchst unwillkommenen Gastes interpretierten. Es war wirklich nur eine rasche Bewegung, weiter nichts, und der Raum schien noch immer leer bis auf den alten Gentleman, der laut in seinem Kaminsessel vor sich hinschnarchte.

Professor Slocombe beobachtete, wie sich die lautlose Gestalt über seine Papiere auf dem Schreibtisch beugte und mit den Händen über die Rücken kostbarer Bücher fuhr.

Der Cereaner, von seiner Unsichtbarkeit überzeugt, machte sich mit zielstrebigem Eifer an sein böses Tun, und nichts von alledem entging dem Professor, für den das Wort »Hologramm« kaum mehr bedeutete als »elektronische Spielerei«.

Nach einer Weile jedoch konnte er die Verschandelung seines Eigentums nicht mehr ertragen. Er sprang urplötzlich aus seinem Ruhesessel auf und wandte sich in strengem Tonfall an seinen ungebetenen Besucher:

»Legen Sie die Papiere wieder hin, und verschwinden Sie augenblicklich aus meinem Arbeitszimmer!« sagte er. »Oder Sie werden die Konsequenzen für Ihr ungehöriges Benehmen tragen müssen.«

Der Cereaner versteifte sich und drehte sich mit verblüfftem Gesicht zu dem alten Professor um, während er nervös auf die Tasten eines kleinen schwarzen Kästchens tippte, das an seinem Gürtel hing.

»Sie können mit diesem Ding spielen, bis Sie schwarz werden«, sagte der Professor, »aber lassen Sie sich gesagt sein, daß es bei mir nicht funktioniert.«

Der Cereaner öffnete seinen grausamen Mund und

sprach mit einem Akzent, wie ihn der Professor noch niemals gehört hatte: »Wer sind Sie?« fragte er.

Der Professor lächelte schwach. »Ihr Erlöser oder Ihre Nemesis«, sagte er.

»Das glaube ich kaum«, erwiderte der Cereaner.

»Wenn Sie schon Ihren unerwünschten Besuch nicht auf der Stelle beenden, darf ich Ihnen vielleicht einen Drink anbieten?« erkundigte sich der Professor höflich.

Der Cereaner lachte lauthals auf. »Einen Drink?« sagte er. »Das Trinken ist der Ruin Ihrer gesamten Spezies. Was glauben Sie eigentlich, wer das Trinken erfunden hat?«

»Hm.« Der alte Mann nickte nachdenklich. Es war besser, wenn Pooley und Omally nichts davon erfuhren. Sie konnten versucht sein, die Seiten zu wechseln. »Wie Sie wünschen«, erwiderte er milde. »Dürfte ich dann vielleicht erfahren, aus welchem Grund Sie gekommen sind?«

»Ich bin gekommen, um Sie zu töten«, sagte der Cereaner so unverblümt, daß der Professor doch reichlich nervös wurde. »Sie bedeuten ein ständiges Ärgernis, Sie und der Mann mit den rosafarbenen Augen unten in den Tunnels. Wir werden uns in Kürze auch um ihn kümmern.«

»Das wird vielleicht gar nicht so einfach sein, wie Sie meinen«, entgegnete der Professor.

Der Cereaner drehte die Handflächen nach außen. »Sie sind alt und gebrechlich. Ein einziger Schlag wird genügen, um Ihre Existenz zu beenden.«

»Der Schein kann manchmal trügen«, erwiderte der Professor. »Ich zum Beispiel bin rein zufällig ein Meister des Dimac, der tödlichsten aller den Menschen bekannten Kampfsportarten. Meine Hände und Füße sind bei der örtlichen Konstablerei als tödliche Waffen registriert. Mit ihnen kann ich ...«

»Schlagen, reißen, entstellen und verkrüppeln, und das alles mit wenig mehr als einem Fingerschnippen, ich weiß«, vollendete der Cereaner den Satz. »Ich weiß. Was glauben Sie, wer das Dimac erfunden hat?«

»Ich finde, daß Sie dazu neigen, sich bei unserer Konversation reichlich oft zu wiederholen. Bitte seien Sie doch so freundlich und verschwinden Sie jetzt. Ich bin ein beschäftigter Mann.«

»Und womit beschäftigen Sie sich? Mit einer Verschwörung zum Sturz des cereanischen Imperiums beispielsweise?«

»Unter anderem, ja. Aber es gibt Dinge, die sind für mich noch wichtiger.«

Der Mann von Ceres lachte hohl.

»Sie sind sehr mutig, alter Mann«, sagte er. »Wir Cereaner achten Mut und Tapferkeit über alles.«

»Wenn ich Sie recht verstehe, mögen Sie einen guten Kampf«, sagte der Professor. »Obwohl Sie ja offensichtlich nicht immer gewinnen. Was macht eigentlich Ihre Achselhöhle?«

Der Cereaner betastete seine empfindlichen Körperteile.

»Bald schon«, schnarrte er, »wird Ihre Rasse die Macht von Ceres wieder zu spüren bekommen. Sie wird unsere Stiefel auf dem Rücken spüren. Sie, alter Mann, werden das allerdings nicht mehr erleben.«

»Ich sehe einem frohen und glücklichen Lebensabend entgegen«, widersprach der Professor. Zu seiner Erleichterung und Befriedigung war Gammon inzwischen durch das Verandafenster aufgetaucht. Er hielt eine alte Gußbratpfanne in den Händen. »Ehrlich gesagt, mache ich mir weitaus größere Sorgen um Sie.«

»Dazu besteht kein Grund. Wenn erst die Schlachtflotte über der Erde eingetroffen ist und die wahren Herren des Planeten ihren Fuß auf die Oberfläche gesetzt haben, werden sie sich ganz bestimmt keine Gedanken um Ihre erbärmliche Rasse machen.«

»Gut gesprochen. Und wann dürfen wir mit diesem freudigen Ereignis rechnen?«

»In zwei Tagen von jetzt an.* Eine Schande, daß Sie es nicht mehr erleben werden.«

»Oh, ich werde es auf keinen Fall versäumen. Ich habe für diesen Abend einen Tisch im *Fliegenden Schwan* reserviert. Das Darts-Turnier, wissen Sie? Wir halten die Meisterschale.«

»Selbstverständlich weiß ich das. Was glauben Sie eigentlich, wer Darts erfunden hat?«

»Sind alle Mitglieder Ihrer Rasse derart unverblümte Lügner?«

»Genug der Worte!« Der Cereaner schob sich am Schreibtisch von Professor Slocombe vorbei und durchquerte das Zimmer, um Auge in Auge vor dem alten Mann stehenzubleiben.

»Ich weiß nicht, wer oder was Sie sind«, sagte er, »aber ganz bestimmt sind Sie nicht wie die anderen Menschen, die ich hier auf der Erde kennengelernt habe. Obwohl ich irgendwie meine, Ihresgleichen bereits begegnet zu sein. Für den Augenblick sollten Sie nur eins wissen: Alle Menschen fürchten den Tod, und Sie starren dem Ihren ins Gesicht.«

* Zufällig nicht am Independence Day!

Professor Slocombe begegnete dem funkelnden Blick des Cereaners mit kalter, unerschrockener Gelassenheit.

»Ich mag Sie nicht«, sagte er milde. »Ich war der festen Überzeugung, daß sich zwischen unser beider Rassen ein Kompromiß erreichen ließe. Ich bin strikt gegen unnötiges Blutvergießen, sei es aus den Adern von Menschen oder anderen Lebewesen. Noch ist genug Zeit, wenn Sie Ihre Rasse dazu bringen könnten, über alles nachzudenken. Seien Sie versichert, daß Sie Ihrem sicheren Untergang entgegensehen, wenn Sie wie geplant weitermachen. Es ist eine gewaltige Dummheit, die Erde angreifen zu wollen. Wir warten seit Jahren auf diesen Tag, und wir sind bestens darauf vorbereitet.«

»Das glauben Sie wohl selbst nicht«, schnarrte der Cereaner. »Sie haben keine Chance gegen unsere Schlachtflotte. Wir werden Sie zerschmettern oder unterwerfen. Sklaven waren Sie, und Sklaven werden Sie wieder sein.«

»Besitzen Sie denn keinen Funken Mitleid, nichts, das man als menschlich bezeichnen könnte?«

Der Cereaner kräuselte verächtlich die Lippen. »Nein«, sagte er.

»Das erleichtert mir meine Aufgabe allerdings beträchtlich.«

»Bereiten Sie sich darauf vor zu sterben«, sagte der Cereaner.

»Schlagen Sie den Lümmel nieder«, befahl Professor Slocombe. Und Gammon schwang die schwere alte Bratpfanne mit Macht und versetzte dem Cereaner einen gewaltigen Hieb gegen den Schädel. Ein scharfes, metallisches *Klonk*! kündete von der Abreise einer cereanischen Seele zu welchem Ort auch immer diese Burschen gingen, wenn ihre Seelen sich von den vergänglichen Körpern trennten.

»Er hat sicher gelogen, was Darts angeht, oder etwa nicht, Sir?« erkundigte sich Gammon.

»Das hoffe ich. Das hoffe ich wirklich sehr«, erwiderte der Professor. »Sonst treten sie am Ende noch mit einer Mannschaft gegen uns an.«

Kaptitel 20

Der Herausgeber des *Brentforder Merkur* schraubte die Kappe auf seinen Füllfederhalter und klemmte das Instrument hinter sein rechtes Ohr. Er lehnte sich in seinem fleckigen Schaukelstuhl zurück und starrte die fliegendrecksübersäte gelbe Decke seines schmutzigen Büros an. Vor ihm auf dem überladenen Schreibtisch lag ein wahrer Berg von Berichten, die, obwohl sie das wahre Lebenselixier der Forteanischen Gesellschaft bedeuteten, wohl kaum als verdauliche Kost für die einfachen Einwohner Brentfords betrachtet werden konnten.

Sicher, Geheimniskrämerei und Intrigen waren immer gut, um die Auflage zu steigern, doch dieses Zeug dort war alberner Saure-Gurken-Zeit-Journalismus, und bis zur Saure-Gurken-Zeit dauerte es noch wenigstens einen oder zwei Monate.

Der Herausgeber griff nach seiner Flasche *Fleet Street Comfort* in der Schreibtischschublade. Dann nahm er die Stifte aus einem Papierbecher und füllte diesen bis zum Rand.

Alles schien mit diesem Aufruhr in der Ealing Road angefangen zu haben. Er hatte zwar schon vorher merkwürdige kleinere Reportagen auf den Schreibtisch bekommen, doch sie hatten sich mit Dingen wie Lichtern am Himmel und eigenartigen Vorgängen unter der Erde oder Ähnlichem befaßt und keine größere Beachtung verdient. Der Aufruhr, merkwürdig genug für das friedliebende Brentford, hatte die ersten wirklich seltsamen Dinge an den Tag gebracht, und deren Wahrheitsgehalt war obendrein von der Brentforder Konstablerei bestätigt worden.

Da war zum einen die große schwarze Limousine amerikanischer Fabrikation, die vom Ort des Verbrechens davongerast und von zwei Einheiten der Polizei verfolgt worden war, um dann unglaublicherweise in einer Sackgasse einfach zu verschwinden. Die Konstabler hatten die gesamte Gegend abgesucht, einschließlich der sich dahinter erstreckenden Brentforder Schrebergartenkolonie, und sie hatten nichts gefunden. Die Limousine schien wie vom Erdboden verschluckt.

Dann die fortgesetzte Reihe von Stromausfällen, die sich in der gesamten Gegend ereigneten. Die lokale Energieversorgung hatte jegliche Verantwortung dafür abgestritten, und der einzige Kommentar von deren Seite war gewesen, daß während dieser Perioden der gesamte Strom einfach abzufließen schien wie Wasser durch den Ausfluß einer Badewanne.

Und als wären die Stromausfälle in Brentford nicht schon merkwürdig genug, war letzte Woche plötzlich eine ein Zoll hohe Schicht Sand aufgetaucht, die das Brentforder Fußballfeld vollkommen bedeckte. Die Behauptungen des Platzwartes, es handele sich um Sabotage seitens einer rivalisierenden Mannschaft, schienen mehr als unwahrscheinlich.

Und dann war da natürlich noch dieser plötzliche Spleen, in Jack-Palance-Verkleidungen durch die Gegend zu laufen, der im gesamten Bezirk grassierte. Wie es schien, handelte es sich in der Tat um ein streng regionales Phänomen, denn von außerhalb waren keine Berichte auf dem Schreibtisch des Herausgebers gelandet. Nur in Brentford, da lauerten sie in allen Ecken oder schlichen verstohlen durch Seitengassen und Hinterhöfe. Niemand wußte, wer die Maskierten waren, was sie vorhatten oder warum sie sich verkleideten, doch alle stimmten darin überein, daß die Masken ganz ausgezeichnet waren.

Der Herausgeber seufzte. Was ging eigentlich genau in Brentford vor? Und was auch immer in Brentford vorging, war es eine Nachricht wert?

Er leerte seinen Pappbecher und starrte einen Augenblick Inspiration suchend auf den schmuddeligen Boden des Behälters. Er würde sich in den *Fliegenden Schwan* begeben, um ein paar Pints flüssigen Mittagessens zu sich zu nehmen. Das war wahrscheinlich das Beste. All diesen lächerlichen Kram aus dem Kopf kriegen.

Er blätterte durch die Seiten seines Terminkalenders, die wie immer leer waren. Alle Tage – bis auf den morgigen, der zur Überraschung des Herausgebers mit dicker roter Tinte angekreuzt war.*

Was hatte das nun wieder zu bedeuten? Der Herausgeber nahm seinen Füllfederhalter hinter dem Ohr hervor und kratzte sich damit den Kopf.

Ach ja. Selbstverständlich. Wie konnte er das nur vergessen! Morgen abend fand das bedeutendste gesellschaftliche Ereignis des gesamten Brentforder Jahres statt. Die Nacht, der Brentford jedes Jahr voller Vorfreude und Erwartung entgegensah. Morgen abend fand das Darts-Turnier im *Fliegenden Schwan* statt. Und dieses Jahr versprach das Turnier ein Abend zu werden, an den sich alle noch lange erinnern würden.

* Und der nicht der Independence Day war.

Kapitel 21

Professor Slocombe zog die schweren Samtvorhänge zu und wandte sich zu der kleinen Konklave um, die sich in seinem Arbeitszimmer versammelt hatte.

Die Gruppe, drei Individuen an der Zahl, beobachtete den alten Mann mißtrauisch. Das erste Individuum, ein Einheimischer namens Jim Pooley, lehnte lässig an dem marmornen Kaminsims und befingerte die Spitzen eines prächtigen Schnurrbarts, den zu kultivieren es sich entschlossen hatte. Das zweite, ein Bursche irischer Herkunft, der kürzlich seinen Rasierapparat gegen ein hübsches Sümmchen verkauft hatte, lümmelte sich in einem Kaminsessel und war hinter einem schwarzen Rauschebart fast nicht zu erkennen. Das dritte, ein gewisser Brentforder Eckladenbesitzer und im übrigen Opfer der Umstände, spielte nervös mit seinem Whiskytumbler und betete inbrünstig um eine Gelegenheit, sich zu verdünnisieren und sein hungriges Kamel zu füttern.

Und dann gab es noch eine vierte Entität, die bei dieser Versammlung zugegen war, wenngleich ätherischer Herkunft und für das nackte Auge vollkommen unsichtbar. Edgar Allan Poe verhielt sich so unauffällig, daß er selbst an seiner Anwesenheit zweifelte.

»Ich habe euch hergerufen, Gentlemen«, begann Professor Slocombe, »weil uns die Zeit allmählich davonläuft. Wir müssen uns beeilen, wenn wir noch irgend etwas ausrichten wollen.«

»Also haben Sie eine Lösung gefunden?« erkundigte sich Jim hoffnungsvoll.

»Möglicherweise.« Der alte Gentleman vollführte mit der blassen rechten Hand eine vage Geste.

»Obwohl, wie ich gestehen muß, die Chancen eher die eines Außenseiters sind.«

»Ich war stets ein Mann, der die Außenseiterchance durchaus zu schätzen weiß«, sagte Omally. »Der mögliche Gewinn ist dabei höher. Es sei denn natürlich, ich weiß genau, wie eine Sache ausgeht.«

»Ganz genau. Glaubt mir, ich habe diese Sache gründlichst durchdacht. Möglicherweise habe ich mehr mentale Energie darauf verwandt als auf irgendein anderes Problem jemals zuvor. Ich habe das Gefühl, zu einer Lösung gekommen zu sein, doch der Plan baut auf eine große Zahl von Faktoren, die uns dabei in die Hände spielen müssen. Und er ist, wie ihr euch selbstverständlich denken könnt, mit einigen Gefahren verbunden.«

»Schießen Sie los«, sagte Omally. »Das Schlimmste zuerst. Sie können davon ausgehen, daß wir mitmachen. Denke ich.«

»Danke sehr, John. Im Prinzip ist es die einfachste Sache der Welt. Das bereitet mir einigen Kummer, doch der rührt wahrscheinlich mehr aus meiner Eitelkeit, daß keiner meiner genialen Schachzüge dazu erforderlich ist. Genaugenommen ist der Plan wirklich sehr einfach und uninspiriert.«

»Und nichtsdestotrotz mit zahlreichen Gefahren verbunden?«

»Unglücklicherweise, ja. Unter meiner Anleitung hat Soap Distant die Schrebergartenkolonie in ein richtiggehendes Minenfeld verwandelt. Die eingesetzten Explosivstoffe habe ich selbst entwickelt, und ich garantiere für ihre Wirksamkeit. Ich beabsichtige, die Explosion auszulösen, sobald die ersten Raumschiffe landen. Wir werden vielleicht nicht alle angreifenden Schiffe erwischen, wie ihr sicher selbst abschätzen könnt, doch wenn es uns gelingt, eines oder zwei ihrer Schiffe zu zerstören, haben wir den Vorteil auf unserer Seite.«

»Und was ist mit den restlichen Raumschiffen?« erkundigte sich Pooley.

»An dieser Stelle müssen wir der Psychologie vertrauen. Diese Wesen haben einen weiten Weg zurückgelegt, um auf ihre Heimatwelt zurückzukehren. Wie euch allen wohlbekannt ist, existiert diese Welt nicht mehr. Sobald die Cereaner das herausfinden, werden sie sich die große Frage nach dem Warum stellen. Die Navigationsboje im *Fliegenden Schwan* hat sie hergeführt, doch wenn das erste Schiff bei der Landung zerstört wird, ziehen sie möglicherweise ihre eigenen Rückschlüsse. Sie werden annehmen, daß die Bewohner der Erde sich zu einer überlegenen Macht entwickelt haben, die imstande ist, ganze Planeten zu zerstören, wenn ihr danach ist. Ich kann nur hoffen, daß sie Hals über Kopf fliehen. Und es dauert sehr, sehr lange, bis sie Verstärkung herbeigerufen haben. Falls Verstärkung überhaupt existiert.«

»Theoretisch erscheint mir das alles einleuchtend«, sagte Omally. »Allerdings möchte ich einige Bedenken äußern. Ihr Plan hat eine ganze Reihe von Wenns und Abers, und das behagt mir nicht.«

»Ich stimme Ihrem Plan aus ganzem Herzen zu, Professor«, sagte Jim. »Mein Name ist bisher nicht erwähnt worden, und das gefällt mir ganz außerordentlich.«

»Selbstverständlich wären vorher noch ein oder zwei Dinge zu klären«, erwiderte Professor Slocombe ein wenig indigniert, »und das ist der Punkt, an dem ihr beide ins Spiel kommt.«

»Und das sind selbstverständlich die gefährlichen

Dinge, wie ich ganz ohne Zweifel annehme?« erkundigte sich Jim trübsinnig.

Professor Slocombe nickte. »Da wäre zum einen die unbedeutende Angelegenheit der cereanischen Navigationsboje im *Fliegenden Schwan*. Sie muß auf alle Fälle ausgeschaltet werden. Wir dürfen nicht zulassen, daß die Cereaner herkommen und sofort wissen, wo wir sind. Oder ist jemand anderer Meinung?«

Jim nickte düster. »Vermutlich haben Sie recht, Professor.«

»Uns bleibt nur eine Gelegenheit, uns um dieses Ding zu kümmern, und das ist morgen abend.«

»Ich muß morgen abend beim Turnier mitspielen!« beschwerte sich Norman. »Omally hat mir versprochen, daß er das einrichten kann.«

»Du hast deine Seite der Abmachung noch nicht erfüllt«, sagte die Stimme hinter dem Rauschebart. »Die Maschine summt immer noch vor sich hin. Du hast nicht das geringste erreicht.«

»Ich hatte noch keine Gelegenheit. Ich komme nicht in den *Fliegenden Schwan*. Ich habe Lokalverbot, oder hast du das vielleicht vergessen?«

»Nur ruhig«, beschwichtigte Professor Slocombe und hob die blasse Hand. »Wir können das alles in einem Aufwasch bewerkstelligen.«

»Die Maschine ist absolut unkaputtbar!« jammerte Jim. »Das kann ich Ihnen versichern. Wir sind alle zum Untergang verurteilt!«

»Ich stimme dir darin zu, daß sie nicht im *Fliegenden Schwan* zu zerstören ist«, sagte der Professor. »Das habe ich selbst bereits versucht.«

»Wie das?« fragte Pooley.

»Ein Haufen Arbeit«, sagte Professor Slocombe. »Ihr glaubt doch wohl nicht, ich hätte auf der faulen

Haut gelegen?« Sämtliche Anwesenden schüttelten heftig die Köpfe. »Mein Faktotum Gammon ist trotz seines fortgeschrittenen Alters und seiner altersschwächlichen Erscheinung ein Meister der Verkleidung. Zweimal war Gammon im *Fliegenden Schwan* mit dem Auftrag, die Maschine funktionsunfähig zu machen. Das erste Mal trat er als Vertreter der Brauerei auf, um die elektrischen Anschlüsse zu überprüfen. Hinterher versicherte er mir, daß die Maschine sich nicht hätte ausschalten lassen, ganz gleich, was er versuchte, und daß der Wirt Neville die Vertreter der Brauerei nicht gerne in seinem Lokal sähe. Später kehrte Gammon noch einmal zurück, diesmal als Servicetechniker, um den Apparat zu warten und dann abzuschalten. Diesmal wurde er mit einem Drei-Gänge-Menü auf Kosten des Hauses inklusive einer halben Flasche Champagner verköstigt, und trotzdem war die Operation ein völliger Fehlschlag. Nicht einmal ein diamantspitzenbesetzter Bohrer war in der Lage, das Gehäuse der Maschine zu durchdringen.«

»Ich sagte doch schon, daß wir zum Untergang verurteilt sind«, wiederholte Pooley. »Ich bin dafür, wir besorgen uns Jack-Palance-Masken und dunkle Anzüge.«

Norman rutschte unbehaglich in seinem Stuhl hin und her. »Ich glaube, ich muß jetzt wirklich gehen«, sagte er. »Ich kann nichts machen, wenn ich nicht an das Innere der Maschine komme. Ruft mich jederzeit an, doch für den Augenblick war's das. Auf Wiedersehen.«

»Nicht so schnell!« widersprach Professor Slocombe. »Ich habe lang und breit über diese Sache nachgedacht, und ich bin sicher, daß ich die Lösung gefunden habe.«

»Kann ich trotzdem jetzt gehen?« fragte Norman. »Ich muß morgen wieder sehr früh aufstehen.«

»Willst du etwa eine Testfahrt mit deinem Morris Minor unternehmen?« erkundigte sich Omally.

Der Ladenbesitzer sank in seinen Sessel zurück.

»Wir haben es hier mit Wesen zu tun«, fuhr Professor Slocombe fort, »die zwar eine überlegene Intelligenz besitzen, uns aber ansonsten nicht sonderlich unähnlich sind. Und diese Wesen glauben, daß wir sehr wohl eine aufsteigende, allerdings ihnen immer noch unterlegene Rasse sind. Sie mögen zwar unsere Absichten erahnen, Jim, aber ich bezweifle stark, daß sie an die Möglichkeit offener Sabotage gedacht haben. Ganz offensichtlich ist ihre Maschine von allen zugänglichen Seiten geschützt, aber sie besitzt möglicherweise durchaus ihre Schwachstellen. Wir müssen sie nur von einer anderen Seite angreifen.«

»Und wie das?« erkundigte sich Pooley.

»Von hinten. Das Ding steht an der Außenwand des *Fliegenden Schwans*. Ich bin überzeugt, daß wir auf wenig Widerstand treffen, wenn wir von hinten durchdringen.«

»Was denn, durch die Wand von Archie Karachis Currygarten? Ich sehe nicht, wie wir Kalis Curryköniq dazu bringen sollten, uns dafür seinen Segen zu geben.«

»Archie Karachi ist Mitglied der Darts-Mannschaft. Ich habe selbst das Schild an seiner Tür gelesen. ›Aus Geschäftsgründen jeden Donnerstag geschlossen‹.«

Pooley zwirbelte die Enden eines Schnurrbarts, dessen Länge ihm selbst von einem Salvador Dali neidische Blicke eingebracht hätte.

»Bei all dem Lärm im *Fliegenden Schwan*«, sagte er,

»wird niemand das Hämmern aus dem Nachbarhaus auffallen.«

»Genau mein Gedanke«, sagte der Professor. »Wir werden trotzdem einen Spion im *Fliegenden Schwan* benötigen, der die Augen offen hält. Das wird Gammon übernehmen. Sobald wir erst zu der Maschine durchgebrochen sind, bist du an der Reihe, Norman. Du wirst dich in angemessener Weise um den Apparat kümmern.«

»Kein Problem«, sagte der Ladenbesitzer und betrachtete seine Fingernägel. »Die Maschine muß erst noch erfunden werden, mit der ich nicht zurechtkomme.«

»Du könntest auf die eine oder andere Überraschung stoßen, sobald sie geöffnet ist.«

»Kinderkram«, erwiderte Norman mit ungewohnter Zuversicht. Er begeisterte sich allmählich für den Plan des Professors. Außerdem hatte er Archie Karachi noch nie besonders gut leiden können, und die Vorstellung, die Küchenwand des Currygärtners einzuschlagen, erschien ihm mehr als verlockend. Außerdem, wenn diese Maschine wirklich all das war, was der Professor von ihr zu denken schien, dann enthielt sie mit Sicherheit einige brauchbare Komponenten. »Machen Sie den Kasten auf, und ich erledige den Rest«, sagte er.

Omally kicherte unter seinem Bart.

»Bravo, Norman«, sagte der Professor und lächelte überschwenglich. »Und jetzt, wenn mich die Herrschaften entschuldigen würden, schlage ich vor, unser Treffen zu beenden. Ich habe noch einige offene Fragen zu klären.«

Der alte Mann zog ein Bündel Papiere aus der Tasche und zeigte es den anderen. »Morgen werden wir uns wieder treffen, Punkt neunzehn Uhr dreißig an genau dieser Stelle hier. Und bitte: Kein Wort zu irgend jemand anderem.«

Die drei versprachen, den Mund zu halten, und mit einem Kopfnicken und ohne Händedruck fanden sie ihre Audienz beendet und sich entlassen.

Professor Slocombe schloß die Verandafenster hinter seinen Besuchern und verriegelte die Läden.

»Und jetzt«, sagte er und wandte sich in den stillen Raum, »wollen Sie sich nicht endlich zu erkennen geben, Mister Poe, oder muß ich Sie erst sichtbar machen?«

»Ersteres, würde ich vorschlagen«, kam Edgar Allan Poes Antwort. »Es ist einfacher so, und wir haben sehr viel zu besprechen.«

Kapitel 22

Neville der Teilzeitbarmann nahm seine Post von der Fußmatte und schob sie in die Tasche des Hausmantels. Unter den zahlreichen Rechnungen und Werbebriefen befanden sich nicht weniger als drei Ansichtskarten mit dem Brentforder Panorama auf der Vorderseite, doch der Barmann schenkte dem wunderschönen Motiv nicht die flüchtigste Aufmerksamkeit.

Er war die halbe Nacht auf den Beinen gewesen und hatte über eine Möglichkeit nachgedacht, wie er mit seiner heidnischen Gottheit zu einem Handel bezüglich seines voreilig abgegeben blutigen Schwurs gelangen konnte, doch er war noch immer nicht sicher, ob die Sache damit erledigt war. Es war stets eine haarige Angelegenheit, mit den Alten Göttern zu verhandeln.

Neville zog die Messingriegel zurück, warf die Tür auf und atmete die frische kühle Luft in tiefen Zügen. Sie roch alles andere als vielversprechend. Er nahm einen weiteren tiefen Zug, kratzte sich die knochigen Rippen und betrachtete die Welt ringsum mit so etwas wie einem ersten flüchtigen Blick. Alles sah ganz danach aus, als würde es ein wunderschöner Tag werden, doch Neville empfand keinerlei Freude beim glitzernden Schein der Sonne und dem frühen Gesang der Vögel.

Wie andere schon vor ihm, so war auch Neville der Teilzeitbarmann ein sorgengeplagter Mann. Der Tag, vor dem er sich gefürchtet hatte, war angebrochen. Überall in Brentford erwachten jetzt die Darts-Spieler, streckten ihre sensiblen Finger und bereiteten sich auf den wichtigsten Kampf des Jahres vor.

Die Mannschaft des *Fliegenden Schwans* war von Tag zu Tag verdrießlicher geworden. *Wo steckt bloß Norman?* hatten sie Neville gefragt. Warum hatte er nicht mit ihnen geübt? Nevilles Ausreden hatten dünner geklungen als sein durchgescheuerter Hosenboden. Er wagte nicht, an die Konsequenzen zu denken, falls Norman nicht beim Turnier antrat.

Neville blickte sorgenvoll die Straße hinauf in Richtung des Eckladens. Vielleicht sollte er hingehen und die Wogen glätten.

Sich auf Gedeih und Verderb Normans Gnade ausliefern, falls nötig, und ihm versprechen, was immer er wollte. Omally hatte gesagt, daß der Ladenbesitzer in seinem Kiosk sei, aber konnte man Omally jemals trauen?

Neville wankte auf seinen hausschuhbewehrten Zehen. Es wäre eine Angelegenheit von nicht mehr als einer Minute. Norman würde seine Zeitungen durchgehen, und Neville könnte vorgeben, eine Schachtel Streichhölzer kaufen zu wollen, ein paar Höflichkeiten von sich geben und dann mit einem lässigen: »Bis heute abend dann, Norman« wieder gehen. Oder so ähnlich.

Er trat einen halb entschlossenen Schritt vor. In diesem Augenblick tauchte in der Ferne eine Gestalt vor dem Laden auf. Nevilles Herz machte einen Sprung: Das war sicher Gedankenübertragung! Der Ladenbesitzer kam, um sich mit Neville zu vertragen. All seine Sorgen hatten ein Ende!

Nicholas Roger Raffles Rathbone schulterte seine Zeitungstasche und trat ins Sonnenlicht. Nevilles gute Laune verschwand schlagartig wieder.

»Scheiße, Scheiße, Scheiße«, murmelte der Teilzeitbarmann, machte auf dem Absatz kehrt, trat in sein

Lokal zurück und warf die Tür krachend hinter sich ins Schloß.

Dicht am Bordstein, in einer Seitenstraße ganz in der Nähe des *Fliegenden Schwans,* stand ein großes schwarzes Automobil mit gewaltigen Heckflossen geparkt. In den tiefen Schatten der Mietskasernen war es fast nicht zu sehen. Auf dem Fahrersitz dieses glänzenden Fahrzeugs saß ein Mann von durchschnittlicher Größe mit leicht gebräunten Gesichtszügen und hohen Wangenknochen. Der Mann besaß eine verblüffende Ähnlichkeit mit dem jungen Jack Palance, genau wie sein Fahrgast, der es sich auf dem Rücksitz bequem gemacht hatte und einen grünen Stumpen rauchte. Die beiden beobachteten den Zeitungsjungen, der wenige Fuß vor der chromglitzernden Stoßstange die Straße überquerte und in einer der Mietskasernen verschwand.

Die beiden Individuen wechselten kein Wort miteinander, doch der Fahrer warf einen Blick in den Rückspiegel, und sein Passagier quittierte die stumme Frage mit einem wissenden Nicken.

Der Tag verging quälend langsam. Pooley und Omally nahmen ihre flüssige Mittagsmahlzeit auf neutralem Grund in einer Imbißstube in Kew ein, wo sie sich in eine anonyme Ecke zurückzogen und mit gedämpften Stimmen unterhielten, bitter über die gesalzenen Preise maulten und jedem Eintretenden mißtrauische Blicke zuwarfen.

Um ein Uhr mittags schloß Norman seinen Laden und ging in sein Hinterzimmer, um dort zu werkeln. Was er werkelte, war ganz allein seine Sache, und er besaß nicht die geringste Absicht, sich von irgend jemandem, gleichgültig ob Alien oder nicht, bei seiner nachmittäglichen Beschäftigung stören zu lassen.

In seinem Abwasserrohr ging der Kleine Dave unruhig auf und ab. Er hatte sich das Haar nach vorne in die Stirn gekämmt und die linke Hand auf eine Weise in das Hemd gesteckt, die sehr an einen ähnlich kleinwüchsigen französischen Diktator vergangener Tage erinnerte. Während er auf und ab ging, murmelte er vor sich hin, und je länger er vor sich hinmurmelte, desto offensichtlicher wurde es, daß er etwas im Schilde führte, das nichts Gutes für jeden Kamelbesitzer in ganz Brentford bedeutete.

In unregelmäßigen Abständen stellte er sein Auf- und Abgehen ein und spähte in beide Richtungen das dunkle Rohr entlang, als warte er ungeduldig auf das Eintreffen eines Mitverschwörers. Allerdings tauchte nirgendwo ein Mitverschwörer auf.

Professor Slocombe war an diesem Nachmittag nicht hinter seinem Schreibtisch zu finden. Er hatte woanders dringende Geschäfte zu erledigen. Während die Sonne auf das malerische Brentford und seine Einwohner hinabschien und die Brentforder ihren Geschäften nachgingen, unterhielt er sich äußerst ernsthaft mit einem unübersehbar albinotischen Mann mit rosafarbenen Augen, der sein ganzes Ich der Suche nach größeren Wahrheiten gewidmet hatte.

In diesem Augenblick, da Sie, lieber Leser, dies lesen, saß der Professor in einem scheinbar völlig normalen Brentforder Wohnzimmer, das sich in Wirklichkeit jedoch mehr als eine Meile unter dem Ort Penge befand, einem angeblich sehr malerischen Ort, obwohl der Autor gestehen muß, niemals selbst dort gewesen zu sein.

Kurz nach drei verschloß Neville seine Salonbartür wieder und zog sich in den ersten Stock in seine Zimmer zurück. Er hatte sich seit elf Uhr mit Scotch betäubt und spürte nun viel weniger Sorgen wegen dem, was am Abend unausweichlich geschehen mußte. Auf der anderen Seite hatte er dafür jetzt alle Mühe, die Welt scharf und deutlich zu erkennen. Mit letzter Kraft stellte er seinen Wecker auf fünf Uhr nachmittags und sank glückselig auf sein Bett, um augenblicklich einzuschlafen.

Kapitel 23

Zu guter Letzt schlug die Uhr der Memorial-Bücherei dann doch noch die bedeutsamen neunzehn Uhr dreißig. Im *Fliegenden Schwan* herrschte bereits regsames Treiben. Bier floß in Strömen, und die Mitglieder von einem halben Dutzend Thekenmannschaften, die dieses Jahr um die Meisterschaft kämpften, wärmten sich an der langen Reihe von Dartsscheiben auf, die an den Wänden des *Fliegenden Schwans* aufgestellt worden waren. In der Tür des Bombay Currygartens hing das GESCHLOSSEN-Schild, und an der Theke des Schwans hatte sich Gammon in der unwahrscheinlichen Verkleidung eines östlichen Swami daran gemacht, Archie Karachi in eine heftige Debatte zu verwickeln.

Im Hinterzimmer des Hauses Nummer siebzehn in der Mafeking Avenue hielten vier Männer einen Kriegsrat ab.

»Die Sache muß mit größter Effektivität ablaufen«, sagte Professor Slocombe. »Wir wollen schließlich nicht, daß Norman sein Spiel verpaßt. Rein zufällig habe ich eine hohe Summe auf den diesjährigen Sieger gewettet.«

Der Ladenbesitzer grinste. »Keine Angst, Professor«, sagte er.

»Omally, hast du deine Werkzeuge?«

John Vincent Omally klopfte auf die pralle Klempnertasche, die er im Verlauf des Nachmittags von einem dösenden städtischen Arbeiter requiriert hatte.

»Dann also an die Arbeit, und laßt uns beten, daß alles glatt läuft.«

Ohne weitere Umstände schlüpften die vier Männer

auf einen kleinen Hinterhof hinaus und durch eine mülltonnenübersäte Gasse in Richtung der Rückseite des *Star of Bombay* Currygartens.

Das Schloß war für Norman Sekundensache, und dann fanden die vier sich mit gerümpften Nasen (wegen des widerlichen Gestanks nach alter Currysauce und schimmligem Madras) in der Küche des Ladens wieder. Von einem grellbunten Wandkalender blickte Kalis Gesicht auf sie herab, und es schien zu ahnen, was den Geschäftsräumen eines ihrer Anhänger in Kürze bevorstand.

»Einen Augenblick bitte«, sagte Professor Slocombe. »Wir müssen erst sichergehen, daß alles in Ordnung ist.«

Und nebenan, im *Fliegenden Schwan,* unterbrach sich Gammon mitten in seiner Unterhaltung, entschuldigte sich vorübergehend bei Archie und schob eine Handvoll Silbermünzen in die Musikbox. Das Ding erwachte lärmend und unaufhaltsam zum Leben, und Neville, der vor einigen Jahren große Mühen auf sich genommen hatte, diesen besonderen Einrichtungsgegenstand seiner Kneipenausstattung außer Betrieb zu setzen und ihn seit diesem Tag nicht mehr hatte spielen hören, wunderte sich über diese plötzliche Rückkehr von den Toten. Der Professor hatte tatsächlich nichts dem Zufall überlassen.

»An die Wand, John«, kommandierte Professor Slocombe.

»Und wo genau?«

»Direkt dort.«

»Meinetwegen.«

Omally schwang seinen Siebenpfünder, und der kalte Stahl des Meißels durchdrang die grelle Tapete. Der modrige Putz fiel in großen Brocken, und innerhalb einer oder zwei Minuten hatte Omally eine Fläche Mauerwerk freigelegt, die ungefähr fünf Fuß in der Höhe und zwei in der Breite maß.

»Wir fangen besser genau in der Mitte an«, empfahl der Professor. »Geh es ruhig und vorsichtig an, für den Fall, daß das Ding mit Fallen versehen ist.«

Omally trieb den Meißel in das Mauerwerk.

Auf der anderen Seite, im *Fliegenden Schwan*, gab die Musikbox eine ohrenbetäubende Auswahl ihrer Stücke aus den frühen Sechzigern von sich. Der Krach von Omallys Hämmern ging in der Kakophonie völlig unter.

»Halt!« sagte der Professor unvermittelt.

»Was ist denn?« Die Worte kamen simultan von drei totenbleichen Gesichtern.

»Die Musikbox wechselt zum nächsten Stück, das ist alles. Du kannst weitermachen, John.«

Jim Pooley stand in der Nähe des Hinterausgangs und hielt Wache. Jeder Hammerschlag gegen das Mauerwerk steigerte seine Anspannung. Seine Hand schwebte über dem Türgriff.

»Wenn die Captain Laser Alien Attack Maschine hochgeht, Jim«, sagte Professor Slocombe, ohne den Kopf nach Pooley zu wenden, »dann wird ganz Brentford mit in die Luft fliegen. Du kannst rennen, wohin du willst, du wärst nirgendwo sicher.«

»Ich wollte gar nicht rennen«, widersprach Pooley. »Es kann nicht schaden, die Gasse im Auge zu behalten, oder?«

Er spähte durch den Netzvorhang in einen Hinterhof, in dem sich ein wahrer Berg leerer Currydosen stapelte. »Und ich hatte recht. John, hör auf zu hämmern!«

»Ich komme nicht weiter, wenn ich immer wieder

unterbrochen werde!« beschwerte sich Omally. »Sieh mal, ich habe diesen Ziegelstein schon fast draußen!«

»Nein, hör auf! Hör sofort auf!« Pooley duckte sich unter den Fensterrahmen. »Dort draußen lauert einer von den Burschen.«

»Ah«, sagte Professor Slocombe. »Das habe ich mir gedacht. Ich war mir ganz sicher, daß die Cereaner heute nacht ganz in der Nähe des *Fliegenden Schwans* anzutreffen sein würden.«

Die vier Männer hielten den Atem an, bis es nicht mehr ging.

»Ist er immer noch da?« fragte der Professor schließlich.

Pooley hob eine Ecke des Vorhangs an. »Nein, er ist verschwunden. Mach weiter, John, ja. Los, beeil dich gefälligst!«

»Vielleicht willst du es selbst machen, Jim?« fragte Omally und hielt Pooley die Werkzeuge hin.

»Ich bin der Beobachtungsposten«, entgegnete Pooley hochmütig. »Du bist der Mann am Hammer.«

»Oh, jetzt macht schon weiter!« seufzte Norman. »Es ist fast Viertel vor acht!«

Omally machte sich mit neuer Vehemenz ans Werk, und ein feiner Staub von Ziegelsteinen erfüllte die Küche. Bei jedem Schlag lösten sich Brocken von Mauerwerk.

Nachdem Omally ein Loch von ausreichender Größe geschaffen hatte, steckte der Professor den Kopf hindurch und leuchtete mit einer kleinen Taschenlampe in die Dunkelheit dahinter. »Ich kann keinen Hinweis auf Sensorschalter oder ähnliche Aktivierungsmechanismen erkennen«, sagte er schließlich. »Also weiter, John.«

Omally erledigte den Rest der Mauer. Als Gammons Auswahl an Musikstücken endete und die Box für ein weiteres Jahrzehnt in Schweigen verfiel, standen die vier Saboteure vor der freigelegten Rückseite der Captain Laser Alien Attack Maschine.

Norman öffnete seine Werkzeugkiste und nahm ein paar Gummihandschuhe hervor, die er mit Talkumpuder bestäubte und über seine sensiblen Finger streifte. Dann nahm er einen langen dünnen Schraubenzieher und machte sich an den Gehäuseschrauben zu schaffen. Die anderen kreuzten die Finger und hielten den Atem an, und ohne Zwischenfall löste der Eckladenbesitzer die rückwärtige Platte des Apparats.

Der Professor leuchtete mit seiner Taschenlampe durch das Loch und nickte. Vorsichtig hob Norman die Platte ab, und das Innere der Maschine lag frei.

Ein lautes Stöhnen ging durch die Reihe der vier Männer.

»Heilige Maria!« sagte John Omally. »Seht euch diese Konstruktion an!«

Norman pfiff durch die Zähne. »Magie«, sagte er.

Auf dem Armaturenbrett eines schwarzen Cadillac Sedan, der in einer nahen Seitenstraße geparkt stand, fing ein grünes Licht heftig an zu blinken.

Der Ladenbesitzer beugte sich vor und starrte auf die Innereien der Maschine. »Wundervoll!« sagte er andächtig. »Einfach unglaublich!«

»Aber kannst du sie auseinandernehmen?« verlangte Omally zu wissen.

»Sie auseinandernehmen? Das wäre ein gotteslästerliches Verbrechen! Sieh dir doch nur das Design an! Diese Präzision! Das ist einfach unglaublich. Ganz und gar unglaublich!«

»Ja ja, schon gut. Kannst du sie auseinandernehmen oder nicht?«

Norman schüttelte den Kopf. »Wenn ich genügend Zeit hätte – vermutlich ja. Aber seht euch das hier an. Dieses Ding muß wenigstens ein Dutzend Funktionen gleichzeitig ausüben. Jedes dieser Module besitzt einen separaten Eingang und Ausgang.«

»Dann laß mich mal. Ich verpaß ihm einen Schlag mit dem Hammer.«

»Nein, nein! Nur einen Augenblick!« Norman verfolgte die Schaltung mit der Spitze seines Schraubenziehers, während er ununterbrochen zwischen den Zähnen hindurch pfiff. »Jedes Modul wird von einer gemeinsamen Energiequelle gespeist, die vermutlich irgendwo tief unter der Erde liegt. Das ist ganz eindeutig irgendeine Art von Kommunikationsapparat. Dort haben wir einen Signalgeber, wahrscheinlich eine Art Navigationshilfe oder Leitstrahl. Hier finden wir die grundlegenden Schaltkreise für das Videospiel. Und das dort ist ein Gravitationsmechanismus, der Objekte im Orbit zu einer einprogrammierten Landestelle herunterholen kann. Die gesamte Apparatur dazu ist vorhanden; Ortung, Leitstrahl, Kommunikation, Landekontrollen. Und zahlreiche andere Komponenten dazu: äußere Verteidigungseinrichtungen, die die vorderen Schaltkreise schützen, Alarmsysteme et cetera et cetera.«

Professor Slocombe nickte. »Wenn du dann bitte das Leitsystem, die Kommunikation und die Landevorrichtung ausschalten würdest, Norman?«

Der Ladenbesitzer vertiefte sich in seine Arbeit. Geschickt entfernte er verschiedene komplizierte Platinen und Schaltkreise.

»Mir kommt da eine Idee«, sagte er schließlich. »Laienhaft gesprochen, könnten wir vielleicht einige Sektionen als Vorsichtsmaßnahme einfach umpolen, indem wir ihre positiven und negativen Ausgänge vertauschen.«

Professor Slocombe kratzte sich den schneeweißen Kopf. »Und was versprichst du dir davon?«

»Nun, falls diese Maschine dazu dient, mit Hilfe von Gravitationsleitstrahlen Raumschiffe herunterzubringen, dann könnten wir bewirken, daß ihre Computer einen Kurzschluß erleiden, sobald die Cereaner an Bord ihrer Schiffe die Koordinaten eingeben. Vielleicht würde das landende Raumschiff sogar zerstört.«

»Und das soll funktionieren?«

Norman tippte sich an die Nase. »Glauben Sie mir, Professor, es bedeutet nichts Gutes für sie. Wenn ich so darüber nachdenke, könnte es vielleicht sogar möglich sein, das Leitsystem mit dem Videospielprogramm der Maschine zu koppeln. Wir könnten die Bastarde aus dem Himmel pusten, während sie zu landen versuchen.«

»Kannst du es schaffen?«

»Und ob ich das kann, Professor!«

Norman löste eine Reihe von Verbindungen und setzte sie neu zusammen. Außerdem entfernte er ein kleines, unauffälliges Bauteil, das keine offensichtliche Funktion erfüllte, und packte es in seine Werkzeugkiste.

»Bist du fertig?« erkundigte sich Professor Slocombe, als der Ladenbesitzer sich schließlich aufrichtete.

»Fertig«, bestätigte Norman. Er zog seine Gummihandschuhe aus und warf sie in die Werkzeugkiste. »Es war ein Kinderspiel.«

Professor Slocombe erhob sich auf knackenden Gelenken und klopfte sich den Ziegelstaub aus der

Hose. Er legte dem Ladenbesitzer die Hand auf die Schulter und sagte: »Das war saubere Arbeit, Norman. Wir stehen für alle Zeit in deiner Schuld. Die Nacht ist allerdings noch lange nicht vorbei. Genaugenommen hat sie gerade erst begonnen. Fühlst du dich fit genug, um deinen Erfolg zu verdoppeln und auch noch das Darts-Turnier zu gewinnen?«

Norman nickte.

Er war felsenfest entschlossen, seinen Erfolg nicht nur zu verdoppeln, sondern sogar zu verdreifachen. Doch das war etwas, das er ganz für sich allein behielt.

Der *Fliegende Schwan* füllte sich rasch. Sieben einheimische Mannschaften nahmen am Turnier teil, und das Geschäft wurde bald hektisch. Neville hatte zusätzliches Personal eingestellt, doch es gehörte offensichtlich zu der Sorte, die mit den Fingern rechnen mußte und sich beim Wechseln immer wieder vertat. Sie kosteten ihn mehr Geld, als sie einnahmen. Der Teilzeitbarmann tat, was er konnte, doch seine Aufmerksamkeit wanderte immer wieder zur Tür des *Fliegenden Schwans*.

Um Viertel nach acht schwang sie auf und offenbarte die Ankunft von Professor Slocombe, John Vincent Omally, Jim Pooley und Norman Hartnell, und bei Normans Anblick schickte der Teilzeitbarmann einen gewaltigen Erleichterungsseufzer gen Himmel.

Omally schob sich durch das Gedränge und bestellte die Getränke. »Wie versprochen«, verkündete er dem Teilzeitbarmann, während die Darts-Mannschaft des Schwans Norman unter großem Hurra in ihrer Mitte empfing.

Neville zapfte die Biere. »Ich bin dir wirklich dankbar, Omally«, sagte er. »Die hier gehen aufs Haus.«

»Genau wie alle anderen für ein ganzes Jahr, sobald unsere andere kleine Geschichte erledigt ist?«

»Die Maschine?«

»Du wirst sie noch einmal ertragen müssen heute nacht. Was auch immer geschieht, du mußt standhaft bleiben und darfst auf keinen Fall einschreiten.«

Nevilles Mißtrauen war auf der Stelle geweckt. »Was wird denn deiner Meinung nach geschehen?«

Omally hielt die schmutzigen Hände hoch.

»Die ganze Sache ist unter Professor Slocombes Kontrolle. Du wirst wohl einer Meinung mit mir sein, daß man dem Professor ohne jeden Vorbehalt trauen kann?«

»Wenn es so ist, wie du sagst, dann will ich heute nacht ein Auge zudrücken gegenüber diesem Gewalttäter an meinen empfindlichen Teilen, der mit dir zusammen in mein Lokal geschlichen kam.«

Omally grinste hinter seinem Bart. Neville lud die Drinks auf ein Tablett, und Omally trug sie zu dem Tisch, den der Professor für den Abend reserviert hatte.

Eine Glocke erklang, und das Darts-Turnier nahm seinen Lauf. Ein eigens dazu herbeigerufener Zeremonienmeister in einem glitzernden Smoking mit nadeldünnem Schnurrbart, der zugleich als Schiedsrichter fungierte*, verkündete das erste Spiel.

Zuerst waren die beiden Mannschaften aus dem *New Inn* und den *Vier Reitersmännern* an der Reihe. Jack Lane, seit nunmehr siebenundvierzig Jahren Inhaber und Besitzer der *Reitersmänner*, kämpfte sich

* Der Zeremonienmeister, nicht der Schnurrbart.

aus seinem Rollstuhl und warf den allerersten Pfeil des Abends.

»Ein Double-Top. Die *Vier Reitersmänner* gehen in Führung«, verkündete der Schiedsrichter mit dröhnender Stimme.

Draußen auf der Straße näherten sich zwei Gestalten raschen Schrittes dem *Fliegenden Schwan*. Sie erinnerten verblüffend an den jungen Jack Palance und stanken erbärmlich nach Holzschutzmittel. Sie bewegten sich mit automatenhafter Präzision, und das Echo ihrer Schritte hallte durch die verlassen daliegende Ealing Road.

»Double-Top!« dröhnte die Stimme des Zeremonienmeisters. »Das *New Inn* zieht gleich.«

Pooley und Omally saßen in ihren Tribünensitzen und schlürften ihre Biere.

»Dein Favorit Jarvis hat einen guten Oberarmschwung«, sagte Omally.

»Für meine Begriffe macht er zuviel Schau«, erwiderte Pooley. »Trotzdem wette ich fünf zu vier auf die *Reitersmänner,* wenn du mitgehst.«

Omally, der längst sein Buch geöffnet hatte und von allen Seiten Wetten annahm, spuckte sich in die Handfläche und schlug in die dargebotene Rechte seines Freundes ein.

»Die Wette gilt«, sagte er.

Ptttou! Ptttou! Ptttou! kam es plötzlich aus der Ecke, wo die Captain Laser Alien Attack Maschine stand, und die beiden Männer wurden unvermittelt aus ihrer Bewunderung für die schöneren Dinge des Lebens gerissen. Beide sprangen von ihren Sitzen auf. Omally reckte den Hals über die Menge und spähte in Richtung des unheilverkündenden Apparats. Durch die noch immer anschwellende Menschenmenge erblickte er die auffällige limonengrüne Frisur von Nicholas Roger Raffles Rathbone.

»Es ist der junge Dummkopf«, sagte Omally. »Also fünf zu vier, hast du gesagt? Ich reserviere eine ganze Seite für dich.«

Neville hastete inzwischen hinter seinem Tresen hin und her und nahm Bestellungen von links, von rechts und aus der Mitte entgegen. Die Kasse klingelte wie ein Feueralarm, und Croughton, der schmierbäuchige Küchenhelfer, war längst schweißbedeckt.

Niemand nahm von den beiden Männern mit hohen Wangenknochen und makellosen schwarzen Anzügen Notiz, die den *Fliegenden Schwan* betreten hatten und sich in der Menge verloren. Niemand, heißt das, bis auf eine bestimmte körperlose Seele, die dem Professor jetzt leicht auf die Schulter klopfte.

»In Ordnung«, sagte der alte Mann, ohne die Augen vom Spiel abzuwenden. »Halten Sie mich bitte freundlicherweise auf dem laufenden, ja?«

Den *Vier Reitersmännern* erging es nicht sonderlich gut. Die Jungs aus dem New Inn hatten einen gewissen Thomas ›Squires‹ Trelawny engagiert, einen Meisterwerfer aus Chiswick.

»Wer hat denn den ins Spiel gebracht?« erkundigte sich Pooley. »Sein Name steht nicht in den Unterlagen.«

»Eine späte Meldung vermutlich. Willst du deinen Einsatz erhöhen?«

»Du bist niederträchtig bis in die Knochen, Omally«, sagte Pooley. »Die Wette bleibt, wie sie ist. Wer ist der nächste Werfer?«

»Jung Jack. Jacks Sohn.«

Jung Jack, Jacks Sohn, genoß bereits sein zehntes Jahr im Ruhestand, und er sah nicht einen Tag älter aus als vierzig. Er nahm mit den Zehenspitzen an der Markierung Aufstellung und sandte sein gefiedertes Wurfgeschoß auf seinen unfehlbaren Flug in die Dreifach-Zwanzig. Ein großes Hurra erhob sich unter den Anhängern der *Reitersmänner*.

»Er hat schon einmal mit fünf Pfeilen dreihunderteins Punkte geschafft!« verriet Omally seinem Kumpan Jim.

»Wahrscheinlich steht er mit dem Teufel im Bund.«

»Wahrscheinlich. Das verschafft ihm natürlich einen Vorteil.«

Und irgendwie brachte es Jung Jack diesmal sogar fertig, mit drei Pfeilen hunderteinundachtzig Punkte zu werfen, was seine Freunde von den *Vier Reitersmännern* ohne Ende begeisterte. Und zum Applaus aller beendete er seine Aufführung damit, daß er ein ganzes Pint Mild in weniger als vier Sekunden hinunterkippte.

»Er schlägt sich verdammt gut, wenn man sein Alter bedenkt«, sagte Omally.

»Du solltest erst einmal sein Bild in der Halle sehen«, entgegnete Pooley.

»Ich gehe die nächste Runde holen«, verkündete Professor Slocombe und erhob sich auf seinen Gehstock.

»Passen Sie auf, daß er Ihnen kein Geld für meine abknöpft!« rief Omally ihm hinterher, der ein langes und glückliches Jahr vor sich sah, falls alles lief wie geplant. Ohne daß ein Wort gesprochen werden mußte, teilte sich die Menge vor dem alten Mann und gestattete ihm ungehinderten Zutritt zur Theke.

Unter seiner Tischplatte machte Jung Jack ein satanisches Zeichen, doch er wußte sehr wohl, daß der große Gelehrte ihn nach Belieben deklassieren konnte.

»Das gleiche noch mal«, bestellte Professor Slocombe, und Neville erwies sich die Ehre. »Alles in Ordnung bei dir, Herr Wirt?« erkundigte sich der alte Gentleman. »Du machst einen etwas gehetzten Eindruck, Neville.«

»Ich bin ein arg geprüfter Mann, Professor«, antwortete Neville. »Ich kann ein großes Desaster riechen, und das noch heute nacht. Der Geruch haftet in meinen Nüstern, sogar jetzt, während wir reden. Es riecht nach Holzschutzmitteln, aber ich weiß, es bedeutet Desaster. Falls wir die heutige Nacht überleben, werde ich einen langen, ausgedehnten Urlaub antreten.«

»Du solltest vielleicht einmal nach Penge fahren«, strahlte der alte Mann freundlich. »Ich habe gehört, es soll sehr schön sein dort, obwohl ich selbst bisher noch nicht die Gelegenheit . . .«

Seine Worte wurden von einem Stakkato aus *Ptttous!* erstickt, das plötzlich von der nahebei stehenden Videomaschine ausging.

Neville blickte mißmutig durch das Gedränge auf den gekrümmten Rücken des Zeitungsjungen. »Vielleicht sollte ich ihn einfach an Ort und Stelle erschlagen und meinen Urlaub in Dartmoor verbringen. Man sagt, die Luft sei sehr gut dort.«

»Keine Sorge«, sagte Professor Slocombe, doch auch seine Blicke hingen wie hypnotisiert auf dem Rücken des grünhaarigen jungen Burschen. Neben Nick stand ein Mann von durchschnittlicher Größe mit leicht bräunlicher Hautfarbe und hohen Wangenknochen und redete hastig auf Raffles Rathbone ein. Der Professor konnte nicht umhin, bei der Betrachtung des Mannes an den jungen Jack Palance zu denken. Raffles Rathbone war jedoch offensichtlich so sehr in sein

Spiel vertieft, daß er das drängende Geschnatter des Fremden in dem dunklen Anzug völlig zu überhören schien.

Neville schrieb den Betrag auf das private Konto des Professors, und der alte Gentleman schleppte sein volles Tablett zum Tisch zurück.

»Wie steht das Spiel?« erkundigte er sich bei Omally.

»Squires Trelawny zweifelt den Punktestand von Jung Jack an«, berichtete dieser. »Darüber hinaus ist er offensichtlich nicht mit Jacks Technik *au fait*.«

»Du meine Güte!« sagte Pooley und deutete in Richtung der Streithähne. »Das wird dem Jungen Jack ganz bestimmt nicht gefallen!«

Trelawny, ein temperamentvoller Vertreter der Darts-werfenden Bruderschaft, war anscheinend frustriert wegen der Mauer aus Gleichgültigkeit, auf die seine Einwände prallten. Er hatte einem der führenden Spieler der *Vier Reitersmänner* den Finger ins Auge gestochen.

»Trelawny ist hiermit disqualifiziert«, verkündete der Schiedsrichter.

»Was? *Was?*«

Squires wandte sich zu dem Mann in dem gemieteten Smoking um und stampfte voller Zorn mit dem Fuß auf.

»Raus. Ende. Fertig«, sagte der Schiedsrichter. »Wir dulden keine Gewalt hier bei uns.«

»Ihr seid alle vollkommen verrückt!« kreischte der verstimmte Spieler mit hoher Piepsstimme. Die Menge gab ein johlendes Gelächter von sich, und irgend jemand kniff Trelawny in den Hintern.

»Aus dem Weg!« Trelawny warf seinen Satz Asprey-Darts zu Boden (die ganz besonders teuren mit den Rabenfedern) und schob sich durch die grölende Menge auf den Ausgang zu.

Jung Jack, zu dessen zahlreichen persönlichen Abneigungen ein ganz besonderer Haß gegen Burschen wie jenen gehörte, vollführte unter dem Tisch eine Geste, die niemand außer ihm sah, und als Trelawny aufgebracht auf die Straße hinausstürzte, rutschte er auf einer imaginären Bananenschale aus und stürzte lang auf den Bürgersteig. Und als wäre das nicht genug, wich gleichzeitig die Luft aus beiden Vorderreifen seines Morris Minor.

»Das sieht mir ganz nach einem höchst ereignisreichen Abend aus«, sagte Jim Pooley. »Die ersten Ausscheidungskämpfe sind noch nicht vorüber, und schon fließt Blut.«

Der Schiedsrichter wischte den Namen des *New Inn* von der Tafel. Nachdem der beste Spieler der Mannschaft disqualifiziert worden war, hatte die Moral eben jener Mannschaft einen vernichtenden Schlag erlitten, und das *New Inn* hatte sich aus dem Wettkampf zurückgezogen.

Als nächste waren der *Nordstern* und das *Princess Royal* an der Reihe. Die Mannschaft des *Nordstern* erregte überall Aufmerksamkeit, wohin sie auch reiste. Die fünf stämmigen Brüder glichen sich wie ein Ei dem anderen und unterschieden sich nur in der Größe: vom jüngsten, Wee Tam, mit knapp einssiebzig, bis hin zum ältesten, Big Bob, mit knapp zwei Metern. Sie sahen mehr nach russischen Puppen aus als nach einer ernstzunehmenden Darts-Mannschaft. Ihre Gegenwart verursachte beim trunkeneren Teil der Kundschaft stets größere Heiterkeitsausbrüche.

Die gegnerische Mannschaft hätte nicht unterschiedlicher sein können, selbst wenn sie sich die größte Mühe gegeben hätte. In ihren absurden Reihen spielten zwei Werkstattmonteure, die zu nichts zu gebrauchen waren, ein bärtiger Ex-Vikar, ein großer Aufzugsmonteur mit kleinen Ohren und ein Bauleiter mit großen. Außerdem rühmten sie sich des einzigen chinesischen Spielers von ganz Brentford. Tommy Lee war der gegenwärtige Großmeister des Brentforder Dimac-Tempels und besaß jede Menge Dan-Grade, selbst für Leute, die jede Menge Dan-Grade ihr eigen nannten. Nur wenige in der Gegend hatten je gewagt, mit Tommy Lee einen Streit wegen eines fehlerhaften Wurfs anzufangen.

Allerdings war Tommy – der die heiligen Dimac-Eide geschworen hatte, niemals von seinen entsetzlichen, verstümmelnden, zerreißenden, entstellenden und verkrüppelnden Techniken Gebrauch zu machen, es sei denn, er befand sich wirklich mit dem Rücken an der Wand – ein wahrhaft fairer und ehrenhafter Mann und in der ganzen Gemeinde höchst beliebt. Und er war der einzige Mann, der mit gesenktem Arm warf. Er schlug sich recht wacker, und wie üblich waren zwei kräftige Burschen erforderlich, um seine handgeschnitzten Elfenbeindarts aus dem Brett zu ziehen.

»Jede Wette, damit ist auch der restliche Putz von Archies Küchenwand abgefallen«, sagte Omally. »Ach, übrigens, Professor – ich hoffe doch, daß für das Wohl des Mannes aus Bombay gesorgt ist? Wir wollen doch nicht, daß er nach nebenan geht, um sich irgendein Popadum zu grillen, oder?«

Der Professor tippte sich an die geschwungene Nase. Einer der Jungs vom *Nordstern* war mit seinen Würfen zugange, doch es war schwer zu sagen, um wen von den Fünfen es sich genau handelte, wenn sie nicht dicht beisammen standen und man sie nicht nach ihrer Größe abschätzen konnte.

»Einhundert«, brüllte der Schiedsrichter.

»Welche Quote gibt es gegenwärtig auf den Nordstern?« erkundigte sich der Professor, und aus professioneller Etikette antwortete John. »Dann setze ich fünfundzwanzig Pfund«, sagte der Professor.

»Und wie wollen Sie zahlen?«

»Omally, du weißt ganz genau, daß ich niemals Bargeld mit mir führe.«

»Das *Princess Royal* benötigt einhundertsechsundfünfzig«, verkündete der Schiedsrichter und schrieb die Zahl auf die Kreidetafel.

Der Aufzugsmechaniker trat umständlich auf das Oché.

Ein Raunen ging durch die Menge, als sein erster Pfeil die dreifache Zwanzig traf. Ein Pfeifen, als sein zweiter sich hinzugesellte, und ein lauter entsetzter Aufschrei, als der dritte die doppelte Achtzehn nur um Haaresbreite verfehlte. Mit hochroten Winzohren kehrte der Aufzugsmechaniker zu seinem Stuhl zurück und zugleich in die Vergessenheit, aus der er erst Augenblicke zuvor aufgetaucht war.

»Bedauerlich, sehr bedauerlich«, sagte Professor Slocombe und rieb sich die Hände. »Aber mir ist schon früher aufgefallen, daß dieser Bursche unter Druck rasch nervös wird.«

Omally machte ein mürrisches Gesicht. Er hatte die gleiche Beobachtung gemacht, doch in der Hitze der immer höher gehenden Wetten hatte er versäumt, die Reihenfolge der Werfer zu notieren.

»Der *Nordstern* benötigt siebenundachtzig.«

Unter dem begeisterten Grölen der Zuschauer wurde die verlangte Zahl geworfen; zuerst eine einfache Neunzehn, dann eine doppelte Neunzehn, und schließlich eine doppelte Fünfzehn.

»Ich liege vorn«, sagte Professor Slocombe zu dem mürrisch dreinblickenden Iren.

»Ich auch«, fügte Pooley hinzu.

Und dann begann die übliche Debatte, die stets bei Meisterschaften einzusetzen pflegte. Ein Mitglied der Mannschaft vom *Princess Royal* beschuldigte die Männer vom *Nordstern*, nicht in der vorgeschriebenen Reihenfolge zu werfen.

Der Richter, der das Offensichtliche vergessen und die fünf Brüder nicht gezwungen hatte, Namensschilder zu tragen, fand sich bald im Mittelpunkt der Kritik.

Und Omally, dem das Versäumnis bereits ganz zu Anfang aufgefallen war, schüttelte den Kopf in Richtung des alten Professors.

»Ich sehe schon, daß alle Wetten auf diese Runde für null und nichtig erklärt werden«, sagte er.

»Ich könnte intervenieren«, erbot sich Professor Slocombe.

»Das wäre wohl kaum sportlich, oder, Professor?«

»Willst du etwa andeuten, daß ich voreingenommen sein könnte?«

»Um Gottes willen, nein! Die nächste Runde geht auf dich, nicht wahr, Jim?«

Pooley, der mit dem Gedanken gespielt hatte, die Möglichkeit eines Kredits zur Sprache zu bringen, mit seinen möglichen Gewinnen als Sicherheit, klopfte seine Taschen ab.

»Ihr seht mich momentan in einer finanziellen Verlegenheit«, gestand er.

»Das kann ich mir nicht vorstellen«, sagte der alte Professor. »Ich erinnere mich, dich gebeten zu haben, daß du mir ein Pfund Kleingeld aus der Registrierkasse des *Fliegenden Schwans* mitbringst.«

»Das haben Sie, Sir. Jawohl, das haben Sie.« Pooley schüttelte den Kopf angesichts des professoralen Weitblicks und kämpfte sich zur Theke durch.

Neville betrachtete seinen treuen Kunden mit einem eisigen Blick.

»Bist du gekommen, um mir wieder in den Unterleib zu treten, Pooley?« fragte er. »Du weißt, daß du hier nur geduldet bist, und zwar als Gast von Omally und Professor Slocombe?«

Jim nickte demütig. »Was kann ich sagen?«

»Nicht viel«, erwiderte Neville. »Wirklich nicht viel. Riechst du das Holzschutzmittel?«

Pooleys Schnurrbartenden sackten nach unten wie die Rute eines Wünschelgängers.

»Wo?« erkundigte er sich mit bebender Stimme.

»Irgendwo ganz in der Nähe.«

Pooley belud das Tablett und warf eine Handvoll Münzen auf die Theke.

»Behalte den Rest«, rief er Neville zu und zog sich furchtsam in Richtung seines Tischs zurück.

»Wir sind als nächste an der Reihe«, sagte Omally bei der Rückkehr des zitternden Pooley. »Willst du nicht ein Pfund auf die Heimmannschaft setzen?«

»Neville hat Holzschutzmittel gerochen«, berichtete Pooley.

»Ganz ruhig«, sagte der Professor und tätschelte dem nervösen Jim den Arm. »Ich bezweifle nicht, daß sie den einen oder anderen Verdacht gegen uns hegen. Ich versichere dir, daß sie unter Beobachtung stehen.«

Die Captain Laser Alien Attack Maschine gab eine weitere Serie elektronischer Explosionen von sich. Norman trat unter tosendem Applaus auf das Oché.

Er leckte die Spitzen seiner Pfeile an und nickte dem Schiedsrichter zu.

»Der *Fliegende Schwan* ist an der Reihe«, bestätigte der Mann im Leihsmoking.

Normans virtuose Meisterschaft im Spiel, sein Stil und seine Finesse waren in Brentford legendär. Einige seiner Anhänger, die aus Brentford weggezogen waren, reisten jedes Jahr viele Meilen, um sein Geschick beim Werfen zu erleben. Ein albinotischer Mann mit roten Augen, der sich unablässig in den Schatten hielt, war sogar von Penge nach Brentford gekommen.

»Einhundertachtzig«, verkündete der Schiedsrichter, doch seine Stimme ging in einem Brüllen unter, das an das Wembley-Stadion erinnerte.

»Das ist die reinste Poesie«, sagte Omally.

»Einfach vollkommen«, sagte Pooley.

»Ich glaube, es hat viel eher etwas mit den Pfeilen zu tun«, sagte der alte Professor. »Und möglicherweise auch mit dem Brett. Wenn ich mich nicht irre, hat Norman es dem *Fliegenden Schwan* gestiftet, nicht wahr?«

»Sie wollen doch wohl nicht behaupten, unser Mannschaftskapitän hätte irgendeinen elektronischen Trick eingebaut?« fragte Omally.

»Würde ich so etwas wagen? Aber euch ist sicher nicht entgangen, daß die alte Guinness-Uhr jedesmal stehenbleibt, wenn Norman wirft. Doch das kann selbstverständlich reiner Zufall sein.«

»Die ganze Welt hält den Atem an, wenn Norman seine Darts wirft«, sagte Omally und verringerte die unglaublich geringe Quote auf den Sieg der Heimmannschaft noch weiter. »Wer ist mit der nächsten Runde dran?«

»Ich würde jetzt gerne zu Sherry übergehen, falls niemand etwas dagegen hat«, sagte Professor Slocombe. »Ich verspüre nicht den geringsten Wunsch, heute abend die Toiletten des *Fliegenden Schwans* aufzusuchen.«

»Ganz meiner Meinung«, stimmte John ihm zu. »Wir tun alle gut daran, in der Menge zu bleiben. Also dann eine Runde Kurze.« Er stand vom Tisch auf, nahm sein Buch und schob sich durch die Menge.

Der Alte Pete näherte sich Professor Slocombe und begrüßte den alten Gelehrten mit überschwenglichem Händedruck. »Mein Hund Chips hat mir verraten, daß ein Gespenst in unserer Mitte weilt«, berichtete er dem Professor.

»Und ein äußerst distinguiertes von der literarischen Sorte noch dazu«, entgegnete der ältere der beiden Alten. »Sag deinem Hund, daß er nichts zu befürchten hat. Es steht auf unserer Seite.«

Der Alte Pete nickte und lenkte das Gesprächsthema auf den traurigen Untergang jeglicher Moral in der Nation und Professor Slocombes Meinung über den neuen Computer im Postbüro.

An der Theke entdeckte Omally den Knaben Nick, der gerade ein halbes Pint Radler bestellt hatte.

»Das geht auf mich«, sagte er und gab dem Burschen zwei Florins. »Du machst deine Sache wirklich großartig.«

Raffles Rathbone hob eine manikürte Augenbraue. »Jetzt erzählen Sie mir nicht, Sie heißen das Spiel plötzlich gut?« fragte er zweifelnd.

»Jedem das Seine. Ich war nie jemand, der der Fleischeslust gleichgültig gegenübergestanden hat. Hier, spiel ein paar Spiele auf meine Rechnung, und triff nicht daneben, ja?«

Er ließ einige weitere Münzen in die ausgestreckte Hand des Burschen fallen. »Ich treffe nie daneben«, erwiderte Nick. »Ich habe das Spiel gemeistert.«

»Guter Junge. Zwei Kurze und einen kleinen süßen Sherry bitte, Neville.«

Der Teilzeitbarmann funkelte Omally an.

»Du wirst für diese Runde zahlen«, schnarrte er. »Ich bin immer noch mißtrauisch.«

»Selbstverständlich. Du kannst dich später bei mir bedanken«, entgegnete Omally und kramte in seinen Taschen. »Ich bin ein Mann, der zu seinem Wort steht.«

»Und ich zu meinem. Das macht achtzehn Schilling Sixpence.«

»Wissen Sie vielleicht etwas, das ich nicht weiß?« erkundigte sich Nick bei dem Iren.

»Eine ganze Menge sogar. Hast du irgend etwas Bestimmtes im Sinn?«

»Ich meine die Maschine.«

»Nein, nichts. Warum? Beunruhigt dich irgend etwas?«

Nick schüttelte den grünen Kopf und richtete die lange Nase einmal mehr auf die wartend dastehende Maschine.

»Ich muß jetzt gehen«, sagte er. »Der Captain wartet bereits auf mich.«

»Dummkopf«, murmelte Omally leise vor sich hin.

Als er endlich wieder an den Tisch zurückgekehrt war, hatte die Mannschaft des *Fliegenden Schwans* ihren Gegner längst besiegt.

»Ich bin sicher, daß ich bei diesem Spiel wenigstens zwei Schilling vorne liege«, sagte Pooley.

»Zwei Schilling und vier Pence«, sagte der Professor. »Paß auf, daß es dir nicht zu Kopf steigt.«

Das letzte Ausscheidungsspiel fand zwischen den *Vier Reitersmännern* und dem *Albany Arms* statt, dessen Mannschaft aus alten Stammgästen – jeder einzelne ein Veteran von Gallipoli – sich bisher bemerkenswert gut gegen eine inspirierte Opposition geschlagen hatte.

»Das *Albany Arms* ist an der Reihe«, brüllte dessen Inhaber persönlich.

»Laßt mich aus dieser Wette raus«, sagte Pooley. »Meiner Meinung nach steht das Ergebnis längst felsenfest, es sei denn, Gott persönlich greift ein und schickt Jung Jack in das bodenlose Loch.«

»Ich gestehe freimütig, daß du mindestens hundert Pfund einsetzen mußt, um magere zwei Schilling und vier Pence zu gewinnen.«

»Meinst du eigentlich nicht, daß tausend zu eins gegen das *Albany Arms* ein wenig grausam ist?«

»Aber eine verlockende Wette für denjenigen, der auf Außenseiter setzt.«

»Das ist die reinste Bauernfängerei«, kritisierte Professor Slocombe. »Wie kannst du nur damit leben, John?«

Omally grinste unter seinem Bart. »Bitte verwehren Sie mir nicht meinen einzigen Lebensunterhalt, Professor«, sagte er.

Vom ersten Dartspfeil an widerfuhren dem *Albany Arms* unerklärliche Schwierigkeiten beim Spiel. Mehrere der normalerweise rüstigen Greise wurden plötzliche Opfer einer Inkontinenz, während sie gerade am Werfen waren.

Andere hatten ihre Darts verlegt oder verschütteten ihr Bier, und einer sperrte sich sogar in der Herrentoilette ein und weigerte sich, wieder herauszukommen, bevor nicht die große schwarze Ziege entfernt worden wäre, die vor dem Dartbrett stand und ihn hämisch angrinste.

Der Einfluß, den Jung Jack auf die Mitglieder gegnerischer Mannschaften haben konnte, war durchaus bemerkenswert, wenngleich die Zuschauer in keinster Weise davon angetan waren. Sie waren von vornherein nur an den schöneren Seiten des Spiels interessiert und achteten wachsam auf jegliche Hinterlist, und sie reagierten auf dieses demütigende Schauspiel mit Wut und Entrüstung und wandten dem Dartsbrett bald den Rücken zu.

Jung Jack hätte es nicht gleichgültiger sein können. Die *Vier Reitersmänner* benötigten lediglich eine doppelte Dreizehn, um das Spiel zu gewinnen, denn das Albany hatte nichts vorgelegt. Der Faust der Jetztzeit grinste zu Professor Slocombe herüber und vollführte eine obszöne Geste.

Der alte Gelehrte schüttelte den Kopf und machte klickende Geräusche mit der Zunge.

»Höchst unsportlich«, sagte er. »Ich werde dafür sorgen, daß das im Finale nicht geschieht.«

Ohne das unausweichliche Ergebnis des Kampfes abzuwarten, erhob er sich aus seinem Stuhl und ging zu der Stelle, wo die Mannschaft des *Fliegenden Schwans* inmitten eines lauten Gedränges stand und das Spiel völlig ignorierte.

»Ich vermute, er will ihre Darts segnen«, sagte Omally. »In seinem jährlichen Kampf mit Jung Jack überläßt Professor Slocombe einfach nichts dem Zufall.«

»Hältst du es eigentlich für möglich«, erkundigte sich Pooley melancholisch, »daß es irgendwo in diesem unserem grünen, blühenden Land, auf dieser gekrönten Insel, diesem Juwel in einem silbernen

Ozean und was weiß ich nicht alles, daß es irgendwo eine kleine Darts-Mannschaft geben könnte, die ihre Basis möglicherweise in irgendeinem kleinen gemütlichen Gasthaus aufgeschlagen hat und das Spiel nur um seiner selbst willen spielt, ohne zu irgendwelchen schmutzigen Tricks zu greifen?«

»Bist du verrückt geworden?« entgegnete Omally. »Oder schlicht und einfach betrunken?«

Jim schüttelte den Kopf. »Ich habe mich nur gefragt, wie so ein Spiel aussehen mag. Ich meine, wenn Geschick und Kunstfertigkeit allein entscheiden.«

»Verdammt langweilig, sollte man meinen. Hier, nimm diese Ein-Pfund-Note, die du mir später zurückzahlen kannst, und schaff eine neue Runde herbei.«

Jim beobachtete einen Augenblick lang, wie der höllenschwarze Pfeil von Jung Jack die Luft durchquerte und dabei einen gelben Kondensstreifen zog, um anschließend die ölige Nase tief in die doppelte Dreizehn zu senken.

»Ich würde es trotzdem zu gerne sehen«, sagte Jim. »Nur ein einziges Mal.«

»Du bist vielleicht naiv«, seufzte Omally, während sein Stift über endlose Kolonnen von Zahlen fuhr und er überlegte, wie viele Tausend Pfund er an diesem Abend vorne stand.

Professor Slocombe murmelte einen lateinischen Text über dem Tisch mit den ausgebreiteten Darts und gab seine Benediktion.

»Das bewirkt selbstverständlich nicht, daß ihr besser spielt«, erklärte er, »allerdings wird es eure Darts vor möglichen mysteriösen Ablenkungen bewahren, die anderweitig stattfinden könnten.«

Die Mannschaft des *Fliegenden Schwans* nickte. Sie

hatte die *Vier Reitersmänner* in den letzten fünf Jahren in ununterbrochener Folge geschlagen, was rein zufällig genau dem Zeitraum entsprach, seitdem Professor Slocombe der Ehrenvorsitzende war. Die Spieler nahmen die Worte des alten Gelehrten sehr ernst, und keiner der zahlreichen Unfälle und keines der Mißgeschicke, die das Spiel der restlichen Kontrahenten der *Vier Reitersmänner* verunstalteten, war ihnen je widerfahren. Nur wenige Mannschaftsmitglieder wußten über Okkultismus Bescheid, doch jeder segnete den Tag, an dem Norman vorgeschlagen hatte, den alten Gelehrten zu nominieren.

»Seid gewarnt«, fuhr Professor Slocombe fort. »Jung Jack scheint heute nacht in der Form seines Lebens zu sein. Macht, was immer ihr wollt, aber seht ihm auf gar keinen Fall in die Augen.«

Neville erschien mit einem silbernen Tablett in der Menge. Auf dem Tablett standen ein Dutzend glitzernder Champagnerschalen und ein georgianischer Sektkühler mit einer eiskalten Flasche Pol Roger darin.

Dieser kleine Moralheber war eine weitere von Professor Slocombes Inspirationen.

»Viel Glück euch allen«, sagte der Teilzeitbarmann und klopfte Norman behutsam auf die Schulter. »Viel Glück«, wiederholte er.

Am anderen Ende der Theke hatte sich eine kriegsratsähnliche Konklave gebildet. Jung Jack und seine dämonischen Kohorten hatten sich um den Rollstuhl des Alten Jack versammelt und sprachen mit gedämpften, wenngleich aufgeregten Stimmen. Neville bemerkte, daß über dem Gestank nach Holzschutzmittel, der sich so stark in seine sensitiven Nüstern drängte, ganz definitiv eine Wolke von Schwefel lag, die von der Traube satanischer Konspiratoren aufzusteigen schien. Der Teilzeitbarmann erschauerte. Warum mußten die Dinge immer so kompliziert sein?

Der *Fliegende Schwan* war inzwischen buchstäblich bis zum Bersten voll mit Gästen. Es war fast unmöglich, sich durch die Menge zu schieben, und Tabletts mit Getränken wurden von der Theke über die Köpfe der Anwesenden gereicht, um im allgemeinen ein gutes Stück leichter bei ihren Bestimmungsorten einzutreffen.

Sehr schnell näherte sich die Stimmung dem Stadium, in dem es hieß: »Jeder gegen jeden, und jeder für sich selbst«. Die Luft war statisch aufgeladen vor Spannung, und vor lauter Zigarrenqualm war es kaum noch möglich zu atmen. Der Krach war ohrenbetäubend, und selbst die Captain Laser Alien Attack Maschine war nicht mehr zu hören, der Klang ihrer Explosionen verloren in all dem Lärm. Croughton der schmerbäuchige Küchenhelfer hatte völlig den Überblick verloren und sich auf den Hinterhof zurückgezogen, um seine Nerven bei einer stillen Zigarette zu beruhigen.

»Ladies und Gentlemen«, brüllte der Schiedsrichter aus vollem Hals, »es ist mir ein Vergnügen, den letzten und entscheidenden Zweikampf des Abends anzukündigen. Der absolute Höhepunkt dieses sportlichen Ereignisses.« Omally bemerkte, daß der Schiedsrichter leicht zögerte, als er das Wort ›sportlich‹ aussprach. »Das Finale um die heiß begehrte Schale der Brentforder Distriktmeisterschaft im Dartswerfen.«

Neville, der den begehrten Pokal von seinem spinnwebverhangenen Ruheplatz über der Bar genommen und sorgfältig poliert hatte, um ihn dann an einem

Ort zu verstecken, der nur ihm allein bekannt war, nahm ihn jetzt aus seinem Versteck hervor und hielt ihn mit beiden Händen hoch. Im *Fliegenden Schwan* ertönten laute Jubelrufe.

»Die Finalisten sind die gegenwärtigen Inhaber des Pokals, die Heimmannschaft des *Fliegenden Schwans,* seit fünf Jahren in ununterbrochener Folge Champions«, ein weiteres ohrenbetäubendes Jubeln, »und ihre Herausforderer von den *Vier Reitersmännern.*«

Totenstille. Mit Ausnahme eines gelegentlichen *Ptttou*! im Hintergrund.

»Gentleman, möge der Wettstreit beginnen.«

Die Heimmannschaft, als amtierende Champions, durften Kopf oder Zahl wählen. Während der Schiedsrichter eine Münze hoch in die rauchgeschwängerte Luft warf, beugte sich Professor Slocombe, der hinter Jung Jack getreten war, leicht nach vorn und flüsterte: »Die Münze täte besser daran, wieder herunterzukommen, und sie täte wirklich außerordentlich gut daran, diesmal nicht auf der Kante zu landen.«

Jung Jack drehte sich zu seinem Gegenspieler um. »Da Sie der Ehrenpräsident des *Fliegenden Schwans* sind, freue ich mich schon jetzt ganz besonders darauf, nach der vernichtenden Niederlage Ihrer Mannschaft den Pokal aus Ihren Händen persönlich entgegenzunehmen.«

Ob durch Eingriff des launischen Dings namens Schicksal oder durch den Einfluß von etwas, das zu unterbinden der Professor versäumt hatte (so unwahrscheinlich das auch scheinen mochte), landete die Münze verkehrt herum, und die *Vier Reitersmänner* waren die ersten auf dem Oché.

Und wegen seines weit fortgeschrittenen Alters und

der nicht von der Hand zu weisenden Möglichkeit, daß er vielleicht kein Meisterschaftsspiel mehr bis zu seinem Ende überleben würde, war der Alte Jack der erste, der seine Pfeile warf.

Professor Slocombe machte sich nicht die Mühe, zuzusehen, wie der Greis sich aus seinem Rollstuhl kämpfte, gestützt von zwei jungen Helfern, um seine Darts zu schleudern. Seine (des Professors) Augen klebten an den Händen von Jung Jack und achteten auf die kleinste Regung der metaphysischen Finger des Kapitäns der dunklen Mannschaft.

Es war eine *Best-of-Five* Entscheidung mit fünfhundertundeins Punkten, und jeder einzelne Spieler war fest entschlossen, alles zu geben oder bei dem Versuch zu sterben. Der Alte Jack gab jedenfalls eine ganze Menge von sich, und das mit einem wirklich satten Ton.

Norman war als nächster an der Reihe. Während er vor der Linie Stellung bezog, wanderten Pooleys und Omallys Augen unwillkürlich über die Köpfe der Menge zu der elektrischen Guinness-Uhr an der Wand.

Dreimal warf Norman, und dreimal bemerkten die beiden Augenpaare das Zögern des Sekundenzeigers.

»Er betrügt, wußtest du das?« knurrte Pooley.

»Ich habe Gerüchte gehört«, erwiderte Omally.

»Einhundertachtzig«, brüllte der Mann in dem gemieteten Smoking.

Am äußeren Rand des Sonnensystems, wo die Planeten träge und leblos ihre Bahnen ziehen, erschienen neun kleine weiße Lichtpunkte, die ganz definitiv auf keiner Himmelskarte registriert waren. Sie bewegten sich auf einer gleichförmigen Flugbahn mit einer Geschwindigkeit, die auf den ersten Blick gemächlich erschien.

Wenn man jedoch die riesigen Entfernungen bedachte, die sie im Verlauf jeder einzelnen Sekunde zurücklegten, dann wurde offensichtlich, daß alles andere der Fall war.

Auf der Brücke des Cereanischen Flaggschiffs, der Sandra, stand der Kapitän der Flotte, ein gewisser Lombard Omega, von einigen auch Lord der Tausend Sonnen genannt, Vizekönig des Galaktischen Imperiums und Kronprinz von Sirius, ein Mann von durchschnittlicher Größe mit hohen Wangenknochen und leicht bräunlichem Teint.

Er besaß eine verblüffende Ähnlichkeit mit dem jungen Jack Palance, und er roch selbst so weit draußen am Rand der kosmischen Unendlichkeit stark nach Holzschutzmittel.

»Setzen Sie einen Kurs auf die Heimat«, befahl er, während er eine noble Haltung einnahm und stolz nach draußen in den Weltraum deutete. »Wir haben die Galaxis erobert und kehren nun im Triumphzug nach Hause zurück. Ceres, wir kommen!«

Der Navigator, der seinem Kapitän verblüffend ähnlich sah – mit Ausnahme einer weit weniger dekorierten Uniform selbstverständlich und viel weniger Kampfauszeichnungen –, tippte eine Reihe von Kommandos in eine Konsole von weit fortgeschrittenem Design.

»Meine Güte!« sagte er, als das Computerleitsystem auf seinen Befehl hin eine unerwartete Antwort auf den dreidimensionalen Schirm projizierte. »Das ist aber wirklich eigenartig.«

Lombard Omega blickte über die Schulter nach hinten und schielte auf die neun Planeten, die der leuchtende dreidimensionale Schirm zeigte.

»Wo ist der beschissene Planet abgeblieben?« fragte er.

»Einhundertundvierzig«, rief der Schiedsrichter, der nicht die leiseste Ahnung von den Vorgängen am Rand unseres Sonnensystems hatte. »Die *Vier Reitersmänner* brauchen siebenundneunzig.«

»Falls sie nicht betrügen, spielen sie ein wirklich sensationelles Spiel«, sagte Pooley.

»Oh, selbstverständlich betrügen sie«, entgegnete Omally. »Obwohl ich nicht glaube, daß der Professor schon herausgefunden hat, wie sie es machen.«

Und der Professor hatte es tatsächlich noch nicht herausgefunden. Er hatte Jung Jack mit Argusaugen beobachtet und bisher noch nicht den kleinsten Hinweis auf Betrügereien entdeckt. Aber die *Vier Reitersmänner* konnten unmöglich allein mit ihrem Können gewinnen, oder doch?

Billy »Banjo« Breton, die volltrunkene Reserve der *Vier Reitersmänner*, stand plötzlich auf dem Oché. Schon allein die Vorstellung, daß eine Mannschaft bei einer Meisterschaft wie dieser einen Reservespieler auf das Feld schicken könnte, war eine einzige Unerhörtheit, denn die Rolle der Reservisten wurde traditionell von den betrunkenen Stammgästen der jeweiligen Kneipe eingenommen, und sie spielten eigentlich mehr die Rolle von Maskottchen und Komödianten als die richtiger Spieler.

Ein ungläubiges Raunen des Mißtrauens ging durch die Menge. Zwei Mannschaftskameraden Billys drehten den Burschen in Richtung des Bretts. »Dort drüben«, sagten sie. Billy zielte mit seinem Dart, den er verkehrt herum in der Hand hielt.

»Jung Jack macht sich über den Professor lustig!« sagte Omally. »Er hat ganz definitiv einen Trick in der Hinterhand.«

Auf Professor Slocombes Gesicht war ein Ausdruck der Perplexität zu sehen, während er nach einem betrügerischen Zeichen suchte und keines fand. Doch ein sanftes Schulterklopfen ordnete seine Gedanken wieder.

»Einer ist draußen, und einer steht bei der Maschine«, berichtete Edgar Allan Poe.

Professor Slocombe nickte.

»Dürfte ich nach dem Sinn dieses Spiels fragen?« erkundigte sich der berühmte Dichter.

»Es ist eine Herausforderung zwischen der Gaststätte, die unter dem Namen *Vier Reitersmänner* bekannt ist, und unserem geliebten *Fliegenden Schwan*«, antwortete Professor Slocombe telepathisch.

»Und darf ich dann fragen, warum Sie erlauben, daß Ihre Gegner ihre Pfeile durch eine spirituelle Form steuern lassen?«

Auf Professor Slocombes Gesicht breitete sich ein Lächeln aus, das John Vincent Omally nicht entging.

»Er hat es herausgefunden!« flüsterte er Pooley zu.

Professor Slocombe beugte sich zum Ohr von Jung Jack hinunter.

»Hast du eigentlich jemals erlebt, wie ich die Verse des Exorzismus rezitiere?« erkundigte er sich. »Ich bin ein wahrer Meister darin.«

Jung Jack bedachte den Professor mit der Sorte Blick, die Jungfrauen deflorieren und Babys dazu bringen konnte, ihre Windeln vollzumachen.

»Also schön«, gestand er schließlich zögernd. »Wir werden es auf ehrliche Weise hinter uns bringen.«

»Das wirst du niemals tun. Streich einfach diese Runde und laß dich gewarnt sein.«

»Siebenundvierzig«, brüllte der Schiedsrichter, der allmählich heiser wurde.

»So ein Pech«, sagte Professor Slocombe.

»Der *Fliegende Schwan* benötigt achtundsechzig.«

Der *Fliegende Schwan* schaffte die achtundsechzig ohne das geringste Problem.

Lombard Omega rannte auf der Brücke hin und her, spähte durch die Bullaugen aus Plexiglas nach draußen und fuchtelte mit den Fäusten in der Luft.

»Wo ist er hin?« fluchte er in unregelmäßigen Abständen. »Wo ist der beschissene Planet abgeblieben?«

Sein Navigator hämmerte wie von Sinnen auf seiner Konsole herum und zuckte immer wieder die Schultern.

»Er ist einfach nicht da«, sagte er. »Verschwunden, verdünnisiert, kaputt, finito.«

»Er muß aber verdammt noch mal da sein! Der beschissene Planet war schließlich auch noch da, als wir aufgebrochen sind.«

Der Navigator bedeckte die Ohren wegen der Obszönitäten.

»Er ist nicht da, ganz ehrlich«, sagte er. »Nur eine Menge Trümmer. Ein richtiger Asteroidengürtel.«

»Du wirst etwas finden, und zwar verdammt schnell!« grollte der kommandierende Offizier. »Oder ich spüle dich durch das Scheißrohr in den Hyperraum!«

Der Navigator hämmerte womöglich noch hektischer auf seiner Konsole herum.

»Nicht die kleinste Spur«, wimmerte er verzweifelnd. »Das gesamte System ist tot.« Er schaltete den makroskopischen Verstärker hinzu. »Oh, doch nicht. Sehen Sie, hier. Ich habe ein Signal.«

Einen Sekundenbruchteil später war Lombard neben dem Navigator. »Bring es endlich auf den Schirm, du Trottel! Bring endlich das beschissene Signal auf den verfluchten Schirm!«

Der Navigator vergrößerte das Bild auf dem dreidimensionalen Schirm.

»Es stammt vom Planeten Erde«, sagte er. »Ein Dreieck zusammen mit einem Sternbild. Es sieht aus wie der Große Wagen. Und sehen Sie, dort.«

Lombard sah dort.

»Ein Drittel die Basis des Dreiecks hinauf befindet sich eine Navigationsboje, die ein Signal ausstrahlt. Die Koordinaten für den Landeanflug. Dort sind sie also jetzt.«

»Hm.« Lombard strich sich über das Hollywoodkinn. »Die beschissenen Bastarde sind näher an die Sonne gezogen. Ein kluger Schachzug. Ein verdammt kluger Schachzug. Dann bring uns hin. Volle Fahrt voraus zur Erde. Schalt den dämlichen Autopiloten ein, die Boje wird uns führen. Hat jemand eine fertig gedrehte Zigarette da?«

Omally drehte sich gerade eine Zigarette, als der Professor sich zu ihnen an den Tisch gesellte.

»Sie haben also seinen Trick durchschaut?« fragte er, während er das Papierchen beleckte.

»Ich glaube nicht, daß wir Jung Jack bekehrt

haben«, erwiderte der alte Mann. »Er hat sicher noch den einen oder anderen Trick im Ärmel, jede Wette.«

»Ich frage erst gar nicht, welchen er bis eben angewendet hat.«

»Der *Fliegende Schwan* führt mit eins zu null«, krächzte ein heiserer Leihsmokingträger. »Das zweite Spiel beginnt. Die *Vier Reitersmänner* fangen an.«

Da es sich um ein Meisterschaftsspiel handelte, besagten die Brentforder Regeln, daß die zurückliegende Mannschaft anfangen durfte. Jung Jack benetzte die Pfeilspitzen mit seiner gespaltenen Zunge.

»Gerade und ehrlich diesmal, Professor«, versprach er.

»Nie und nimmer«, erwiderte der alte Gelehrte.

Jung Jack schleuderte seine Darts in so rascher Reihenfolge hintereinander, daß alle bloß ein dreifaches verschwommenes Etwas sahen. Alle drei Pfeile trafen gerade und ehrlich mitten in die dreifache Zwanzig, was nicht mehr und nicht weniger war, als alle sowieso erwartet hatten. Der grinsende Dämonologe schlenderte zum Brett und zog seine Pfeile bedächtig heraus.

»Ich würde zu gerne erleben, wie der Bursche hin und wieder auch einmal patzt«, verriet Pooley dem Professor. »Nur um den Eindruck abzuschütteln, daß er ganz und gar unfehlbar ist.«

Professor Slocombe flüsterte eine weitere lateinische Phrase, und Jung Jack stieß sein Pintglas um. Der Inhalt ergoß sich in den Schoß seines Vaters.

»Danke sehr, Professor«, sagte Pooley. »Ich weiß das zu schätzen.«

Archie Karachi war als nächster Werfer für den *Schwan* an der Reihe. Er trug einen atemberaubenden

Kaftan, und da er keine Ahnung von dem besaß, was gewisse anwesende Gestalten seiner Küche angetan hatten, war er in Hochform. Archie besaß eine höchst bemerkenswerte Wurftechnik. Er war ein Spieler, der nur die einfachen Punkte anvisierte, eine Tatsache, die so manchem erfahrenen Spieler die Tränen in die Augen trieb. Er mied die beliebte dreifache Zwanzig und ging statt dessen auf bizarre Kombinationen aus, die den Schriftführer ganz allgemein beim Ausrechnen in heftiges Schwitzen brachten. An einem guten Abend und mit etwas Glück konnte er mit drei Würfen eine anstehende Zweihundert wettmachen. Und selbst wenn es deutlich an der Tafel zu lesen stand, glaubten seine Gegner meist immer noch, er hätte Punkte verschenkt. An diesem Abend warf er eine atemberaubende Kombination, die nach einer dreifachen Neunzehn, einer doppelten Dreizehn und einer schwarzen Zwanzig aussah, obwohl man sich bei Archie nie sicher sein konnte.

Das Ausmaß an mentaler Arithmetik, das zur Berechnung des Schlußstands erforderlich war, überforderte nicht nur den Schriftführer an der Kreidetafel, sondern auch die meisten der anwesenden Zuschauer. Als die Fünfhunderteins ausgewischt und durch eine Zweihundertsiebenundfünfzig ersetzt wurde, dachte niemand auch nur einen Augenblick daran, das Ergebnis anzuzweifeln.

»Ich bewundere das«, gestand Professor Slocombe. »Es ist eindeutig eine Form von negativer Psychologie. Ich könnte schwören, daß niemand imstande ist, das Ergebnis zu berechnen, wenn es nicht in Mehrfachen von zwanzig daherkommt.«

»Ich könnte es«, widersprach Omally. »Aber Archie spielt auf unserer Seite.«

»Ich könnte es nicht«, gestand Pooley. »Er zieht seine Pfeile so schnell heraus, daß ich nicht einmal sehen kann, was er geworfen hat.«

»Ah«, sagte Omally. »Da kommt ein Mann, den ich zu gerne beobachten möchte.«

Der außergewöhnlichste Dartsspieler der *Vier Reitersmänner* war ein Bursche namens Kelly. Er war keineswegs ein großartiger Werfer, doch er bot jede Menge Unterhaltung. Der Leser muß verstehen, daß die unglaublichen Wurfergebnisse, von denen zuvor berichtet wurde, normalerweise nicht typisch für dieses Spiel sind und daß nicht jeder Werfer einer Mannschaft Spezialist auf diesem Gebiet ist. Die hohen und unmöglichen Ergebnisse sind nur für die Wenigsten und Allerbesten erreichbar. Unter jeder Mannschaft – und der *Fliegende Schwan* oder die *Vier Reitersmänner* bildeten da keine Ausnahme – finden sich neben diesen herausragenden Spezialisten auch gewöhnlich begabte Spieler; Spieler, die sich alle erdenkliche Mühe geben, und Spieler, die man beim besten Willen nur als hoffnungslose Fälle bezeichnen kann.

Kelly gehörte eindeutig zur letzten Gruppe. Wenn er einen Dartspfeil warf, dann hieß es stets: »Volle Deckung, Jungs!« und »Frauen und Kinder zuerst!« Kelly war von seiner Veranlagung eher ein Kegelbruder als ein Dartsspieler.

Und Kelly kegelte seinen ersten Pfeil. Es war kein schlechter Wurf, und das Geschoß segelte wuchtig in die allgemeine Richtung des Bretts. Irgendwann unterwegs jedoch schien dem gefiederten Objekt der Gedanke zu kommen, daß es anderswo dringende Geschäfte zu erledigen hatte, und der Pfeil Kellys ward nie wieder gesehen.

»Möglicherweise ein wenig daneben?« erkundigte

sich Kelly bei seinem schäumenden Mannschaftskapitän.

Sein zweiter Wurf war ein Klassiker im wahrsten Sinne des Wortes. Das Geschoß prallte mit dem Geräusch eines irregehenden Querschlägers von der Zielscheibe ab und zurück in Richtung der versammelten Zuschauer, die Freund und Feind ohne Unterschied auseinanderspritzten. Am Ende durchbohrte es das rechte Ohrläppchen des Alten Pete.

Die Menge drängte sich um den Alten und wollte ihm helfen.

»Faßt den Pfeil um Gottes willen nicht an!« krächzte dieser. »Bei Gott, er hat das Rheuma in meinem linken Knie völlig geheilt!«

Lombard Omega studierte das Instrumentenpaneel und fluchte leise vor sich hin.

»Ich verstehe das einfach nicht«, sagte er nach einer ganzen Weile. »Es macht einfach keinen verdammten beschissenen Sinn! Wie um alles in der Welt kann unser schönes Ceres von einem Augenblick zum andern verschwinden wie beschissene Pisse aus einer Kloschüssel beim Abspülen?«

Der Navigator schickte ein stilles Stoßgebet zu seiner erwählten Gottheit. Es war eine Ehre, auf dem Flaggschiff der cereanischen Flotte zu dienen, sicher, aber es war auch nicht gerade leicht, den konstanten Strom von Obszönitäten aus dem Mund des Kommandeurs zu ertragen.

»Wir waren sehr lange unterwegs«, schlug er vor. »Mehr als sechstausend Jahre. Irdischer Zeit.«

»Irdischer Zeit? Beschissener irdischer Zeit? Was soll das heißen, irdischer Zeit?«

»Nun, da die Erde unsere Zielwelt ist, müssen wir ihre Zeit als solare Standardzeit betrachten.«

Lombard Omega spuckte auf das platinbelegte Deck und zertrat seine Spucke mit einem Fiberglas-Absatz. »Das bringt mich fast noch mehr in Rage!« sagte er.

Die irdische Standardzeit näherte sich zehn Uhr fünfzehn auf der Nachmittagsskala, und die *Vier Reitersmänner* sowie der *Fliegende Schwan* hatten alle Spiele um die Meisterschaft ausgeglichen, bis auf das letzte, alles entscheidende. Die Spannung, bis zu diesem Zeitpunkt am sprichwörtlichen Punkt des Zerreißens, war nun weit darüber hinaus, und Chaos, Panik und Verzweiflung hatten ihre Stelle eingenommen. Omally hatte sieben Kugelschreiber zertreten, und seine Kladde erinnerte mittlerweile an irgendeinen Alptraum von Einsteinschem Dreisatz.

»Ich glaube allen Ernstes, daß die ultimativen Geheimnisse des Universums in dieser Kladde zu finden sind«, sagte Pooley, als er durch die stark eselsohrigen Seiten blätterte. Und für seine Unverblümtheit erhielt er einen Schlag gegen den Hinterkopf, der ihn taumeln ließ. Omally war gegenwärtig nicht in der Stimmung für spitzfindige Wortspiele.

»Um Himmels willen, schafft eine neue Runde herbei!« sagte Professor Slocombe.

Omally verließ den Tisch.

»Verzeihen Sie meine Frage«, sagte Pooley, während sich der Ire durch die Menge in Richtung Theke schob, »aber erinnern Sie sich vielleicht, daß uns eine unmittelbare und tödliche Bedrohung durch diese Burschen von Ceres ... äh, droht? Ich meine, wir nehmen diese Bedrohung doch wohl noch immer ernst, oder nicht?«

Professor Slocombe tätschelte Pooleys Arm. »Eine prima Frage«, sagte er. »Ich verstehe deine Sorgen. Es ist stets leicht, sich hinter dem zu verstecken, was man kennt und was sicher und bequem erscheint, und die outré-Bedrohungen zu ignorieren, die überall lauern. Aber sei bitte versichert, Jim, daß wir alles getan haben, was in unseren Mächten steht.«

»Entschuldigung«, sagte Pooley. »Es mag Ihnen vielleicht merkwürdig erscheinen, aber ich bin hin und wieder ein wenig ängstlich.«

»Ladies und Gentlemen!« krächzte der heisere Schiedsrichter mit erstickter Stimme, »das Ende der diesjährigen Meisterschaft ist nah, und wir erwarten bald die finale Entscheidung.« Einige Buhrufe, ein paar Jubelschreie. »Das letzte Spiel steht bevor, die Entscheidung, wer dieses Jahr den Pokal nach Hause trägt, und ich bitte um Stille, während die beiden Mannschaften sich vorbereiten.«

Respektvolles Schweigen breitete sich im *Fliegenden Schwan* aus. Selbst der grünhaarige Verteidiger der Erde stellte seine Bemühungen ein, allerdings nicht wegen eines nicht vorhandenen Respekts für irgendwelche Darts-Turniere, sondern vielmehr, weil er sein letztes Zwanzig-Schilling-Stück verspielt hatte und gezwungen war, zur Theke zu gehen, um Nachschub zu holen. »Die letzte Runde, fünfhundertundeins sind abzubauen. Die Münze hat entschieden, die *Vier Reitersmänner* fangen an. Viel Glück Ihnen allen, und los geht's!«

Professor Slocombes Augen richteten sich auf die Mannschaft der *Vier Reitersmänner*. In ihren Reihen war etwas Merkwürdiges vor sich gegangen. Der Alte

Jack hatte sich geweigert, die Pfeile zu nehmen, und saß statt dessen schmollend in seinem Rollstuhl. Der Mann namens Kelly war nirgendwo zu sehen, und auch die restlichen körperlosen Mitglieder des Teams hatten sich in die Ewige Nacht zurückgezogen und besaßen allem Anschein nach kein Interesse mehr am Ausgang des Turniers.

Allein Jung Jack stand dort, hohläugig und herausfordernd.

»Er will offensichtlich alleine weiterspielen«, sagte der Professor. »Ich glaube nicht, daß das einen Verstoß gegen die Regeln darstellt.«

»Auf keinen Fall«, stimmte Omally ihm zu. »Ein einzelner Mann kann es gegen ein ganzes Regiment aufnehmen, wenn er das will. Und als Buchmacher finde ich die Auseinandersetzung höchst interessant, wenn nicht mehr.«

Die Gäste des *Fliegenden Schwans* fanden das ganz ähnlich, und so war Omally gezwungen, die nächsten Wetten auf seinen Manschetten zu notieren.

Jung Jack bezog seine Position auf der Matte. Er wich den Blicken des Professors sorgsam aus, während er seine stygischen Pfeile schleuderte. Allerdings gäbe es ein völlig falsches Bild der Vorgänge, zu behaupten, er schleuderte sie einfach auf das Brett, denn im einen Augenblick waren sie noch in seiner Hand, und im nächsten – oder vielleicht sogar im gleichen – steckten sie bereits in der Zielscheibe. Niemand sah, wie sie seine Hand verließen oder auf die Scheibe trafen, doch alle stimmten darin überein, daß er wieder einmal ein unschlagbares Vielfaches von zwanzig geworfen hatte.

»Einhundertachtzig«, ertönte eine heisere Leihsmokingstimme.

Norman trat vor. Niemand hatte es bisher gemerkt, doch seine Darts gaben ein elektrostatisches Knistern von sich, das noch drei Straßenblöcke weiter in allen Fernsehern Bildstörungen verursachte und im Umkreis von gut einer Meile jedwede telephonische Kommunikation unterbrach.

»Einhundertachtzig!« ertönte eine noch heiserere Stimme, nachdem Norman mit seinen drei Würfen fertig war.

Jung Jack stapfte einmal mehr auf die Matte. Seine Augen leuchteten wie die Rückfahrscheinwerfer eines Cortina, und aus seinen Mundwinkeln stieg ein leichter gelber Nebel auf. Er drehte den Kopf um volle einhundertachtzig Grad und grinste über die Schulter auf die gespannt wartende Menge. Ohne der Dartsscheibe mehr als einen flüchtigen Blick zu widmen, schleuderte er seine Pfeile. Das Ergebnis war eine Zahl, die später sicher Eingang in das Guinness-Buch der Rekorde finden würde.

»Die Sache gefällt mir nicht«, sagte Professor Slocombe. »Irgend etwas übersehe ich, aber ich wüßte beim besten Willen nicht was.«

»Wir stehen gleich«, sagte Omally. »Er muß sich nur einmal verwerfen.«

»Ich bin nicht abgeneigt, einzugreifen, John.«

»Wenn die Situation verzweifelt wird, können Sie ja ein paar Worte in dieser alten Sprache sagen, nur um sicherzugehen.«

»Wir warten noch ein wenig ab und sehen zu.«

»Er macht sich bereit für den Todesstoß«, sagte John.

Professor Slocombe schüttelte den Kopf. »Ich kann nichts entdecken. Er scheint tatsächlich allein durch Geschick zu gewinnen.«

»Gott segne ihn«, sagte Pooley.

Omally schüttelte drohend die Faust gegen seinen Kumpanen. »Wir reden hier über die Meisterschaft für den *Fliegenden Schwan*«, sagte er und fuchtelte mit der entsetzlichen Waffe vor Pooleys Gesicht herum. »Das ist wirklich nicht die Zeit zum Scherzen.«

»Eines Tages«, entgegnete Pooley leise, »werde ich mich wie der sprichwörtliche Wurm gegen dich wenden und schreckliche Vergeltung an dir üben, Omally, für all die Schläge, die du meinem armen Kopf versetzt hast.«

»Pssst!« kam es von wenigstens einem Dutzend Gästen. »Onkel Ted ist an der Reihe.«

Onkel Ted, Brentfords fröhlicher Gemüsehändler, war möglicherweise der beliebteste Mann im gesamten Bezirk.

Sein bereitwilliges Lächeln und die allzeit gute Laune, sein Repertoire von Tausenden erbauender und altruistischer Bonmots von der Sorte »Lache, und die Welt lacht mit dir, schnarche, und du schnachst allein« brachte Freude in das Leben selbst des manischsten Depressiven. Man erzählte sich, daß er eine Leichenprozession zum Sambatanzen bringen konnte, und obwohl es keinerlei Hinweise gibt, daß er seine besondere Gabe jemals zu seinem eigenen Vorteil ausgenutzt hätte, fehlte nie die eine oder andere joviale Witzelei, während er seinen Kunden das eine oder andere schlechte Rosenköhlchen in die Einkaufstaschen steckte.

Omally, der sich nicht überwinden konnte, einem Mann über den Weg zu trauen, der nicht nur mit Kohl handelte, sondern dieses Zeug sogar in die Finger nahm, fand den Gemüsehändler widerlich bis zum Gehtnichtmehr. »Dieses Grinsen könnte einen Samariter glatt in den Selbstmord treiben«, pflegte er zu sagen.

Onkel Ted machte ein paar aufwärmende Kniebeugen, dehnte die Schultern und hielt einen angefeuchteten Finger in die Luft.

»Haben wir Rückenwind?« erkundigte er sich unter dem lauten Gelächter seiner Anhänger. Er wedelte mit einem Bierdeckel durch die rauchgeschwängerte Luft. »In welcher Richtung steht eigentlich das Brett? Hat jemand eine Taschenlampe dabei?«

Omally stöhnte hinter seinem dichten Vollbart. »Fang schon endlich an, du Blödmann!« murmelte er.

Onkel Ted, der sich trotz all seiner dümmlichen Clownerien sehr genau der Tatsache bewußt war, daß ein einziger schlechter Wurf ihn seinen gesamten Lebensunterhalt kosten konnte, zielte auf das Sorgfältigste, wobei er seine Vorsicht hinter einem übermütigen Wackeln mit dem Hintern verbarg. Sein erster Pfeil ging ganz knapp in die dreifache Zwanzig.

»Wo ist er denn gelandet?« fragte er und hielt die Hand an die Stirn wie ein spähender Indianer.

Seine Fans stießen sich in die Rippen, johlten und wanden sich vor brüllendem Gelächter.

»Was für ein lustiger Bursche!« riefen sie, und: »Ach, der gute alte Onkel Ted.«

Ted starrte auf das Dartsbrett und machte ein überraschtes Gesicht.

»Wer hat denn den geworfen?« fragte er staunend.

Um die lange und langweilige Geschichte abzukürzen: Onkel Teds zweiter Pfeil gesellte sich zum ersten in der dreifachen Zwanzig, doch der dritte schien eigene Vorstellungen zu entwickeln und versenkte seine Nase in der gefürchteten einfachen Eins. Das Lachen und der Applaus, die auf diesen schweren

Fehlwurf zur falschen Zeit folgten, drangen klar und deutlich durch den *Fliegenden Schwan,* wenn auch keiner der Johlenden zu den Anhängern der Mannschaft des *Fliegenden Schwans* gehörte.

»Was für ein guter Bursche!« lachte Jung Jack. »Ach ja, der gute alte Onkel Ted!«

In jener Nacht verließ der Gemüsehändler den *Fliegenden Schwan* in Ungnade. Manche erzählten später, er sei fortgegangen wie Judas, um sich aufzuhängen. Andere, die besser informiert waren, berichten, daß er nach Chiswick gezogen sei, wo er inzwischen drei Gemüseläden besäße und die Hälfte des Jahres Urlaub mache.

Omally blätterte hektisch durch die Seiten seiner Kladde.

»Ich bin in einem großen Schtuck«, sagte er unvermittelt und wischte sich eine Schweißperle von der Stirn. »In meiner Eile, Wetten anzunehmen, und in meiner Gewißheit, daß der *Fliegende Schwan* am Ende siegreich dastehen würde, habe ich mich ein wenig verrechnet. Und jetzt ist es zu spät, und ich stehe kurz vor dem Ruin.«

Professor Slocombe nahm die Kladde aus Omallys zitternden Fingern und untersuchte sorgfältig ihren Inhalt. »Ich sehe einen kleinen verräterischen Zirkel vor mir«, sagte er.

»Die *Vier Reitersmänner* benötigen einhunderteinundvierzig«, krächzte der Schiedsrichter.

»Ich bin erledigt«, krächzte Omally. »Ich verschwinde zurück nach Irland. Zum Dock und auf ein Schiff, bevor die Nacht vorüber ist.«

Professor Slocombe starrte auf das Dartsbrett und schüttelte den Kopf. Auf seinem Gesicht stand ein undefinierbarer Ausdruck.

Pooley war aschfahl. Es hatte ihm die Sprache verschlagen. Mit Ausnahme des gelegentlichen *Ptttou! Ptttou! Ptttou!* im Hintergrund herrschte absolute und äußerste Totenstille im *Fliegenden Schwan*.

Jung Jack nahm gemächlich Aufstellung vor der Scheibe, und Omally verbarg das Gesicht in den Händen und betete Ave Marias.

Jacks erster Pfeil durchbohrte die dreifache Zwanzig, sein zweiter die doppelte, und der dritte die einfache Eins.

»Einhundertundeins«, sagten die Lippen des Schiedsrichters auf eine Art und Weise, die von allen anwesenden Taubstummen klar und deutlich verstanden werden konnte.

Omally winkte einen späten Wetter ab, der mit einem ganzen Bündel Geldnoten in der Luft herumfuchtelte. »Verpiß dich, Junge«, war alles, was er hervorbrachte.

Der Schiedsrichter zog sich zur Theke zurück. Er würde an jenem Abend kein einziges Wort mehr sagen und sich aller Wahrscheinlichkeit nach für den Rest seines Lebens nur noch mit Hilfe von Notizbuch und Bleistift verständlich machen.

Norman, der den Rest der Mannschaft entlassen hatte, trat auf das Oché. Er warf eine weitere blendende hundertachtzig, doch das schien nicht mehr die geringste Rolle zu spielen.

Die *Vier Reitersmänner* benötigten lediglich ein hohes Doppel, um den Wettbewerb zu gewinnen, und ein dreijähriges Kind hätte das gekonnt – oder ein vierjähriges, sofern es in Brentford geboren war –, wenn ihm jemand drei Dartspfeile in die Hände gedrückt hätte.

Neville legte die Handtücher beiseite und kletterte

auf den Tresen. Er hielt seinen Schlagstock bereit. Höchstwahrscheinlich würde es in Kürze eine Menge Tod und Zerstörung in seiner Bar geben, und er wollte die Auseinandersetzung überleben, koste es, was es wolle.

Croughton der schmerbäuchige Küchenhelfer lehnte sich in seinem Bierkistenversteck zurück und paffte genüßlich eine Zigarette. Oben am Firmament glitzerten die ewigen Sterne, und nichts deutete auf das Verderben hin, das im Begriff stand, über dem *Fliegenden Schwan* niederzugehen.

»Oh, was ist das?« fragte Croughton plötzlich sich selbst, während er in den Himmel starrte. »Sternschnuppen! Was für ein Glück! Ich werde mir etwas wünschen.«

In der Schrebergartenkolonie eilte eine winzige Gestalt hierhin und dorthin. Sie war ungewaschen und hatte ein Stoppelkinn, und sie murmelte ununterbrochen vor sich hin. Immer wieder blieb sie stehen, hob den Kopf und rief leise: »Edgar!« Doch es kam keine Antwort, und die kleine Gestalt setzte ihr Umherirren fort, getrieben von einem inneren Zwang, dem zu widerstehen ihr unmöglich war.

»Die *Vier Reitersmänner* sind an der Reihe«, lallte irgendein betrunkener Clown, der nicht die geringste Ahnung vom Ernst der Lage hatte. »Die *Vier Reitersmänner* benötigen vierzig Punkte.«

Jung Jack schob sich aus der Menge in den Vordergrund und wiegte seine gefürchteten Darts. Er durchquerte den freien Raum und trat zum Professor.

»Das wird Ihnen nicht gefallen, St. Germaine«, spuckte er. »Trotzdem rate ich Ihnen mit allem gebotenen Ernst, Ihre Niederlage als der Gentleman hinzunehmen, der Sie nicht sind.«

Professor Slocombe ließ sich keine Regung anmerken. Seine glitzernden Augen fixierten Jung Jack. »Wenn du willst, daß das hier sportlich zu Ende geführt wird, dann soll es so sein«, sagte er. »Falls du allerdings auf die Idee kommst, etwas aus der Trickkiste zu zaubern, dann laß dir gesagt sein, daß ich jeder Herausforderung entgegentreten werde.«

»Tun Sie, was in Ihrer Macht steht«, schnarrte Jung Jack. »Ich bin besser als Sie.«

»Wenn du meinst.«

Jung Jack betrat das Oché. Erneut drehte er den Kopf um volle einhundertachtzig Grad und starrte die Menge an. »Der *Fliegende Schwan* ist erledigt«, verkündete er. »Fünf Jahre sind vergangen, und ihr seid schwach und selbstgefällig geworden. Bereitet euch darauf vor, euch einer überlegenen Macht zu beugen. Sagt eurer Trophäe auf Wiedersehen, ihr Mistkerle.«

Ein mörderisches Raunen ging durch die Menge. Füße stampften auf dem Boden, Schultern wurden gestrafft.

Krawatten wurden gelockert, obere Kragenknöpfe aufgeknöpft und Manschettenknöpfe abgeknöpft und in Hosentaschen verstaut.

Jung Jack hob seinen ersten Pfeil und stellte sich für den Siegeswurf in Positur.

Neville umfaßte seinen Schlagstock fester und überprüfte den Sitz seines Kricket-Tiefschutzes, den eigens für diese Gelegenheit auszuleihen er die Weitsicht besessen hatte.

Omally schlug dem Professor auf die Brust. »Retten Sie uns, alter Mann«, flehte er. »Ich werde mich später entschuldigen.«

Professor Slocombe erhob sich auf seinem Stock und starrte seinen dunklen Gegenspieler an.

Jung Jack holte aus und schleuderte seinen Pfeil.

Das Ding rauschte mit mächtiger Geschwindigkeit durch die Luft, dann wurde es unvermittelt langsamer, und mit äußerster Fassungslosigkeit beobachtete die Menge, wie der Pfeil erstarrt in Raum und Zeit exakt sechs Fuß und drei Zoll über dem Boden und fünf Fuß vor der Scheibe hängenblieb.

Professor Slocombe konzentrierte sich, und Jung Jack tat das gleiche.

Der Dart bewegte sich ein paar Zoll nach vorn, dann verharrte er ein weiteres Mal, um anschließend einen Tick nach hinten zu schweben.

Die Menge war von Ehrfurcht ergriffen. Neville ließ fast den Schlagstock fallen. Hier waren gewaltige Mächte am Werk, Mächte, mit denen er lieber nichts zu schaffen haben wollte. Doch er war hier, im Brennpunkt des Geschehens, und als Teilzeitbarmann konnte er kaum mehr tun als seine Unterstützung anbieten.

Sämtliche Augenpaare, mit Ausnahme eines einzelnen, schielenden, hingen auf dem Dart. Anhänger des *Fliegenden Schwans* und der *Vier Reitersmänner* gleichermaßen starrten mit gerunzelter Stirn und angestrengten Gehirnen auf das Wurfgeschoß. Zahlreiche Schweißperlen bildeten sich und rannen über Wangen und Nasenspitzen und ruinierten so manches gute Pint.

Der Dart kroch ein paar zusätzliche Zoll nach vorn. Professor Slocombe richtete sein Starren auf die leuchtenden roten Augen seines Gegenspielers. Der Pfeil schwebte wieder zurück.

Jung Jack nahm einen tiefen Atemzug, und der Dart

setzte sich ein weiteres Mal in Richtung Scheibe in Bewegung.

»Das glaubt dir keiner, der es nicht mit eigenen Augen gesehen hat«, flüsterte Jim Pooley.

Plötzlich legte der Alte Jack seine verschrumpelten Hände auf die Räder seines Rollstuhls und schob sich in Richtung des Professors.

»Haltet diesen Kerl zurück!« gellte Omally.

Pooley sprang von seinem Sitz auf, doch in seiner Hast, den rollenden Greis aufzuhalten, verfing er sich mit dem Fuß an einem Stuhlbein und verlor das Gleichgewicht. Er ruderte mit den Armen, fand vorübergehend am Tisch Halt und riß ihn mit sich. Tisch und Pooley taumelten gegen den Professor und schleuderten den alten Gelehrten in die Menge. Und in diesem einen Augenblick der Wahrheit brach die sprichwörtliche Hölle los.

Der mitternachtsschwarze Dart setzte seinen Flug fort und donnerte dem Brett entgegen. Jung Jack stand grinsend da, während Pooley dessen gebrechlichen Vater aufzuhalten versuchte und in seiner hastigen Verzweiflung wenigstens vier weitere Leute zu Boden riß.

Omally kämpfte sich auf die Beine und versetzte dem nächsten Mann in seiner Nähe einen heftigen Schlag an den Kopf.

Und vor den Augen der betäubten Gäste, die bis jetzt noch nicht in das allgemeine Gewühl verstrickt waren, schlug der Pfeil in das Brett ein. Bei seinem Aufprall erklang eine gewaltige Explosion über ihren Köpfen. Flaschen zersprangen, große Brocken Putz lösten sich von der Decke, und Neville der Teilzeitbarmann kippte in die Menge.

»Die Stimme Gottes!« kreischte Omally und schlug

wild um sich. »Er duldet dieses falsche Spiel nicht länger!«

Nicholas Roger Raffles Rathbone ließ erschrocken von der Captain Laser Alien Attack Maschine ab.

»Das war ich nicht!« jammerte er. »Ich schwöre, ich habe nichts damit zu tun!«

Die Lichter des *Fliegenden Schwans* erloschen fast, und die Welt, die normalerweise Brentford war, spielte mit einem Mal verrückt.

»Ich war es nicht! Ich war es nicht! Ich schwöre!«

Niemand kümmerte es im geringsten. Draußen geschah irgend etwas Entsetzliches. Vielleicht war es das Vorspiel für das lange erwartete Armageddon, vielleicht auch nur ein Erdbeben. Oder eine Springflut. Was auch immer, die Darts-Anhänger wollten sich nicht auf dem falschen Fuß erwischen lassen, und die Stampede in Richtung Ausgang trampelte alles nieder, was ihr in den Weg geriet. Eine einzelne Gestalt in einem dunklen Anzug mit einem Aftershave, das merkwürdig an den Geruch von Holzschutzmittel erinnerte, wurde von dem Ansturm innerhalb eines Sekundenbruchteils in den Boden gestampft.

Und während die Gäste in die Nacht hinausströmten, wurde das Unglaubliche des Geschehens offenbar, das sich ereignet hatte: Splitter von glühendem Metall regneten über Brentford herab. Große brennende Flecken bildeten sich auf dem Asphalt der Ealing Road, wo sie zu Boden krachten. Mehrere Vorgärten standen in Flammen.

Pooley und Omally halfen dem gestürzten Professor Slocombe auf die Beine.

»Es hat angefangen«, sagte John. »Was machen wir jetzt?«

»An die Maschine!« rief der alte Mann. »Wie es scheint, hat Norman sie genau richtig umgepolt.«

Nicholas Roger Raffles Rathbone stand mit fassungslosem Gesicht vor dem Videoschirm.

»Ich habe das nicht getan«, sagte er immer wieder. »Ich war es nicht.«

Omally war augenblicklich an seiner Seite.

»Spiel das Spiel!« brüllte er. »Du bist der Experte, also fang an!«

Raffles Rathbone wich voller Entsetzen zurück.

»Nein!« rief er. »Irgend etwas stimmt nicht! Ich will damit nichts zu tun haben!«

»Du wirst jetzt sofort spielen!« Omally packte den Burschen an seinen grünen Haaren und zog den Stinker vor die Maschine. »Du bist der unschlagbare Meister! Du wirst auf der Stelle spielen!«

Nick riß den Kopf in einer trotzigen Geste nach hinten, und während er das tat, stolperte er über einen Brocken von herabgefallenem Deckenputz. Omally blieb mit einem Bündel grüner Haare in der Hand zurück und einem Etwas, das wie eine Gummimaske aussah. Die hingefallene Gestalt, nun ihrer Maskerade beraubt, erinnerte an nichts auf der Welt so sehr wie an den jungen Jack Palance.

»Er ist einer von ihnen!« kreischte Omally und deutete auf den gefallenen Cereaner, während er wie wahnsinnig auf und ab hüpfte. »Er hat nie an der Maschine gespielt, sondern Signale damit ausgesandt! Packt ihn! Packt ihn!«

Pooley beeilte sich, Omallys Ruf nachzukommen.

»Die linke Achselhöhle, oder wie war das?« grollte er.

Der gefälschte Zeitungsjunge wich entsetzt zurück und bedeckte sein Begattungsgerät. »Nicht die Achselhöhle!« wimmerte er. »Alles, nur nicht die Achselhöhle!«

Professor Slocombe stand vor der Maschine. »Wie funktioniert dieses Ding?« rief er. »Zur Hölle, wie funktioniert es?«

»Laß ihn in Ruhe, Jim!« gellte Omally. »Spiel du an der Maschine. Schieß die Bastarde ab!«

In der Schrebergartenkolonie schossen Säulen aus reinem weißem Licht in den Himmel hinauf. Die Tür von Soap Distants Hütte stand weit offen, und ein helles Leuchten drang aus ihr, das Dutzende von gleich aussehenden Gestalten einrahmte, die nach draußen strömten.

Als die erste schwere Explosion ertönt war, hatte sich ein kleiner Zwerg in einer schmutzigen Postbotenuniform flach in ein Rosenkohlbeet geworfen, doch jetzt stand er wieder auf und starrte voller Entsetzen auf das bizarre Spektakel vor seinen Augen.

Er hüpfte auf der Stelle und wedelte mit den Armen. »Edgar!« rief er, »Edgar! Hilf mir!«.

Die Gestalten, die immer noch unablässig aus der Hüttentür strömten, kamen nun auf ihn zu, und der winzige Postbote gab Fersengeld und floh. Er stürzte durch das weit geöffnete Tor der Schrebergartenkolonie und verharrte nur, um sich zu versichern, daß er den Bolzenschneider noch immer sicher bei sich trug, den er zuvor eingesteckt hatte. Ohne sich noch einmal umzusehen, machte er sich auf den Weg zu einer gewissen verschlossenen Mietgarage auf dem Butts Estate – und seinem Schicksal entgegen.

Im *Fliegenden Schwan* hatte Pooley die Kontrollen übernommen.

»Es sind acht Stück von ihnen!« rief er. »Und sie nähern sich in einer V-Formation.«

Sein Finger hämmerte auf den Neutronenbombenauslöser, und winzige Bahnen gelben Lichts rasten den hüpfenden Kegeln am oberen Rand des Bildschirms entgegen.

»Schnapp sie dir, Jim!« kreischte Omally. »Komm schon, alter Junge, du weißt doch, wie es geht!«

»Ich versuch's ja! Besorg uns um Himmels willen etwas zu trinken!«

Neville, der ziemlich schwer gestürzt war, wenn auch glücklicherweise nicht auf die Teile, die durch seine Kricketausrüstung geschützt wurden, kauerte mitten im *Fliegenden Schwan* auf allen vieren.

»Was zur Hölle geht hier eigentlich vor?« ächzte der Teilzeitbarmann. »Verschwinde hinter meiner Theke, Omally!«

»Wir erledigen deine Maschine!« sagte der atemlose Ire. »Komm jetzt nicht dazwischen!«

»Aber was sollte diese Explosion? Mein Gott!« Neville deutete durch die Frontscheiben des *Fliegenden Schwans* nach draußen. »Die halbe Ealing Road steht in Flammen. Jemand muß die Feuerwehr alarmieren!«

Pooley hämmerte mit der Faust auf den Knöpfen herum und tanzte auf und ab. »Ich hab' einen erwischt! Ich hab' einen erwischt!«

Hoch über ihnen, wenngleich diesmal nicht ganz so laut, erfolgte eine weitere Explosion, gefolgt vom Geräusch stotternder Motoren und dem Heulen eines Messerschmitt-Stukas im Sturzflug.

Wer noch im *Fliegenden Schwan* geblieben war, zog

den Kopf ein, als irgend etwas dicht über sie hinwegdonnerte und sich wieder entfernte. Ein Augenblick tödlicher Stille entstand, gefolgt von einem dumpfen, doch allem Anschein nach heftigen Knall.

Ein weiteres cereanisches Raumschiff war über Brentford auf die Erde gefallen, und wenn man seinen Aufschlagpunkt bedachte, schien es wenig wahrscheinlich, daß Jim Pooley jemals wieder einen Drohbrief betreffend überzogener Leihfristen für Bücher erhalten würde.

»Dort! Dort!« Neville zeigte aufgeregt in die Richtung und zeterte: »Der Dritte Weltkrieg ist ausgebrochen, und wir hatten nie im Leben die versprochenen vier Minuten Vorwarnzeit! Bei der nächsten Wahl werde ich mich der Stimme enthalten!«

Der Kleine Dave rappelte sich aus dem Rinnstein und quiekte vor Schmerz. Er war im Augenblick der Zerstörung um einiges näher an der Memorial-Bücherei gewesen als unsere Helden im *Fliegenden Schwan*, und ein Schrapnellsplitter der Stifterplakette hatte ihn am Hintern erwischt.

»Aua, aua, au verdammt!« heulte er.

Ein weniger entschlossener Mann hätte spätestens jetzt von seinem Vorhaben abgelassen und sich in den nächsten Fuchsbau verkrochen, doch Abscheu und Haß überwältigten den kleinen Postboten, und nichts auf der Welt würde ihn an seiner Vendetta hindern. Vorsichtig betastete er seinen blutenden Hintern, dann setzte er den Bolzenschneider am Vorhängeschloß des Garagentors an und drückte mit aller Kraft.

Er ächzte und schwitzte, während er mit dem stählernen Bügel kämpfte, doch schließlich gab das

Metall unter häßlichem Knirschen nach, und das Garagentor schwang hoch.

Schwer atmend stand der Kleine Dave in der Einfahrt, und seine Gesichtszüge leuchteten rosig vom Widerschein Zehntausender eselsohriger Leihbücher, die in hellen Flammen standen. Schweiß brach ihm aus allen Poren, während er das Objekt seiner Suche betrachtete.

Im Dachgebälk der Mietgarage angezurrt, schnaubte und zappelte Simon.

Ein Kamel fern der Heimat.

»Jetzt, da du es endlich gefunden hast«, sagte eine Stimme, die dem Kleinen Dave das Blut in den Adern gefrieren ließ, »was wirst du mit ihm anfangen?«

Der kleine Postbote wirbelte auf den Absätzen herum. »Edgar!« sagte er. »Wo zum Höllenfeuer hast du die ganze Zeit gesteckt?«

Norman hatte sich unter den ersten befunden, die aus dem *Fliegenden Schwan* gestürzt waren. Als die Explosion in seinen Ohren geklingelt hatte, war ihm schlagartig bewußt geworden, daß gewaltige Schwierigkeiten auf sie zukamen und daß jetzt allerhöchste Zeit war, falls er sein großartiges Projekt jemals zu Ende führen wollte.

Mit dem aus der Captain Laser Alien Attack Maschine entwendeten Mikroschaltkreis, den er fest an die Brust gepreßt hielt, hatte er sich tapfer durch einen Regen aus Flammen gekämpft und war zurück zu seinem Laden und in das Hinterzimmer geeilt. Jetzt, während die Explosionen mächtig und bedrohlich aus allen Himmelsrichtungen an seine Ohren drangen, fummelte er mit einem Schraubenzieher an seiner Apparatur herum und schob den Schaltkreis an die richtige Stelle.

»Ein Energieinduktor!« sagte er zu sich selbst. »Er kanalisiert sämtliche Energie in meilenweitem Umkreis direkt in meine Maschine! Das ist wundervoll! Das ist einfach wundervoll!«

Norman legte den berühmten Schalter um, und seine Apparatur erwachte zum Leben.

Im *Schwan* wurden die Lichter augenblicklich dunkler.

»Schon wieder ein Stromausfall!« ächzte Neville. »Das ist alles, was mir noch gefehlt hat! Ein weiterer verdammter Stromausfall! Das ist wieder einmal typisch. Verdammt typisch!«

Pooley arbeitete wie wahnsinnig an der Videomaschine, beobachtet von Professor Slocombe und John Vincent Omally, der seinen Kumpan gleichzeitig mit Scotch versorgte.

»Du schaffst es, Jim!« Omally schlug Pooley wiederholt auf den Rücken. »Sie laufen davon! Hier, den hast du übersehen. Paß besser auf, ja?«

Pooley mühte sich zwischen den mehr störenden als hilfreichen Einwürfen des Iren ab. »Laß mich doch in Ruhe!« flehte er. »Sie schießen zurück! Sieh dir das an!«

Die Skyline auf dem Videoschirm hatte plötzlich das Aussehen eines Panoramabilds von den Dächern Brentfords angenommen. Die Silhouetten der Mietskasernen und der beiden antiken Gasometer waren nicht zu übersehen. Während die drei Männer noch voller Staunen hinstarrten, fiel ein Funkenregen aus einem der kreisenden Raumschiffe und schlug in die Silhouette.

Draußen vor dem *Fliegenden Schwan* verkündete eine mächtige Explosion die vollständige Zerstörung einer der großen Mietskasernen.

»Mach sie fertig, du Blödmann! Los, mach sie fertig!«

Von allen unbeobachtet, schob sich Raffles Rathbone Palance zur Tür und eilte auf Zehenspitzen in Richtung der Schrebergartenkolonie davon.

Die Lichter im Schwan wurden erneut dunkler.

Die Lichter in Normans Hinterzimmer blitzten auf, und ein dünner Nebel aus Rauch hing über den zahllosen kalten Lötstellen der Apparatur.

Norman saß an seiner Konsole und hämmerte Koordinaten in den Computer. Ein ständig lauter werdendes Summen informierte ihn, daß die Maschine genau nach Plan warmlief.

An die Hebel einer dieser nicht gänzlich unähnlichen Apparatur klammerte sich der schwitzende Klon eines berühmten Filmstars: Lombard Omega hatte die Kontrollen persönlich übernommen.

»Verrat!« spuckte er zwischen zusammengebissenen teuren Zahnkronen hindurch. »Beschissener Verrat! Diese Bastarde haben uns in eine Falle gelockt! Ein verdammter Regierungsumsturz. Ich hätte es mir denken können! Wie viele Schiffe haben wir bisher verloren, Mister Navigator?«

Der Navigator duckte sich tief über seine Steuersysteme.

»Vier, Sir«, sagte er kleinlaut. »Nein, jetzt sind es fünf.«

»Schalten Sie den verdammten Autopiloten ab. Ich fliege dieses beschissene Schiff selbst.«

Auf dem Videoschirm der Captain Laser Alien Attack Maschine tief unten im *Fliegenden Schwan* erlosch einer der verbliebenen Punkte.

»Meine Güte!« rief da der Professor. »Mir ist gerade die Idee gekommen, daß sie vielleicht kapieren, was wir hier tun!«

»Es sind immer noch zwei übrig!« rief Omally. »Los, schieß sie ab! Schieß sie ab!«

Inzwischen war ein großer Teil Brentfords nur noch Erinnerung. Das New Inn war verschwunden, zusammen mit der Memorial-Bücherei, und eins der beiden antiken Gasometer stand in Flammen. Ein herabstürzendes Raumschiff hatte Onkel Teds Gemüseladen sauber aus der Ealing Road herausgetrennt, was, wie die Überlebenden des Holocausts später berichteten, das einzig Gute war, das bei der ganzen Geschichte herauskommen sollte.

Wunderbarerweise hatte es bisher noch keinen Toten gegeben, möglicherweise deswegen, weil Brentford sich mehr gut ausgerüsteter Luftschutzbunker pro Quadratmeile rühmt als jeder andere Bezirk von Groß-London, wahrscheinlicher allerdings, weil das hier nicht die Art von Buch ist, zu der es passen würde.

Pooleys Angriff war ins Stocken geraten.

»Ich spüre meinen rechten Arm nicht mehr!« jammerte er. »Und mein Bombenauslösefinger hat einen Krampf! Ich kann nicht mehr spielen!«

Omally versetzte seinem Kumpan den inzwischen legendären Schlag an den Hinterkopf.

»Das reicht jetzt!« Pooley wandte sich zu Omally um. »Sobald es Schwierigkeiten gibt, mußt du nur Pooley schlagen! Das reicht jetzt wirklich!«

Pooleys Faust raste plötzlich völlig unverkrampft in Richtung von Omallys Kinn, und es sei dahingestellt, ob durch das Überraschungsmoment oder die unerreichte Präzision: Der Ire lag eine ganze Weile länger am Boden, als ein Ringrichter gebraucht hätte, um bis zehn zu zählen.

Professor Slocombe blickte auf die bewußtlose Gestalt hinab.

»Wenn diese Sache erledigt ist, wäre ich dir dankbar, wenn du dich wieder an deine Maschine begeben könntest, bevor die beiden restlichen Raumschiffe Wind von der Geschichte bekommen und auf manuelle Kontrolle umschalten.«

»Ganz genau!« sagte Pooley, spuckte in die Hände und trat einmal mehr vor den Videoschirm.

Der Kleine Dave wich vor Edgar Allan Poe zurück. Seine winzigen Hände waren eine einzige verschwommene Bewegung.

»Was hat das alles zu bedeuten?« verlangte er zu wissen. »Mir gefällt ganz und gar nicht, wie du mich ansiehst!«

Der viktorianische Autor näherte sich auf lautlosen, transparenten Füßen.

»Du hast mich heraufbeschworen«, sagte er, »und ich bin aus freien Stücken gekommen, weil ich dachte, du wärst ein Schüler. Doch jetzt finde ich heraus, daß du mich in eine Position manövriert hast, aus der ich mich nicht mit eigenen Kräften befreien kann. Daß ich dir dienen muß. Das darf nicht sein!«

»Dann laß es doch!« jammerte der Kleine Dave. »Ich wollte dich nicht beleidigen, ich wollte nur ein wenig Hilfe.«

»Weißt du eigentlich, wer ich bin? Ich bin Edgar Allan Poe, der Meister des Horrors! Der größte Autor, der je gelebt hat! Poe, der Schöpfer Dupins, des ersten Privatdetektivs der Welt! Und Dupin war kein, ich wiederhole, kein Zwerg! Du belästigst mich mit deinen primitiven Rachegelüsten! Ich habe mit Professor Slocombe gesprochen; es gibt nur einen Weg, wie ich aus dieser Lage freikommen kann. Du elender, kleinwüchsiger, mißmutiger, rachedurstiger Bastard!«

Der Kleine Dave wich bis zu dem schwebenden Kamel zurück. Simon taumelte zwischen den Sparren hin und her und brüllte aus Leibeskräften, und seine Tritte lösten Splinte und brachten Latten zum Bersten.

»Bleib von mir weg!« kreischte der Kleine Dave.

»Bleib von mir weg!« kreischte Simon in fließendem Dromedarisch.

Edgar Allan Poe stapfte vor. Seine patentierten Lederpumps wirbelten auf einer anderen Ebene der Existenz Staub auf, ohne einen Fußabdruck auf der Erde zu hinterlassen.

»Bleib weg von mir!«

Simon bäumte sich mit aller Macht auf und brach durch das Dachgebälk der Mietgarage. Während er durch die ausgefranste Öffnung in Richtung Sternenhimmel stieg, sprang Edgar Allan Poe vor und wickelte in einer einzigen, fließenden Bewegung Simons lose baumelnde Zügel um das Handgelenk des postbotenden Zwerges.

»O nein!« heulte der, als er von den Füßen gerissen

wurde und dem eigenwilligen Kamel durch das Loch im Dach folgte.

Edgar Allan Poe blickte den beiden hinterher.

»Ich verschwinde jetzt«, sagte er.

Und wie die beiden vor ihm, so war auch er plötzlich verschwunden.

In Normans Hinterzimmer geschahen alle möglichen Dinge gleichzeitig: Instrumente registrierten Überladungen aus allen Richtungen, Lichter blitzten, Summer summten.

Das gewaltige Summen der Maschine hatte ein ohrenbetäubendes Niveau erreicht, und ein grauenhafter Druck lastete in dem kleinen Zimmer, der Normans Kopf zwischen die Schulterblätter drückte und jede einzelne Coronaflasche auf den Regalen in seinem Laden zum Platzen brachte. Mit übermenschlicher Anstrengung legte er eine weitere Handvoll Schalter um, dann schlug er die Hände über die Ohren und sank zu Boden.

Jedes einzelne Licht in Brentford, Chiswick, Hounslow, Ealing, Hanwell, Kew und – aus einem unerfindlichen Grund – Penge erlosch.

Lombard Omega schielte durch ein Bullauge. »Blackout!« grollte er. »Ein beschissenes Blackout! Diese hinterlistigen Schweine! Mister Navigator, wie viele von uns sind noch übrig?«

Der Navigator blickte von seinen Instrumenten auf.

»Wir sind die letzten«, sagte er.

Was Lombard Omega daraufhin antwortete, kann an dieser Stelle unmöglich wiedergegeben werden.

Allerdings muß zu seiner Verteidigung deutlich gesagt werden, daß es einer seiner Vorfahren gewesen ist, der die angelsächsische Sprache erfunden hat.

»Bringen Sie uns hinunter!« befahl er. »Wir werden das gesamte Gebiet unter Beschuß nehmen! Aktivieren Sie die Neutronenbombenschächte und machen Sie die Gammawaffe scharf.«

»Doch nicht die Gammawaffe?« sagten sämtliche Anwesenden.

»Die Gammawaffe!«

»Scheiße!« sagte der Navigator.

Pooley, Neville und Professor Slocombe starrten angestrengt in die sie umgebende Dunkelheit. Das einzige Licht drang flackernd durch die Frontscheiben des *Fliegenden Schwans* und stammte von einem brüllenden Inferno, das einst der größere Teil von Brentford gewesen war.

»Was jetzt?« erkundigte sich Pooley.

Der Professor schüttelte den Kopf.

»Du hast es geschafft! Du hast es geschafft!« kreischte Neville und vollführte einen Stepptanz vor der jetzt dunklen und allem Anschein nach defekten Captain Laser Alien Attack Maschine. »Macht den Champagner auf!«

»Ein ganzes Jahr lang Freibier!« ächzte eine Stimme am Boden.

»Ein ganzes Jahrhundert!« jubelte Neville. »Welch ein Segen, heiliger Himmel, o nein, o nein!«

Aus der Ferne drang ein schwaches Heulen von außerirdischen Motoren. Etwas Großes und Tödliches näherte sich, und es näherte sich rasch. Und alle Mittel, seinen zerstörerischen Absichten entgegenzutreten, hatten sich einen Augenblick zuvor in Luft aufgelöst.

»Du meine Güte!« sagte Professor Slocombe. »Möchte vielleicht jemand noch rasch die letzte Ölung?«

»Bereitet die Gammawaffe vor!« befahl Lombard Omega.

»Die Gammawaffe ist bereit, Sir.«

»Dann vernichtet den gesamten Quadranten! Verschont nichts!«

»Jawohl. Nichts, Captain.«

»Feuer!«

Der Navigator zuckte zusammen und berührte ein erleuchtetes Paneel auf der Hauptkonsole. Ein mächtiger Strahl roher roter Energie bildete sich unter dem Schiff und schlug auf der Kewer Seite der Themse ein.

Die fünfhundert Jahre alten Eichen der Royal Botanic Gardens mitsamt einem halben Jahrtausend Geschichte lösten sich von einem Augenblick zum anderen in Nichts auf. Der Strahl glitt weiter und erfaßte den Fluß. Das Wasser spritzte und kochte wie ein Hexenkessel, es zischte und dampfte unter der unüberwindbaren Macht der tödlichen Gammawaffe.

Der Strahl glitt weiter.

Das Mutterschiff flog über den Fluß dahin, ein riesiger chromglitzernder Flugapparat, der ein Viertel des gesamten Himmels ausfüllte. Überall an seinen spiegelnden Seiten blinkten und blitzten Lichter wie kleine Perlen. Und über den Lichtern, auf dem Rücken, ragten gewaltige spitze Antennen wie Haifischzähne bedrohlich in den Nachthimmel.

Der entsetzliche Strahl hob sich aus dem Wasser

und fraß sich in das Ufer. Er ließ einen breiten, gezackten Kanal zurück, in den sich die Wasser der Themse in einer begierigen Flutwelle ergossen.

Voraus lagen der Brentforder Quadrant, die Ealing Road – und der *Fliegende Schwan.*

Die Brentforder flüchteten aus ihren Häusern auf die Straße. Sie schirmten die Gesichter gegen die alles verschlingende Hitze ab und gaben Fersengeld. Die Welt stand vor dem Ende, und jetzt war nicht die Zeit für den Blick zurück wie damals bei Lots Weib in der Bibel.

Die vier Helden im *Fliegenden Schwan* duckten sich voller Entsetzen, als das schreckliche Poltern einstürzender Mauern und das Todesklirren splitternder Fenster unaufhaltsam näher rückten.

Draußen vor der Tür, in der zerstörten Ealing Road, war ganz Brentford auf einer lemminghaften Flucht vor dem herannahenden Holocaust. Hinter den Flüchtenden raste eine Wand aus Feuer heran und zerstörte alles, was ihr in den Weg kam.

Omally war auf den Knien. »Halten Sie es auf!« kreischte er Professor Slocombe an. »Unternehmen Sie gefälligst etwas, um Gottes willen! Nur Sie allein können uns jetzt noch retten!«

Der Professor rührte sich nicht. Entsetzensschreie klingelten in seinen Ohren und schmerzten in seiner Seele. Die Stadt, für die er so lange gesorgt und die er so lange beschützt hatte, verwandelte sich vor seinen Augen in Asche, und er war machtlos und konnte es nicht verhindern.

Er richtete seine traurigen Augen auf den Iren, und Tränen verschleierten seinen Blick. »Was kann ich tun?« flüsterte er mit erstickter Stimme. »Es tut mir so leid, John.«

Voller Haß und Verachtung starrte Lombard Omega auf die Verwüstung, die sich seinen Augen bot.

»Rennt, ihr Bastarde, rennt!« rief er. »Ich werde jeden einzelnen von euch erwischen, seht her, nehmt das!«

Die Besatzung des Flagschiffs verrenkte sich an den Bullaugen die Hälse. Die Zerstörungen unter dem Schiff waren entsetzlich. Straßen wurden aufgerissen, und ganze Häuserblocks, Ladenzeilen und Orte der Gottesandacht verschwanden vom Antlitz der Erde.

Mehr als dreißig Morris Minors waren bereits atomisiert, einige von ihnen unbezahlbare Sammlerobjekte mit geteilter Windschutzscheibe, Holztüren und handbetätigten Scheibenwischern. Sie würden nie wieder durch die kurvigen Straßen Brentfords schleichen und dabei ihre blauen Qualmwolken ausstoßen.

Professor Slocombe faltete die Hände zum Gebet. Die Mauer aus Feuer und Zerstörung rückte gnadenlos näher, und was ihr in den Weg kam, hörte auf zu existieren. Der alte Gelehrte wußte, daß jetzt nur noch ein Wunder helfen konnte.

»Was zur Hölle ist das?« fragte ein cereanischer Matrose und deutete durch ein Bullauge nach draußen.

»Was ist was?«*

»Das, Sir.«

Lombard Omega strengte die Augen an und starrte in die Wand aus Rauch, die über Brentford aufstieg.

»Du heiliger Bimbam!« kreischte er, als er das schwebende Objekt entdeckte, das sich direkt in der

* Nein, das ist nicht die berühmte Kinder-Sachbuch-Reihe der Kollegen vom Tessloff-Verlag. (Anm. der Red.)

Flugbahn seines Schiffes befand. »Das ist ein beschissenes Kamel! Hart Backbord! Ruder hart Backbord!«

»Sie stehen selbst am Ruder, Captain!« informierte der sich windende Navigator seinen Kapitän.

Lombard Omega riß das Ruder herum, das Raumschiff schwenkte scharf nach links und wich dem schwebenden Kamel um Haaresbreite aus.

Im Sog des Raumschiffs ließ ein gewisser kleinwüchsiger Postbote die Zügel los und fiel unter einem Schwall von Obszönitäten der Erde entgegen, der selbst dem Kapitän des cereanischen Raumschiffs die Schamesröte ins Gesicht getrieben hätte.

»Das war vielleicht beschissen knapp!« fluchte Lombard Omega und wischte sich Holzschutzmittel von der Stirn. »Diese Bastarde lassen keinen schmutzigen Trick aus, wie? Geben Sie mir mehr Saft, Mister Navigator! Ich brauche mehr Saft!«

Der Navigator holte das Letzte aus den außerirdischen Maschinen und schlug die Hände vor die Augen. Starke Vibrationen schüttelten das gesamte Schiff. Ein gewaltiger Druck baute sich auf und lastete auf allem. Die wildgewordenen Fluten der Themse stellten ihren Vormarsch ein und hingen reglos da, als hätte Moses persönlich sie mit seinem Stab berührt. Die rennenden Brentforder fielen auf das Pflaster, schnappten nach der überhitzten Luft und umklammerten ihre Hälse. Die Captain Laser Alien Attack Maschine riß sich aus ihrer Verankerung und kippte in den *Fliegenden Schwan,* und dahinter entblößten sich das Chaos und die Zerstörung in Archie Karachis Currygartenküche Nevilles starrem Blick. Der Teilzeitbarmann wurde von der entsetzlichen, unsichtbaren Macht über den Tresen nach hinten gewirbelt, während seine Blase den letzten Rest ihres Inhalts verlor. Während Pooley und Omally auf den brandfleckenübersäten Teppich sanken, galt ihr letzter Blick Professor Slocombe.

Der alte Mann stand da, und Höllenfeuer flackerte auf seinem greisen Gesicht. Er hatte die Hände gegen den brennenden Himmel gehoben, der nun durch die zersplitterten Fenster des *Fliegenden Schwans* zu sehen war, und aus seinem Mund kamen die Silben eines Rituals, das bereits alt gewesen war, bevor die Morgendämmerung der Geschichte heraufgezogen war.

Und von oben herab kam das tödliche Heulen außerirdischer Raumschiffsmotoren, während Lombard Omega und seine Besatzung sich darauf vorbereiteten, Brentford den Todesstoß zu versetzen.

»Macht sie alle!« kreischte der Kapitän. »Macht die beschissenen Pisser alle!«

Das Schiff bäumte sich auf und schüttelte sich. Nadeln auf tausend Anzeigeinstrumenten rasten zitternd in den roten Bereich. Ein dumpfes, pulsierendes Summen brachte die Zähne des Kapitäns zum Klappern, und der Navigator, der plötzlich das Christentum für sich entdeckt hatte, bekreuzigte sich.

»Macht sie fertig!« kreischte Lombard Omega.

Die Maschinen des Raumschiffs stotterten und stellten ihren Dienst ganz ein. Die Luft über dem Schiff schien zu ionisieren, und dann kam das verschwommene Bild von etwas Gewaltigem in Sicht. Es flackerte, halb formlos und halb transparent, schließlich wurde es inmitten eines gewaltigen Malstroms aus reißenden Elementargewalten fest.

Lombard Omega starrte voller Entsetzen durch das vordere Bullauge.

»Was zur Hölle ist das?« kreischte er und riß die Hände hoch. »Was im Namen aller ...?«

Seine letzten Worte, wie obszön auch immer, bleiben für alle Zeiten ein Geheimnis. Im einen Augenblick steuerte Lombard Omega sein Raumschiff noch durch die leere Luft über dem Fußballfeld der Brentforder Gemeinde, und im nächsten bereits kam es in gewaltsamen und unversöhnlichen Kontakt mit dem Abschlußstein der Großen Pyramide von Cheops.

Wusch! Wamm! Kracks! und *Ptttou!* machte das cereanische Raumschiff Sandra, als es einen guten Teil seines Leitwerks verlor und sich bedenklich zur Seite neigte. Es fiel wie ein Stein nach unten: ein kreischender Feuerball, der nur knapp das Dach des *Fliegenden Schwans* verfehlte, über das Piano-Museum taumelte und in der Schrebergartenkolonie niederging, auf die letzten Männer von Ceres, die ziemlich verwirrt auf das ausgeklügelte Minenfeld starrten, das sie auf allen Seiten umgab, sowie auf die wenigen und kläglichen Überreste der preisgekrönten Kohlköpfe im Beet eines gewissen ehemaligen Postboten.

Einen Augenblick lang herrschte entsetzliche Stille, und dann ertönte eine Explosion, welche die Seismographen in Greenwich hüpfen und ein gutes Dutzend Kriegsherren größerer Nationen nach dem Panikknopf tasten ließ.

Dann erneut Stille. Große, anhaltende Stille, die sich über das legte, was von dem einstigen Brentford-Dreieck noch übrig war.

Epilog

Am nächsten Morgen gegen drei Uhr ging die Sonne auf.

Das kam für die Einwohner von Brentford ein wenig überraschend, denen mehr danach zumute war, die Gnade der Dunkelheit noch ein wenig zu genießen. Doch die Überraschung war nicht so groß wie die des Volkes vom Nil, das ein wenig befremdet wegen des unerwarteten Verschwindens seiner größten Touristenattraktion, zusätzlich feststellen mußte, daß die Nächte sich ganz definitiv in die Länge zogen.

Hätte die Memorial-Bücherei noch existiert und mit ihr die wohlvertraute Uhr, dann hätte sie just in dem Augenblick die volle Stunde geschlagen, in dem ein unglaublich langer Tieflader auf der Ealing Road erschien, die beiden letzten Laternenmasten Brentfords ruinierte und das Pflaster unter seinem vielrädrigen Gewicht zum Platzen brachte.

Hoch oben im Führerhaus, illuminiert vom grünen Leuchten des Armaturenbretts und den ersten Sonnenstrahlen des Tages, saß ein kahlköpfiger Mann in safrangelben Klamotten, kaute auf einer Woodbine und starrte durch die Windschutzscheibe auf die rußgeschwärzten Trümmer, wo einst die Stadt seiner Geburt gestanden hatte.

Brentford hatte sich mehr als nur ein wenig verändert, seit er aufgebrochen war, das stand fest. Wahrscheinlich ein neues Sozialwohnungsprojekt des Stadtrates, nahm er an, oder die Straße wurde wieder einmal verbreitert, obwohl diesmal ein wenig drastisch.

Er schaltete durch die Gänge seines fünfhundert

Fuß langen Vehikels und rollte über die Eisenbahnbrücke, deren Träger unter der Last ächzten. Wo war das *New Inn* abgeblieben? Und ganz gewiß hätte die Stadtverwaltung doch wohl nicht zwei ihrer geliebten Mietskasernen eingerissen?

Die Vorderräder des mächtigen Tiefladers polterten durch ein Schlagloch, und dem Fahrer fiel die Woodbine aus dem Gesicht in den Schoß. Er würde dem Stadtrat ein paar herbe Worte sagen, daran bestand kein Zweifel. Hier stand er nun, lieferte die größte archäologische Entdeckung in der gesamten Geschichte der Menschheit ab, und sie ließen die Straßen verkommen!

Und was in Dantes Namen war das?

Archroy brachte den gewaltigen Laster zu einem quietschenden Halt. Er sammelte seine heruntergefallene Woodbine wieder auf und kletterte aus dem Führerhaus.

Mit nicht unbeträchtlichem Staunen stand er vor der gewaltigen Konstruktion, die nun den Raum einnahm, wo früher das Fußballfeld der Gemeinde gewesen war. Entweder war das die Große Pyramide von Cheops, oder er war ein holzschuhplattlernder Holländer.

Der Mann in Safran trat seine Woodbine mit nacktem Absatz aus und kratzte sich den haarlosen Schädel. Was zur Hölle ging hier vor?

Er kletterte in sein Führerhaus zurück und setzte das gewaltige Vehikel in Bewegung. Seine Geduld war fast am Ende. Wo steckte das Empfangskomitee? Wo waren die Fähnchen, und wo hatte sich der Bürgermeister verkrochen? Hatte er, Archroy, Neville nicht geschrieben, wann genau er zu Hause eintreffen würde? Das alles ging entschieden zu weit.

Ein Stück weit voraus erhellte ein schwacher Lichtschein ein Fenster des *Fliegenden Schwans,* aber ... Kerzenlicht?

Archroy trat in die Bremsen und brachte den Tieflader vor dem rußgeschwärzten und schrapnellgenarbten Lokal zum Stehen. Er wühlte im Handschuhfach nach einer neuen Packung Woodbines, doch außer einem Stapel Ansichtskarten mit dem nicht mehr aktuellen Panorama der Brentforder Dächer war nichts zu finden.

Er kletterte aus seiner Kabine, warf krachend die Fahrertür ins Schloß und stapfte über die Straße in Richtung *Fliegender Schwan,* wobei er Trümmer und Abfall nach rechts und links aus dem Weg trat. Mit einem einzigen, gewaltigen Tritt seines nackten Fußes gegen die Tür hob er die altehrwürdige Holzkonstruktion aus den Angeln und sandte sie in den Schankraum der Salonbar.

Vier verblüffte Männer standen am Tresen und starrten entsetzt von ihren Drinks auf: Jim Pooley, John Vincent Omally, Professor Slocombe und Neville der Teilzeitbarmann. Wer sonst.

»Archroy?« ächzte Neville und schielte auf die unheilverkündende Gestalt, die im Eingang des *Fliegenden Schwans* stand. »Archroy, bist du das etwa?«

Archroy fixierte den Teilzeitbarmann mit einem bösen Blick. »Ich habe die Arche Noah draußen auf meinem Laster«, brüllte er. »Ich nehme nicht an, daß einer von euch nachsperrstundlichen Säufern Interesse hat, mit nach draußen zu kommen und einen Blick darauf zu werfen?«

Omally mühte sich auf die Füße. »Die Arche Noah, so so. Tatsächlich?« sagte er. »Könnte ich dich vielleicht für eine Komplettführung rings um die berühmte Große Pyramide von Brentford interessieren?«

Hier schließt die Akte Brentford,
Ein Wiedersehen mit dem bis dahin sicher wieder aufgebauten idyllischen Ort gibt es in dem Band:

JENSEITS VON EALING

der im April 1999 bei Bastei-Lübbe,
dem wundersamsten Verlag, der jemals existierte (oder auch nicht) erscheint.

Im Anschluß finden Sie eine sehr aufschlußreiche Biographie (eine der zahlreich kursierenden) des Autors Robert Rankin sowie ein Interview anläßlich der Veröffentlichung des Romans

DER GARTEN UNIRDISCHER GELÜSTE.

Viel (unirdisches) Vergnügen!

**Interview mit
Robert Rankin
zum Erscheinen des Buches**

Der Garten unirdischer Gelüste

Roman
Ins Deutsche übertragen von Axel Merz
Bastei-Lübbe Taschenbuch 24 225
347 Seiten, DM 12,90/ÖS 94,-

FRAGE: Robert Rankin, in Großbritannien sind Sie inzwischen ein bekannter Autor, in Deutschland sind Sie auf dem besten Wege dazu. Die Londoner *Times* bezeichnete Sie kürzlich als eine Mischung aus Shakespeare und Stephen King und nannte Sie ganz generell einen großen Geschichtenerzähler. Haben Sie eine Ahnung, woher Sie dieses Talent haben?

ROBERT RANKIN: Das Talent, Geschichten zu erzählen, habe ich sicherlich von meinem Vater geerbt. Von Beruf war er Tischler, aber er war ein grandioser Geschichtenerfinder. Ich kann mich noch ganz genau an meinen ersten Schultag erinnern. Die Lehrerin fragte mich: »Welchen Beruf hat dein Vater?« Und ich sagte: »Mein Vater ist Walfänger!« Sie war ziemlich beeindruckt und fragte, ob mein Vater einen Vortrag über den Walfang halten könne. Und in der Tat, er kam in meine Klasse, brachte eine riesige Harpune mit und erzählte eine Stunde lang von seinen großen Abenteuern. Jeder in der Klasse war begeistert, und ich war ein Held. Was ich damals noch nicht wußte: Es war alles erfunden. Bei seiner Beerdigung vor fünf Jahren kam der Pfarrer ans Grab und sagte zu der Trauergemeinde: »Nun, ich habe Mister Rankin erst vor neun Monaten kennengelernt, aber er war ein außergewöhnlicher Mann. Er ist allein durch die Wüste marschiert, hat die höchsten Berge erklommen, er segelte auf einer Jacht ganz alleine um die halbe Welt.« Ich stand fassungslos am Grab und dachte, das stimmt doch überhaupt nicht, das hat mein Vater nie getan! Ich mußte einfach lachen. Da hatte mein Vater sogar auf dem Sterbebett die unglaublichsten Geschichten erzählt. So überzeugend, daß selbst der Pfarrer beeindruckt war. Und auch ich folge der Tradition der Geschichtenerzähler. Was immer ich schreibe, ob Science Fiction oder Fantasy oder satirische Romane: Ich spinne Garn.

F: Wer Sie kennt, der weiß, daß Ihr Vater auch in Ihren Romanen eine große Rolle spielt. Lebt er quasi in Ihren Büchern fort?

RR: Hugo Rune, der Held und Antiheld meiner letzten Romanserie, zu der zum Beispiel ›Der wundersamste Mann, der jemals lebte‹ gehört, ist eine Mischung zwischen meinem Vater und dem wahrscheinlich größten aller englischen Zauberer: Aleister Crowley, der 1947 starb. Ich habe mir überlegt: Was würde geschehen, wenn ich aus diesen beiden Personen meinen Romanhelden zusammenfüge? Das wäre dann jemand, der alles kann und der zu allem immer eine ultimative Antwort hätte. Eben wie Hugo Rune.

F: Ungewöhnlich an Ihren Geschichten ist in der Tat, daß Sie auf komplizierte Fragen die verblüffendsten und ungewöhnlichsten Antworten finden. Fällt Ihnen zu jedem Problem sofort eine außergewöhnliche Lösung ein?

RR: Ich habe vor einiger Zeit einen der antiken Philosophen gelesen, der behauptet, daß wir nichts mit Sicherheit wissen können, außer daß wir nichts wissen. Für jede gute Idee gibt es eine bessere. Jeder gute Plan wird von einem noch meisterhafteren übertrumpft. Alles ist möglich. Ja, und ich kam zu dem Schluß: Wenn mein Romanheld ein Problem auf ungewöhnliche Weise löst, selbst wenn diese Lösung auf den ersten Blick absurd erscheinen mag, warum sollte sie nicht prinzipiell möglich sein? Ich versuche, in meinen Büchern immer unterhaltsame Antworten auf ungewöhnliche Fragen zu geben. Ich liebe ja das Komödiantische. Egal was ich schreibe, es soll witzig sein.

F: Sie sind jemand, der in seinen Büchern häufig Zitate benutzt, z.B. aus alten Filmen, aus Theaterstücken, aus Büchern und aus Musicals. Und daraus ergeben sich oft die von Ihnen angesprochenen ungewöhnlichen Fragen. In einem Buch haben Sie zum Beispiel über Elvis nachgedacht. Ist er für Sie eine Kultfigur, die Sie wirklich interessiert?

RR: Elvis hat mich nie interessiert, solange er lebte. Erst als ich den Totenkult um Elvis sah und von den Gerüchten hörte, er sei eigentlich gar nicht gestorben, wurde die ganze Geschichte spannend. Und da habe ich mir folgendes überlegt: Wenn man irgendwann in der Zukunft auf das 20. Jahrhundert zurückblickt und darüber nachdenkt, wer den Lauf der Geschichte hätte ändern können, muß man auf Elvis kommen. Was wäre wohl geschehen, hätte Elvis 1958 den Kriegsdienst verweigert und hätten Hunderttausende von jungen Amerikanern sich seinem Protest und der Verweigerung angeschlossen? Vielleicht wäre es dann nie zum Vietnam-Krieg gekommen. Und wie sähe die Welt heute ohne den Vietnam-Krieg aus? Diese Idee hat mich gereizt, und ich habe sie dann in einem meiner Bücher weitergesponnen.

F: Woher nehmen Sie eigentlich all Ihre unglaublichen Ideen?

RR (lacht): Ich habe keine Ahnung, ich weiß es nicht. Manchmal sind es die kleinsten und verrücktesten Dinge, die mich auf eine Idee bringen. Mein Sohn fragt mich unglaublich viel, und ich muß dann darauf eine Antwort finden. »Papa«, sagte er kürzlich, »wenn ich an einem Montag im Januar Geburtstag habe, dann fällt mein Geburtstag im Jahr darauf auf einen Dienstag und ein Jahr später auf einen Mittwoch und so weiter. Wenn ich sieben Jahre alt bin, findet mein Geburtstag eine ganze Woche später statt. Und wenn ich erst einmal achtundzwanzig bin, dann habe ich vielleicht im Februar Geburtstag.« Und ich hab' mir gedacht, was mein Sohn da sagt, ist gar nicht so blöd. Ich habe die Idee dann im *›Buch der Allerletzten Wahrheiten‹* weiterverfolgt und bin auf eine geradezu teuflische Verschwörung des Vatikans gestoßen. Es ist phantastisch, Kinder zu haben, die einen Dinge fragen, auf die man selbst nie kommen würde.

F: Es geht das Gerücht um, daß Sie am liebsten in der Kneipe bei einem Bier schreiben, und Sie schreiben grundsätzlich Ihre Romane nur in Schulhefte. Stimmt das eigentlich?

RR: Ja, das ist richtig. Das ist meine Rebellion gegen diesen ganzen Computerkram. Ein Computer ist für mich so eine Art Arbeitsmaschine. Ich verbinde Schreiben aber mit Unterhaltung, und wenn ich das Gefühl habe, ich muß arbeiten, dann kann ich nicht schreiben. Bei einem Schulheft ist das anders. Ich sitze gerne in einer Kneipe, schreibe, rauche, trinke ein Bier, beobachte zwischendurch die Leute und mache mir Notizen. Da fällt mir immer etwas ein. Schreiben macht mir ungeheuren Spaß. Ich glaube, das Schreiben für mich das Aufregendste ist, was es gibt – mal vom Sex abgesehen. Und ich schreibe häufiger, als daß ich Sex habe.

F: Wir sollten uns noch kurz über Ihren neuen Roman unterhalten; ›Der Garten unirdischer Gelüste‹, so der Titel. Was wollen Sie eigentlich darüber verraten?

RR: Nun, die Grundidee ist folgende und hat einen durchaus aktuellen Bezug: Die Jahrtausendwende steht ja kurz bevor, und ich fragte mich, was wäre, wenn tatsächlich ein neues Zeitalter anbräche, in dem die Technik nicht mehr funktioniert? Wie sähe eine

Welt aus, die nicht mehr auf der Ratio des Menschen beruht, sondern auf der Magie? Und wie würde sich ein Mensch aus unserem Zeitalter darin zurechtfinden, der zudem noch eine höchst knifflige Aufgabe zu lösen hat? Gott sei Dank funktioniert in diesem neuen Zeitalter das Prinzip der perkussiven Perlokution tatsächlich, sprich: leichte Schläge auf den Hinterkopf erhöhen das Denkvermögen. Aber warum soll ich Ihnen das alles erzählen? Sie merken schon, das ist ein unglaublich witziges Buch. Mein Vorschlag ist, Sie laufen umgehend zur nächsten Buchhandlung und kaufen diesen wunderbaren Roman.

F: Man sagt Ihnen nach, Sie nehmen das Leben, egal was da kommt, immer mit Humor. Sind Sie ein optimistischer Mensch?

RR: Manche Leute in meinem Alter, die in den 60er Jahren von der großen Weltveränderung träumten, sind heute oft frustriert und zynisch. Bei mir ist das anders. Ich sehe die Dinge von der komischen Seite. Sonst müßte man vor lauter Enttäuschungen ja depressiv werden. Diese positive Einstellung hat sicherlich etwas mit Liebe und Wärme zu tun. Und ohne dabei in Klischees zu verfallen, versuche ich das auch in meinen Büchern zu vermitteln. Ich will, daß meine Leser genausoviel Spaß beim Lesen haben wie ich beim Schreiben.

F: Ihr Leben ist recht turbulent verlaufen. Sie hatten angeblich schon über vierzig Jobs, aber bei mindestens achtunddreißig seien Sie nach kurzer Zeit wie-

der hinausgeflogen. Seit sechs Jahren sind Sie nun Fulltime-Schriftsteller. Ist das der Beruf, in dem Sie sich wirklich wohl fühlen?

RR: Ich glaube, ich kann nur schreiben, wenn ich mich wirklich wohl fühle. Sonst kämen ja nur schreckliche Geschichten heraus. Mein Leben war lange Zeit recht chaotisch. Viele Jahre war bei uns das Geld sehr knapp, und das hieß: Schulden auf der Bank, die Hypothek fürs Haus war oft überfällig, das Telefon und der Strom wurden abgestellt. Das überlebt man nur mit Humor. Wenn man sich all diesen Problemen wirklich nicht mehr entziehen könnte, würde man untergehen. Kann sein, daß das Schreiben für mich eine Art Flucht aus dem Alltag ist ... Nein, ich glaube, es ist mehr: Für mich ist Schreiben sowohl Flucht als auch Therapie und eine Möglichkeit, meinen Lebensunterhalt zu bestreiten. All das – und vor allem jede Menge Spaß!

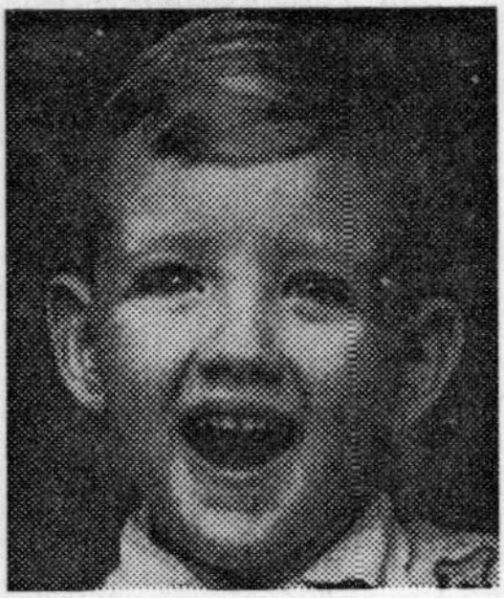

ROBERT RANKIN

Im Oberen Sumatra wird er noch immer als Gott verehrt. Eine ganze Generation betet ihn als den Mann an, der Jimi Hendrix in Woodstock mit einem Ukulele-Solo an die Wand gespielt hat. Doch in seiner Heimat England ist Robert Rankin wohl am ehesten bekannt als der Autor, der es bisher als einziger geschafft hat, zehnmal hintereinander den begehrten Robert-Rankin-Literaturpreis-für-den-besten-Roman-aller-Zeiten zu gewinnen. Robert Rankin hat bis heute zehn Romane geschrieben.
Er hat es abgelehnt, der neue James Bond zu werden, da er noch immer von dem Ehrgeiz besessen ist, ein Weltklasse-Formel-Eins-Fahrer zu werden oder der Diktator einer kleinen südamerikanischen Republik. Oder ein Grundstücksmakler. Oder eine Teekanne.
Robert Rankin hat bereits vierzig verschiedene Jobs gehabt. Er war unter anderem Illustrator, Rock-Sänger, Verkäufer von Gartenzwergen, Dichter, Abenteurer, Schwertkämpfer und Konzertpianist, Bergsteiger, einsamer Weltumsegler, Shakespeare-Mime und Oben-Ohne-Tänzer in einem Nachtclub.
Zu seinen Hobbies zählen das passive Rauchen und das Kommunizieren mit den Toten – und das Herumdichten an seiner Biographie

BASTEI LÜBBE

Band 24 246
Robert Rankin
Der Antipapst
Deutsche Erstveröffentlichung

Feiner britischer Humor der Extraklasse, vergleichbar mit einer guten Tasse Tee: schwarz und anregend.

Pooley (arbeitsscheu) und Omally (ebenfalls) wollen eigentlich nur weiterhin ungestört ihr Bier in ihrem Lieblingspub in Brentford trinken, doch Papst Alexander VI (ja, der alte Borgia) hat andere Pläne. Frisch reinkarniert, macht er die Gegend von Brentford unsicher. Die dunklen Pläne des teuflischen ›Antipapstes‹ Borgia, wie die Welt auszusehen hat, entsprechen so gar nicht denen Pooleys und Omallys, und daher sehen die beiden sich gezwungen, die viel gescheute Initiative zu ergreifen. Es kommt zur großen Konfrontation . . . und zu einem Feuerwerk an Seitenhieben auf die heiligen Kühe der Engländer – was, der Tierschutzbund möge aufatmen, ausnahmsweise einmal nicht wörtlich gemeint ist.

Band 13 989
Marion Zimmer-Bradley/
Holly Lisle
Glenraven

Es gibt Täler in den Alpen, in denen man besser keinen Urlaub machen sollte!
Jayjay Bennington und Sophie Cortiss sind Freundinnen von Kindesbeinen an. In jedem Jahr unternehmen sie eine gemeinsame Reise. Beim Stöbern in einer Buchhandlung fällt Jayjay ein seltsames Buch in die Hände, von dem sie sich magisch angezogen fühlt: ein Reiseführer über Glenraven, ein kleines, verträumtes Land ›irgendwo in den Alpen‹, ein Ort, wo angeblich die ›Zeit stehengeblieben ist‹. Jayjay ist begeistert, Sophie skeptisch, ist Glenraven doch in keinem Atlas verzeichnet. Und das ist kein Wunder, denn Glenraven ist tatsächlich ein verwunschenes Tal, das nur alle vierhundert Jahre auftaucht und sehnlichst auf den Erlöser wartet, der es von einem unheiligen, düsteren Fluch befreit ...

BASTEI LÜBBE

ROBERT RANKIN
DIE AKTE BRENTFORD

Roman

Ins Deutsche übertragen
von Axel Merz

DER SICH INZWISCHEN VON SEINER ANMERKUNG AUF DEM TITELBLATT DES VORHERGEHENDEN BANDES, *DER ANTIPAPST*, DISTANZIERT.
DAS GEDICHT IM
GARTEN DER UNIRDISCHEN GELÜSTE
SEI WIRKLICH HERVORRAGEND VOM LEKTOR ÜBERTRAGEN WORDEN (ZUMINDEST FÜR EINEN SAARLÄNDER), UND OB ER JETZT ENDLICH WIEDER EINEN NEUEN AUFTRAG BEKÄME ...?

BASTEI
LÜBBE

BASTEI LÜBBE TASCHENBUCH
Band 24 247

Erste Auflage: Oktober 1998

Originaltitel: The Brentford Triangle
Lektorat: Stefan Bauer
Titelbild: Arndt Drechsler
Umschlaggestaltung: QuadroGrafik, Bensberg
Satz: KCS GmbH, Buchholz / Hamburg
Druck und Verarbeitung:
Brodard & Taupin, La Flèche, Frankreich
Printed in France
ISBN 3-404-24247-5

Der Preis dieses Bandes versteht sich einschließlich der gesetzlichen Mehrwertsteuer